RUINAS Y SOMBRAS

RUINAS Y SOMBRAS

ANDRÉS ASTASIO

PUCK

Argentina – Chile – Colombia – España
Estados Unidos – México – Perú – Uruguay

1.ª edición: marzo 2025

Plaza de los Reyes Magos, 8, piso 1.º C y D – 28007 Madrid
www.mundopuck.com

ISBN: 978-84-10239-32-6
E-ISBN: 978-84-10495-62-3
Depósito legal: M-1.359-2025

Fotocomposición: Urano World Spain, S.A.U.

Impreso por: Rodesa, S.A. – Polígono Industrial San Miguel
Parcelas E7-E8 – 31132 Villatuerta (Navarra)

Impreso en España – *Printed in Spain*

«La identidad de una persona no es el nombre que tiene, el lugar donde nació, ni la fecha en que vino al mundo. La identidad de una persona consiste, simplemente, en ser, y el ser no puede ser negado».

José Saramago.

«El amor es un humo que sale del vaho de los suspiros; al disiparse, un fuego que chispea en los ojos de los amantes; al ser sofocado, un mar nutrido por sus lágrimas. ¿Qué más es? Una locura muy sensata, una hiel que ahoga, una dulzura que conserva».

William Shakespeare, *Romeo y Julieta*.

A mi madre, por acompañarme siempre en mis aventuras. Durante mucho tiempo, dijiste que esta era tu historia favorita y que deseabas tenerla algún día entre tus manos. Por fin es tuya.

Hacia el Pilar del Sol
y Bedrock
Plaza del Gobernador
El Folletín Mágico
Distrito
Centro

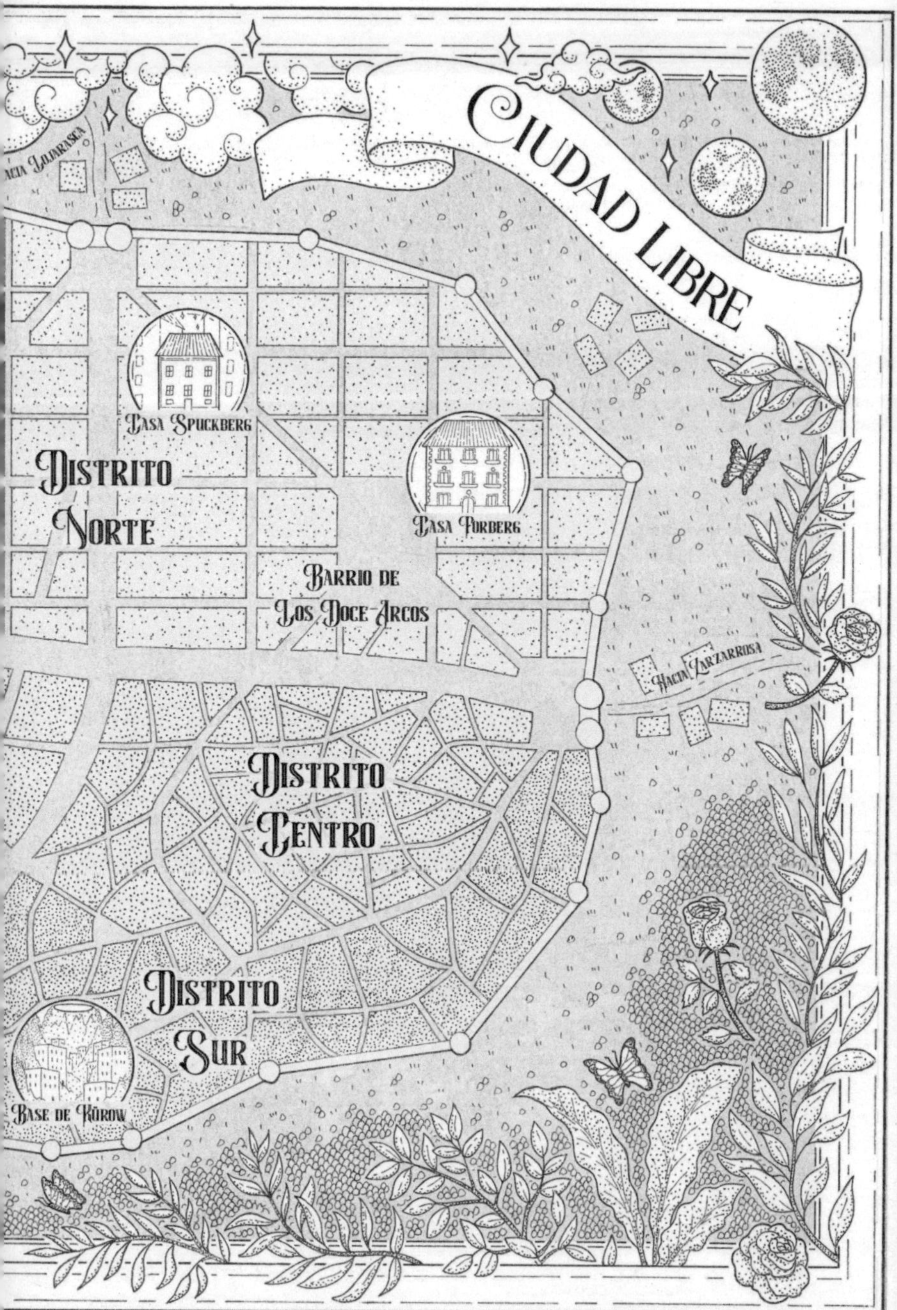
Ciudad Libre
Casa Spuckberg
Distrito Norte
Casa Forberg
Barrio de Los Doce Arcos
Hacia Zarzarrosa
Distrito Centro
Distrito Sur
Base de Kürow

La organización de Ciudad Libre:

Extracto de los archivos de los cronistas del Pilar del Sol durante el final de la esclavitud goblin

Cinco años después del fin de la esclavitud goblin

Ciudad Libre, erigida bajo la mirada vigilante del Consejo de Elfos y el rey Praxemberg II, se alza como un testimonio de la colaboración entre elfos, oïds, goblins y otras criaturas fantásticas. Su organización, un complejo mosaico de distritos y poderes, refleja siglos de pactos y conflictos entre las razas. Las siguientes secciones son extraídas de los archivos de varios cronistas de la capital desde el inicio de la construcción de Ciudad Libre hasta el final de la esclavitud goblin. Los cronistas registraron la estructura y esencia de esta singular región de Heros.

Divisiones Territoriales: Los Distritos

«En los primeros días surgieron las divisiones, no por capricho, sino por necesidad».

El Distrito Norte: El eje de la vida, la administración y la cultura. Allí residen los elfos y las clases más acomodadas —dentro de lo que Ciudad Libre puede considerar como tal, porque bien es sabido por todos que las criaturas que habitan esta región no brillan por su desarrollo económico—. En este distrito, los elfos dominan las calles, los trabajos, las escuelas y todo nivel de vida que pueda pensarse.

En el Distrito Norte se pueden hallar puntos de interés como **la Plaza del Gobernador,** dedicada al rey de Heros, máximo representante de los elfos y el resto de criaturas en cualquier tierra del reino, y el **Barrio de los Doce Arcos,** dedicado a los obreros y mercaderes que hicieron prosperar la ciudad.

El Distrito Centro: El núcleo de las tiendas, los negocios y la clase media de la ciudad. Casi nadie vive en la zona, pero la mayoría trabaja en ella. Destacable la librería El Folletín Mágico, la más antigua de la ciudad.

El Distrito Sur: Habitado por goblins en su mayoría, ni un solo elfo se atrevería a poner un pie en este distrito. Pobreza, hambruna, ruinas y sombras son todo cuanto alguien puede encontrar.

El rey de Heros y el Consejo de Elfos

«Un solo hombre no podría gobernar lo que tantas manos crearon».

El poder en Ciudad Libre, al igual que en el resto de Heros, descansa sobre el rey de Heros y el Consejo de Elfos, un cuerpo compuesto por figuras destacables de la capital que miran por el bien de los ciudadanos, incluso cuando estos se encuentran tan alejados —y abandonados— como los de Ciudad Libre.

El fin de la esclavitud goblin

«Todos somos lo mismo: seres del mundo, nacidos de la misma tierra, acogidos por el mismo cielo».

Aunque durante casi un milenio, los goblins estuvieron sometidos a los intereses élficos, con la llegada al trono del rey Praxemberg I se decretó el final de la esclavitud en todas las provincias de Heros. Aunque la medida se instauró de inmediato en lugares como la capital o las ciudades más grandes, a rincones como Ciudad Libre ha tardado en llegar. El odio entre elfos y goblins continúa. Los elfos son incapaces de mirar como iguales a los goblins, y estos guardan demasiado rencor, organizan trifulcas y se rebelan a diario en las calles.

La única forma de permanecer seguros fue apartar a los goblins y llevarlos al sur y las zonas más pobres, *por el bien de todos los ciudadanos de Ciudad Libre.*

Las milicias de la ciudad

«Entre las murallas de Ciudad Libre, las espadas toman el control del conflicto».

Las **milicias** se formaron para sofocar las revueltas goblin. Al principio, pequeños grupos de elfos comenzaron a actuar en grupo para defenderse de los ataques. Con el tiempo, se juntaron hasta crear una única milicia. A día de hoy, todavía existen bandas que actúan en solitario y que, por lo general, suelen buscar conflicto con los goblins en los límites entre el Distrito Centro y el Sur.

La guardia del rey no custodia Ciudad Libre, tan solo de puertas para afuera, lo que hace pensar que a veces se preocupan más por que nadie escape de allí que por asegurar la paz territorial entre las razas.

El futuro de Ciudad Libre

«Ciudad Libre es un recordatorio de la fragilidad del equilibrio. La paz es un estado que no suele perdurar cuando quienes lo alteran no hacen nada por evitar la guerra».

Ciudad Libre es un rincón olvidado, por mucho que los consejeros de la capital quieran hacer ver lo contrario. Ciudad Libre permanece ajena al resto del reino, con sus propias normas y conflictos. Las revueltas se suceden en las calles, las peleas entre las bandas goblin y élficas estallan día a día. El Distrito Sur no es seguro, el Distrito Centro cada día menos. El Norte es el único que aún resiste, pero cada día más elfos tienen miedo de salir a las calles.

El fin de la esclavitud fue un avance hacia un mundo más justo en casi todos los rincones de Heros, pero también fue la llama de una mecha que está cada día más cerca de explotar en Ciudad Libre.

PARTE I
RUINAS

1
El Folletín Mágico

Ciudad Libre es el rincón de Heros donde la gente lucha por sobrevivir, donde los sueños nunca llegan a cumplirse y la luz del sol es menos frecuente que la de las lunas.

Mi mayor sueño es salir de aquí. Viajar lejos, perderme en las profundidades de nuestro reino y saborear cada uno de sus rincones. Desearía ser una artista de la capital, dedicarme a plasmar con tinta las historias que surcan mi mente y me prometen nuevos mundos que explorar.

Desearía alejarme de Ciudad Libre, mas eso no me hace diferente del resto.

Todos soñamos con un lugar en el Pilar del Sol, pero para muchos es imposible permitirnos unos estudios. Yo llevo años trabajando en la librería El Folletín Mágico. No puedo quejarme: perderme entre las letras y los olores del papel antiguo, y saborear cientos de historias al mismo tiempo que busco hacerme un hueco en el mundo artístico es un sueño. Uno que sé que cada día está más lejos y que debo mantener en secreto si quiero que mis padres me permitan seguir trabajando.

Mi nombre es Zirandell Spuckberg, aunque todo el mundo me llama Ziri —salvo mi padre, que insiste en que el nombre familiar de los elfos debe preservarse por encima de todas las cosas.

Costearse unos estudios en la capital de Heros no es barato. Hay quienes pasan toda una vida trabajando y ahorrando cada una de las monedas de su salario para no conseguir ni una quinta parte de la matrícula base. Los que consiguen estudiar en el Pilar del Sol lo hacen gracias a contactos o a los sorteos que realiza el Consejo de Elfos anualmente. Pocas veces esas ayudas caen en Ciudad Libre. Zarzarrosa, Lojarasca y Dedrock parten con ventaja en los baremos. Aunque, para qué engañarnos, casi siempre acaba en las manos de otro miembro de la alta burguesía élfica de la capital.

Pese a ello, no pierdo la ilusión. Nunca se sabe cuándo puede sonreírte la suerte, así que me dedico a trabajar con esmero en la librería del señor Tyresias Nadberg, un elfo anciano que ya tiene pocas ganas de llevar su negocio y pasa más horas fuera de la tienda que dentro. Mi padre dice que es nuestro familiar —culpa también de la dichosa tradición élfica, que determina que aquellos apellidos élficos finalizados igual guardan parentesco—, aunque en realidad diferimos tanto como el buen tiempo de las tormentas.

Paso la mañana desempolvando viejos libros que hablan sobre la historia de la región, sobre la división de Heros en las cinco provincias que la conforman, sobre el nacimiento del Pilar del Sol; la supremacía élfica es uno de los temas que más se repite, aunque pocas veces puedo profundizar en ello. Mientras el señor Nadberg no mira, puedo ojear, con suerte, un par de párrafos antes de colocar el libro en su lugar correspondiente.

—Zira —dice el dueño del Folletín. Emplea otra de las variantes de mi nombre. No me gusta tanto como Ziri, aunque lo prefiero antes que Zirandell—, voy a salir a hacer unos recados. Te quedas a cargo de la librería, ¿de acuerdo? Termina los encargos de hoy y revisa antes de cerrar.

No me da tiempo a responderle. Antes de que pueda siquiera asomar la cabeza por encima del mostrador —en ese momento me encuentro tirada recogiendo unos papeles que se han caído—, el señor Nadberg abandona el local y solo deja el leve tintineo de la campana como despedida.

—Maravilloso, señor Nadberg —digo irónicamente al aire, mientras termino de recoger los papeles—. Haré todo lo que usted me pida, señor Nadberg.

Resoplo para colocarme un mechón de pelo platino que me cae sobre la frente. A mi padre se le da muy bien hacer trenzas, pero mamá sabe recogerlas mejor. Digamos que las de papá son más bonitas y las de mamá, más resistentes.

Llevo trece meses trabajando para el señor Tyresias Nadberg. En este tiempo he aprendido a colocar los libros alfabéticamente según autor, título y editorial —por suerte, no existen muchas en Heros: la mayoría de los ejemplares que llegan a Ciudad Libre son transcripciones a mano—. También, según el día, el señor Nadberg decide que es buena idea reordenar las estanterías y colocar los libros en estricto orden cronológico de publicación —absurdo en mi opinión. ¿Qué será lo próximo? ¿Un orden cromático?—.

Esto me ha servido para memorizar también las fechas de los autores más importantes de la región y los movimientos artísticos. Es sorprendente la variedad de escritos que proceden de los elfos, aunque me asombra que no se conserven textos de autores de otras razas.

Tras ordenar los libros, revisar los encargos y preparar cada uno de los pedidos que hay que enviar a los clientes —y que, por supuesto, yo misma tendré que encargarme de llevar personalmente casa por casa—, decido que es buena idea tomarme un descanso. De todas formas, las tareas de hoy están completadas y el señor Nadberg no regresará hasta el amanecer.

Me siento sobre un taburete tras el mostrador. A veces, opto por meterme en la trastienda directamente. La calle en la que se encuentra la librería apenas se transita, o por lo menos no lo hacen los lectores que deberían acudir a nuestro negocio. Visitas recibimos más bien pocas, lo que me hace extrañar la calidez de una buena charla. Cuando empecé a trabajar, deseaba recomendar libros a los clientes, mantener conversaciones sobre las nuevas voces de la literatura y los movimientos de vanguardia; sin embargo, casi todos los compradores de El Folletín Mágico formalizan sus pedidos por carta.

Estoy enfrascada en la lectura de *Tormentas de un corazón helado*. Es la última novedad que ha llegado, aunque lleva un par de años publicada. Paso las páginas sin darme cuenta, sumida en el mundo que la autora ha creado. Es una historia que juega con los ritmos, con las pausas y los sentidos; te hace oler el aroma de las flores que crecen en los balcones de las casas, el del café que la protagonista se prepara por la mañana, incluso el del fuego de la chimenea.

Todo tejido a través de palabras medidas a la perfección. A veces, hasta las sílabas parecen trazadas con escuadra y cartabón, colocadas a ritmo de sinfonía para lograr que el lector baile.

Entonces, un ruido interrumpe mi lectura. Unos gritos proceden de la calle. Suspiro, enfadada, y suelto el pesado libro sobre el mostrador. A veces me cuesta tanto concentrarme que, cuando logro ese estado de conexión plena, me molesta como un mal despertar que me saquen de él.

Doy un par de zancadas hasta la ventana. Los cristales están empañados —en realidad, sucios, pero queda más romántico pensar que es vaho—. Al acercarme para frotarlos con la manga de mi camisa, lo primero que veo es el rostro de una joven. Los ojos no le brillan esperanzados, como suele suceder a su edad; en cambio, tiene unas profundas ojeras. Es el rostro de una muchacha de diecinueve años que ha perdido la ilusión de cumplir un sueño. Es mi propio rostro reflejado en el cristal.

Desempaño —limpio— todo el cristal, me acerco lo máximo posible, con las manos a ambos lados de la cara, y entrecierro los ojos para intentar agudizar la visión. En la calle, justo enfrente de la tienda, un par de guardianes de la ley le propina una paliza a alguien. Hace rato que el afectado ha dejado de gritar. Probablemente perdiera el conocimiento después de los golpes de esos matones.

Estoy a punto de despegarme de la ventana cuando se marchan. No muestran reparo en dejar tirado en mitad de la calzada al herido. ¿Qué pasaría si un carromato cruzara en ese momento? Probablemente lo aplastaría y el conductor ni se daría cuenta. En Ciudad Libre, la gente avanza deprisa, sin tiempo en fijarse por dónde va. Pocas veces se detienen a pensar en cómo sus actos importunan a los demás.

¿Qué hago yo? Desde la seguridad de la librería, observo al herido, pero nada más. No soy tan diferente de los monstruos que tanto critico. Me planteo dejarlo allí tirado, me alejo del cristal. Vuelvo. Me pego al vidrio y reviso que está aún allí. ¿Respira? Creo que no, deseo que sí. Su situación se vuelve un dolor de cabeza. Debería estar centrada en los libros, en mis problemas. Pero ¿qué pasaría si saliera? Absolutamente nada. No me costaría nada acercarme a socorrerlo; tal vez, llamar a los servicios médicos. ¿Y si Tyresias Nadberg apareciera mientras lo estoy auxiliando? No quiero ni pensar la bronca que me caería por no estar en mi puesto.

Ziri, llevas horas absorta con esa novela, me recuerda mi voz interior. Lo sé, ¿vale? Lo sé.

Antes de que pueda reprocharme nada, tengo los pies fuera de la tienda. Compruebo que no pase ningún caballo ni carro que me pueda llevar por delante y corro hasta el malherido. Cuanto más me acerco, más me sorprende su tamaño. Es pequeño, pequeño para ser un hombre, quiero decir: apenas será un poco más alto que yo —y los elfos no destacamos por nuestra altura—. Sus rasgos no se parecen en nada a los míos. No tiene las orejas puntiagudas ni la piel tan pálida; sus facciones no son suaves y su pelo no es ni largo ni liso, mucho menos rubio o platino. No lleva zapatos ni accesorios que adornen su camiseta y pantalones rotos.

Claro. Claro que no parece un elfo, Ziri. ¡Porque es un goblin!

Nunca he visto un goblin tan de cerca. Es feo, al menos para los ojos de un elfo. Tiene la piel arrugada y seca, unos labios enormes y, aunque no me atreva a acercarme para olerlo, da toda la impresión de que huele a alcantarilla. El pelo sobre la cabeza le crece como mechones oscuros despeinados. De hecho, si no fuera por las heridas que le han ocasionado, que provocan que tenga la cara hinchada y sangre brotando de diferentes heridas, diría que es un ser sin nada especial.

¿Qué hago con él? No puedo dejarlo tirado en mitad de la calle. Tampoco se me pasa por la cabeza meterlo en la librería. La condena por acercarse a un goblin es tan alta como la traición. ¡El señor Nadberg me mataría! ¡Mi padre me mataría! ¿Mi hermanastro? Mi hermanastro probablemente primero lo mataría a él —si no se muere primero por sí solo del disgusto— y luego me mataría a mí.

Me gusta pensar, aunque mis actos no lo demuestren lo suficiente. Pero hay algo que me gusta más: darle mil vueltas a un tema para llegar a una conclusión lógica para luego ignorarlo por completo.

Así que, antes de que pueda recordarme a mí misma que mi familia me desheredará y que perderé mi trabajo si alguien me pilla, me encuentro arrastrando al goblin —que pesa como una estantería entera de libros, a pesar de su tamaño. ¿Qué comen? ¿Rocas?— dentro de la tienda.

Cierro la puerta del Folletín, bajo las persianas y cuelgo el cartel de cerrado. Nadie puede entrar —nadie iba a hacerlo igualmente, me recuerdo— mientras atiendo al goblin.

La luz de la calle se cuela tímidamente a través de las rendijas de las ventanas, colorea el interior de un dorado que transmite una calidez poco habitual en el gris monótono de Ciudad Libre. Pese a la belleza de la escena, a mis pies tengo a un goblin más cerca de la muerte que de la vida. Si su supervivencia depende de mí, creo que se encuentra perdido.

Me meto en la trastienda y rebusco entre los cajones. Mi intención es hacerme con cualquier útil medicinal que encuentre, que no es que abunden en una librería, pero imagino que Tyresias deberá tener —aunque sea por ley— algún botiquín.

Libros, libros, más libros. ¡Ojo! Ah, por supuesto: más libros. Todo lo que encuentro en los cajones son textos antiguos, manuscritos sin encuadernar, rechazos editoriales y cartas de la administración. ¿Cómo es posible que este señor no tenga ni una sola planta medicinal?

Me rindo y me limito a hacer lo único que puedo: agarro un paño, lo mojo con agua y le limpio las heridas. La sangre desaparece poco a poco de su rostro. A diferencia de lo que pensaba, la limpieza deja a la luz unas facciones definidas, duras y... ¿curiosas? No sé describirlo. No es guapo, pero tiene una belleza inusual, como si un escultor se hubiera equivocado al crear la mejor de sus creaciones y la hubiera desechado.

Me quedo tan embelesada limpiando su piel que, cuando una corriente de aire mueve la puerta, me asusto hasta tal punto que me separo del goblin y me apoyo sobre la estantería más cercana con la mano en el pecho. El corazón me late como un caballo desbocado; un susto más de esos y será el goblin el que tenga que atenderme a mí.

Sin embargo, soy consciente de que el susto me ha servido como advertencia. Esta vez ha sido solo el aire, pero la próxima podría ser el señor Nadberg. Debo tener mucho más cuidado.

Tengo que ocultar al goblin en alguna parte. ¿Dónde?

Detrás del mostrador, no tardarían en encontrarlo; en la trastienda, sería cuestión de horas que Tyresias diera con él; no puedo dejarlo entre los estrechos pasillos de las estanterías, cualquier cliente podría verlo.

Alzo la cabeza y me percato de algo: la sala que el señor Nadberg me tiene terminantemente prohibido que visite. Es una antigua buhardilla que no lleva a ninguna parte. Antaño, se usaba como almacén, pero mis padres me han contado que fue un salón de lectura muchos años atrás. Nunca he visto a Tyresias subiendo a esa sala. Sé que basta que esconda a un goblin al borde de la muerte ahí para que todo se tuerza y salga mal, pero para qué engañarnos: es la mejor opción que tengo.

Como no me quiero jugar el trabajo y mucho menos la cabeza, intento despertar al goblin primero. Le hundo un dedo en la mejilla para intentar que reaccione, pero apenas se mueve. A riesgo de parecer brusca, le propino un par de tortitas para que se despierte. Nada parece funcionar y se me acaban los recursos.

Miro hacia la entrada de la buhardilla, que se esconde detrás de la última estantería del pasillo. Para llegar hasta la cuerda que la abre necesito utilizar el taburete de la entrada. Antes de ir a buscarlo, repaso mis alternativas. ¿Qué más puedo intentar? Supongo que lanzarle un cubo de agua podría funcionar, pero fregar el suelo de la librería es lo último que me apetece, por no mencionar el daño que podría causarle a la madera.

Me resigno y tomo la única vía de escape que me queda o, al menos, la única que me asegura inmediatez, que es lo que necesito. Coloco el taburete debajo de la cuerda y salto un par de veces hasta agarrarla. Al tirar, caigo hacia atrás y me doy un golpe contra el suelo. Me resiento, pero la vista de los escalones abriéndose ante mis ojos como por arte de magia me resulta tan placentera que ignoro el dolor.

La peor parte es arrastrar al goblin a través de la librería y cargar con él escalones arriba hacia una oscuridad que desconozco. Del día de hoy he aprendido que los goblins tienen la piel dura, pesan más de lo que su cuerpo aparenta y no se despiertan aunque los golpees contra todas las esquinas.

La buhardilla es un espacio de techo bajo donde la oscuridad y la suciedad comparten existencia. Al fondo, hacia donde la sala se hace más baja por la inclinación del tejado, una ventana tapada por tablones permite que un resquicio de luz se cuele, burlando así la monotonía de negros instalada allí desde no sé cuándo. No quiero llamar la atención, pero no creo que nadie se percate de la falta de uno de los tablones; así que me acerco a la ventana y, con toda la sutileza que no tengo, arranco un trozo de madera. En comparación con cómo estaba antes, la luz inunda la estancia.

Durante los siguientes quince minutos me limito a preparar una cama —o, al menos, algo parecido donde tumbar al goblin—. Para ello, tengo que hacer uso de viejos trapos, telas y utensilios que no sé ni lo que son. Tumbo al goblin y lo arropo con una toalla del baño.

—Sé que no es gran cosa, pero es lo mejor que puedo ofrecerte —le susurro, como si fuera a responderme.

Se me ha hecho demasiado tarde, si no llego a casa antes de que el sol caiga, mis padres y mi hermanastro se preocuparán y vendrán a buscarme. «¿Qué estás tramando ahora, Zirandell?», me dirían, mientras tengo que enfrentarme a sus miradas repletas de sospecha.

Antes de marcharme, coloco un vaso de agua al lado del goblin por si se despertara. Su rostro luce ocre iluminado por el sol del atardecer. Siempre me han dicho que los goblins son criaturas detestables. Al tenerlo cerca, me pregunto quién puede haber insinuado tan burda mentira. Hay quienes no aprecian la belleza de las joyas que no brillan.

Sonrío. ¿Por qué lo hago? La escena me transmite paz. Es… algo extraño. ¿Me reconforta haber ayudado a alguien? ¿O tal vez sea el peligro que conllevan mis actos lo que hace que se despierte un cosquilleo en mí?

Decido desaparecer, no sin antes dejarle un libro junto a la almohada: *Tormentas de un corazón helado.* ¿Los goblins leen? No lo sé, pero me gustaría que pudiera disfrutar de una de mis obras favoritas. Espero que le guste. Cuando me obsesiono con algo, no puedo sacarlo de mi cabeza y aún no he encontrado a nadie con quien comentar esta novela.

2
Flores de Hielo

El sol se esconde entre los edificios más altos de Ciudad Libre, esos que no dejan ver las montañas del oeste y que se diseñaron para albergar a tantas familias como fuera posible; una especie de colmenas verticales e irregulares que apuntan al cielo como lanzas. Construidas con materiales pobres y endebles, me sorprende que nunca hayamos lamentado una desgracia por derrumbe. Aún.

Cuando atardece, la ciudad se ve diferente: oscura, pesada, silenciosa... Las sombras crecen, se vuelven alargadas y sinuosas; en cualquier momento, podrían cobrar vida para arrastrarme a su mundo. A veces me pregunto cuál es peor.

Tengo la suerte de que Tyresias Nadberg me facilita un horario diurno. Trabajo por las mañanas, hasta un poco después de comer. Lo necesario para atender todos los pedidos, también lo suficiente para no regresar a casa de noche.

Caminar por Ciudad Libre en la oscuridad se vuelve inseguro. Oteo constantemente la profundidad de los callejones, donde no existe luz que revele lo que allí sucede. Me imagino los monstruos que habitan en las esquinas, al acecho de un corderito que vague perdido y sin rumbo.

A mi paso por la avenida principal que conecta El Folletín Mágico con mi casa, situada en el Distrito Norte, donde habitan los elfos, me detengo a observar a un grupo de matones junto a un bar. Bajo su apariencia jocosa se esconde una realidad que sus uniformes no pueden ocultar: pertenecen a la guardia del distrito.

Hace mucho tiempo que Ciudad Libre dejó de estar custodiada por la seguridad del Pilar del Sol. Desde entonces, la protección corre a cargo de las milicias: grupos formados en cada distrito que luchan por asegurar sus territorios. Facciones enfrentadas por el control de la ciudad. Están compuestas por mercenarios, soldados sin gloria que se han rendido en la búsqueda de una oportunidad mejor fuera de Ciudad Libre y que ahora dedican su vida a proteger lo que es suyo —y a quitarle todo lo posible al resto—.

Nunca me han gustado las bandas, mucho menos los mercenarios que las forman. Son crueles, despiadados, arrogantes y estúpidos; una mezcla de tronco de árbol vacío y un cerebro relleno de serrín. Mi padre siempre dice que la guardia nos protege. ¿Hasta qué punto puedes confiar tu vida a una persona movida por el dinero? La guardia que protege el distrito de los elfos es eficaz, pero la mayoría renunciaría a sus ideales por unas monedas.

Supongo que la suerte juega de nuestro lado; en Ciudad Libre nadie tiene dinero para comprar a una banda entera.

Durante los siguientes minutos ando por las calles, perdida en las formas irregulares de los edificios. La mayoría son bajos, aunque no tanto como aquellos que están cerca del territorio goblin. Cuanto más avanzo hacia el norte, el elitismo de los elfos se vuelve visible en las fachadas. No es ni mucho menos un lujo enorme, pero las estructuras se vuelven rectangulares. Las casas son unifamiliares, nada que ver con los bloques que albergan a decenas de personas. Cualquier habitante del Pilar del Sol se reiría de nosotros por considerar nuestras casitas como un lujo: allí tienen hogares que parecen ciudades enteras, con campo, césped y varios baños. Todo cambia tanto según los ojos de quien mire, que a veces incluso me asusta.

Al pararme frente a mi casa, alzo la vista. Es una casa de dos plantas, estrecha, casi parece insertada a la fuerza entre los dos edificios que la rodean. No me puedo quejar. Es lo bastante cómoda para mi familia y, sobre todo, nos aporta seguridad. Las revueltas nunca suceden cerca. Estamos ubicados en una zona alejada al norte para evitar los enfrentamientos entre bandos.

—Buenas tardes —digo al traspasar la puerta. Huele a madera y a incienso, a paso del tiempo y a dolor.

La entrada de mi casa se sume en las sombras, por la ventana no entra ninguna luz. La única que llega es desde el salón y desde la cocina. Hay unas escaleras que se pierden en la oscuridad y un pasillo que lleva hasta el despacho de mi padre.

—Buenas tardes, Zirandell. —La voz de mi madre, Rysandell Rossbarg, me recibe desde el salón.

Me asomo para saludarla con un beso en la frente que ella me devuelve. Pese a estar ante un ser tan brillante, me sorprende cómo suele refugiarse entre las negruras del salón.

—¿No enciendes la chimenea? —le pregunto al mismo tiempo que agarro una cerilla.

Lleva un vestido largo que casi arrastra por el suelo. La tela tiene un par de agujeros; se nota que el paso del tiempo ha causado mella en ella. El color de su piel es mucho más apagado que el mío, como si el paso de los años le hubiera quitado vitalidad a la palidez que nos caracteriza.

—No, déjalo. Es mejor así. —Mi rostro refleja duda y ella se percata—. Me duele un poco la cabeza, la luz me molesta.

Mi madre es una elfa bastante joven, me tuvo con tan solo veinte años, casi mi edad. Eso, para los nuestros, es algo inusual. Los elfos somos una raza tan longeva que lo normal es tener hijos mucho más tarde. Cuando pienso en pasar por lo mismo que mi madre, un temblor me recorre el cuerpo. No me imagino teniendo un hijo en menos de dos años. Ni siquiera sé cuidar de mí misma, ¿cómo iba a cuidar de una criatura tan indefensa?

—Tu padre y Ziramyo se encuentran en el despacho —me informa sin necesidad de que yo le pregunte.

Asiento sin decir nada. No me gusta relacionarme con mi padre y con mi hermanastro, menos cuando están reunidos. Por lo general, no les gusta que me entrometa en sus asuntos.

En cuanto salgo del salón, me aproximo a las escaleras que llevan a la planta de arriba. Llegar a mi cama y tirarme sobre ella es más que un deseo, una necesidad. Apenas he subido cuatro escalones cuando escucho la voz de mi padre llamarme desde el despacho:

—¡Zirandell!

No necesito oír nada más. Sé que debo ir.

Voy con la parsimonia de una persona mayor. No sé qué ha sido de la energía vital que he tenido el resto del día, ha debido de ponerse en huelga al escuchar a mi padre. El pasillo que lleva al despacho es angosto, lóbrego y espeluznante. Mis peores pesadillas suceden en ese corredor. A veces, sueño que me quedo sin aire mientras transito los escasos metros que lo componen. Otras, la pesadilla me traslada a un pasillo eterno, sin salida, donde las paredes se cierran poco a poco sobre mí.

Lo recorro acompañada por los cuadros de mi madre. Ella no pinta; teje. Teje hermosos paisajes, retratos, animales… Un sinfín de motivos, tantos como se puedan imaginar. Juega con los hilos como un pintor con la acuarela. Y luego lo enmarca.

Llamo cinco veces a la puerta. Las tres primeras van seguidas; hago una pausa hasta que vuelvo a tocar dos veces más.

—Pasa —dice mi padre.

El despacho es grande, probablemente sea la sala de mayor extensión de la casa. Tiene una mesa alargada en el centro, con doce sillas que la rodean. Al fondo hay un escritorio repleto de documentos, acompañado por una estantería digna de una biblioteca. En un lateral, una chimenea ilumina la estancia.

Allí está mi padre, Ziralyon Spuckberg, y mi hermanastro, Ziramyo Spuckberg. Los elfos tienen una tradición estúpida: componen los nombres de sus hijos en función del de sus padres. En nuestro caso, mis padres se esfuerzan por utilizar el nombre completo para rehuir equívocos. En ambientes más coloquiales, se suelen emplear diminutivos. No he conocido a muchos amigos de mi hermanastro, pero me han llegado rumores de que lo llaman Ziro o Myo. Caigo en la cuenta de que no se encuentran solos;

Roohmay Boombarg está sentado al fondo, en el escritorio, con los brazos cruzados.

Se levanta al verme.

—Buenas tardes, Zirandell —me saluda antes incluso que mi padre o mi hermanastro, que se limitan a hacerme un gesto con la cabeza.

No soporto a Roohmay. Es un elfo grotesco, malhumorado y sinvergüenza que poco representa los modales de nuestra raza. A diferencia del resto de los elfos, que parecen consumidos por la vida: altos, delgados y con un semblante aburrido, Roohmay parece el fruto del cruce con un ogro. Tiene el cuerpo grande, tanto que ocupa como tres elfos normales; la melena, de un negro tan oscuro que no podría ser más diferente del platino de cualquier elfo común, le cae despeinada sobre los musculosos hombros. Su postura es encorvada como un búfalo bebiendo de un pantano.

—Buenas tardes, señor Boombarg. —Le desprecio, pero los modales no me permiten escupirle en la cara—. ¿Cómo van los avances de la facción?

Roohmay no es solo un elfo grotesco en apariencia, también lo es por su puesto. Lidera a la banda de elfos que defienden el distrito. ¿Que por qué está en casa este señor? Porque Ziramyo es parte de esa banda desde hace un par de años y mi padre es el herrero más importante de la ciudad —o lo que viene a ser lo mismo: es quien les provee de armas—. Así que, por suerte o por desgracia —más esta última—, me toca soportar las visitas de Roohmay a menudo.

—Bien, bien. —Las palabras se le atragantan en la boca y eso que solo ha dicho dos. Parece que le cuesta respirar entre sílabas—. Ya sabes, estas cosas van despacio. ¿Verdad,

Ziramyo? —Le da un golpe a mi hermano en la espalda y hace que trastabille.

No me gusta que venga a nuestra casa porque siempre supone que los tres se encierren durante horas a charlar sobre temas de los que nadie puede enterarse. Desde que subieron de rango a Ziramyo, sus visitas son más recurrentes, y el trato con mi hermano es mucho más frío. Él y mi padre se pasan el día callados, parece que hablan solo con la mirada. A veces se marchan de casa y regresan de madrugada sin decir nada.

Y si les pregunto, la respuesta es siempre la misma:

«No es asunto tuyo».

Al principio estaba convencida de que, en el caso de mi hermano, se trataba de un tema amoroso del que no quería que se supiera nada. Sin embargo, el paso del tiempo —y las visitas recurrentes de Roohmay— me han hecho darme cuenta de que la milicia debe estar involucrada.

—No es un asunto de críos. —Se limita a responder Ziramyo. Tiene el rostro alzado, ni siquiera me mira cuando dice estas palabras.

Solo me saca dos años, pero actúa como si un dios lo hubiera elegido para cargar con la responsabilidad de su pueblo. A veces desearía recordarle lo niñato que parece actuando con tanta prepotencia.

Me callo. Primero, porque es a lo que estoy acostumbrada; segundo, porque estoy demasiado cansada como para discutir con un tipo que lo que tiene de presencia le falta de cerebro.

Nuestro padre da un paso al frente y regaña a Ziramyo con la mirada.

—Durante la última semana se han incrementado las revueltas en el Distrito Sur. Se han detectado incidencias en las fronteras del Distrito Centro. Deberías tener cuidado cuando vayas a la librería —me advierte mi padre con los brazos cruzados contra el pecho.

El Distrito Centro es el único neutro de Ciudad Libre. También es el mismo en el que se localiza El Folletín Mágico. Me extraña que las revueltas de los goblins se acerquen tanto a una zona imparcial. ¿Acaso traman acabar con el pacto que limita las influencias de las bandas en el distrito neutro?

—En la librería estaré segura, padre —le digo en un intento de tranquilizarlo—. No creo que a esos mercenarios se les ocurra frecuentar una tienda de libros.

—Ni siquiera habrán leído uno en su vida —se burla mi hermanastro. Me aguanto las ganas de decirle que él tampoco tiene mucho que envidiarles en ese aspecto.

Miro a mi padre con la expresión más inocente que puedo. Es un arma secreta prodigiosa: sirve para obtener aquello que quiero sin necesidad de abrir la boca. Ziralyon asiente y señala la puerta con la mano.

—Gracias, Zirandell. Puedes marcharte.

Escapo del despacho con la mirada de los tres clavada como un puñal en mi espalda. Hago como que no me importa y cierro la puerta sin mirar atrás. Antes de que se les ocurra llamarme de nuevo, abandono el pasillo de mis pesadillas, subo las escaleras y entro en mi habitación. Cierro, apoyándome contra la puerta con todo el peso de mi espalda y me dejo caer un poco. Suspiro, aliviada, al encontrarme a salvo.

Enciendo una vela. La luz que proyecta es más que la que hay en el resto de la casa. Es una estancia alargada, donde cabe una cama grande y un escritorio donde se acumulan los libros y las hojas sueltas. Sobre los estantes que se reparten por las paredes hay muchas velas de diferentes tipos que he ido consiguiendo en el mercado a muy buen precio. Está bien que tenga que ahorrar para irme lejos de aquí, pero una chica a veces necesita algo con lo que obsesionarse. En mi caso, son las velas, la pintura y los libros.

Los dibujos que hago en mi tiempo libre —a veces también en los ratos muertos en El Folletín Mágico— adornan cada una de las paredes. Hay pinturas básicas y mal hechas que denotan mi falta de experiencia: mi primer cuadro, que ilustra un atardecer en una colina; o mi primer retrato, de mi madre. Tengo otros que demuestran la pericia que he adquirido con el tiempo: un libro abierto sujetado por el rey de los elfos o una rosa en llamas transportada por un ave de plumaje dorado.

Me dejo caer sobre la cama y miro a través del ventanal, desde donde puedo contemplar la ciudad, los secretos que esconde y la caída del sol. Embelesada por el cielo que me devuelve un conjunto de colores rosados y violetas, agarro el cuaderno que tengo sobre la mesilla. Tiene una tapa negra de cuero desgastado y un sinfín de emociones.

Avanzo por las páginas con el recuerdo de cada poema que he escrito sobre ellas, de cada reflexión que he plasmado al volver a casa de la librería, imbuida por las grandes obras que había tenido la oportunidad de degustar. Siempre regreso a estos escritos como refugio. Es una forma de recordarme lo que fui, lo que soy y a lo que aspiro; una cámara del tiempo enterrada entre hojas de tinta.

Agarro la pluma y amago con escribir unas palabras en una página en blanco. El temor crece en mí al tener que enfrentarme a esas primeras letras que luego darán paso a todo un poema. ¿Cuánta responsabilidad cabe en un gesto tan simple? Algunos libran guerras por menos. Yo tendría que lidiar con un batallón entero de emociones si plasmara de forma errónea lo que quiero transmitir. Antes de ni siquiera posar la pluma sobre la hoja, desisto. El pulso me tiembla y aparto la mano. Vuelvo a dejar la pluma sobre el tintero. Tal vez hoy no sea el día.

«No pasa nada», me digo a mí misma. Me levanto de la cama para depositar con cariño el cuaderno. Ojeo las hojas rotas que hay sobre el escritorio, poemas que pretendía que fueran canciones y que terminé odiando. «Mañana será otro día. Siempre hay tiempo para el arte».

Abro la ventana para salir al tejado. Hace tanto frío que me pregunto cómo a los murciélagos no se les congelan las alas. Agarro una manta que hay sobre mi cama: tiene tejidas dos flores azules que se entrelazan en el tallo y florecen cada una hacia un lado. La tejió mi madre hace muchos años; representa dos flores de hielo, un tipo de planta que nunca se marchita pese a las inclemencias del tiempo. Siempre me ha dicho que le recuerdan a mí.

Como cada vez que me escurro en el tejado y abandono la seguridad de mi cuarto, siento que atravieso un portal a otra dimensión. También he tenido pesadillas con eso: traspaso el umbral y las cristaleras se cierran. Golpeo y golpeo con fuerza, pero no ceden. Aparecen monstruos que quieren hacerme daño. Normalmente tienen la apariencia de un goblin.

Menos mal que las pesadillas son solo sueños, una inspiración extra para plasmar en mi arte.

Al sentarme sobre las tejas, el frío intenta traspasar mi piel, aunque la manta de mi madre me protege. En la lejanía, una retahíla de explosiones sacude el horizonte. Las lenguas de fuego se elevan hasta besar el cielo. Hace un mes me hubiera sorprendido, pero ya es costumbre que se repitan como los fuegos artificiales al final del verano.

Agradezco que el Distrito Norte sea tan tranquilo. Aquí prima la paz. Odio a las bandas, pero tal vez mi padre tenga razón: nos protegen.

El sonido de la puerta de entrada de casa me llama la atención. Me arrastro por el tejado y me asomo para ver quién está ahí, aunque ya lo sospecho. Mi hermanastro. Ziramyo suele marcharse por las noches. ¿Tendrá una cita? Nunca le he preguntado acerca de sus gustos, tampoco si tiene interés en algo que no sea la guerra. A juzgar por la armadura básica de cuero que lleva, entiendo que tratará temas de la guardia. Envidio que pueda salir por las noches; mis padres se volverían locos si yo me marchara así como así.

Resoplo y dejo caer la espalda sobre las tejas. Miro al cielo, ya nocturno. Las tres lunas lo coronan: Valeris, Carícola y Mambis. Extraño una Síntesis Lunar. Es mi momento favorito del año, cuando las tres se superponen y forman una Gran Luna de los Deseos que combina los colores de las tres: rojo, azul y morado.

Una oleada de viento sopla y casi vuela mi manta. Pese a estar cubierta, el vello se me eriza. Entonces me percato: el goblin debe de estar pasando muchísimo frío en una librería deshabitada. En todos los aspectos en los que una persona puede pasar frío.

3

Susurros de un poema gris

Me estiro en la cama, me visto rápidamente y me dirijo a la planta baja. Cuando llego al final de las escaleras, la puerta de casa se abre. Ziramyo me mira cansado desde el umbral. ¿Ha pasado toda la noche fuera? Quiero pensar que no.

—¿Vuelves de trabajar? —le pregunto. Le cuesta asimilar la pregunta; pestañea varias veces antes de darme una respuesta.

—No. No —repite como si necesitara confirmárselo a sí mismo—. A trabajar voy ahora. ¿Desayunamos?

Unos minutos más tarde, estoy sentada a la mesa del comedor con él. Desde que empecé a trabajar, pasamos menos tiempo juntos. No me preocupa en exceso, aunque sí que extraño los momentos divertidos que pasábamos en compañía el uno del otro cuando éramos más pequeños. Siempre ha sido detallista conmigo, al menos hasta hace un par de años.

Él desayuna unos cereales de colores. Le pegan muy poco con su actitud de tipo malo. Nada habla tanto de una persona como su desayuno. Por eso, yo muchas veces me limito a tomar un café. No sé si porque quiero alargar este rato a su lado, que también me como un bol de frutas.

—¿Has dormido algo?

—Tú a lo tuyo —me responde sin despegar la vista de los cereales que se introduce a la boca como si alguien se los fuera a robar.

Entiendo que esta pregunta no le ha hecho tanta gracia. No le suele gustar que me entrometa en su vida.

Bajo la vista y rehúyo de su mirada. Me centro en los cuadros de las paredes y en el libro que reposa sobre la mesa: *Memorias de una mujer de acción*, lectura actual de mi madre. Está claro de quién saqué la pasión por el arte.

—¿Hoy vas a la librería? —me pregunta, cosa que yo no espero.

—Sí, como todas las mañanas.

—¿Qué tal te paga el señor Nadberg?

Creo que ya se lo he comentado alguna vez, lo que demuestra la poca atención que me presta.

—Poco, como todos. Al menos es un trabajo divertido.

—Un trabajo no tiene que ser divertido —me contesta, tal y como ya me había imaginado que haría—. Te tiene que dar dinero.

—Es otro punto de vista.

—Deberías cambiarlo —añade, ignorando lo que le digo—. Hay trabajos más cercanos, en el Distrito Norte. Te pagarán mejor y estarás más cerca de casa. No tendrás que juntarte con esa… chusma que habita el sur.

—La librería está en el centro, zona neutral.

—*Sureños* —dice con tirria.

Asiento para no perder la paciencia. A mi hermanastro no le gusta que me entrometa en sus asuntos, aunque a él le encanta opinar sobre los demás. Creo que se da cuenta de que me está molestando, porque hace algo raro en él, me confiesa sus intenciones:

—Tengo que ir al centro, puedo acompañarte. La guardia ha atrapado a un tipo al que están interrogando. A veces se necesita un poco de mano dura para conseguir información.

Intento pensar que no pasa nada. Cada vez que acuden a mi mente las imágenes de Ziramyo torturando a alguien me entran escalofríos. No soporto el dolor, ni propio ni ajeno, y mucho menos si ese dolor lo ocasiona un miembro de mi familia. Recuerdo entonces al pobre goblin que ayudé ayer. Le dieron una paliza y lo dejaron tirado al borde de la muerte. No tuvieron compasión.

—¿Es seguro lo que haces? —Como no responde, añado—: Me refiero a si a ti podrían dañarte.

Es la primera vez en mucho tiempo que lo veo pensar una respuesta más de dos segundos. Por lo general, suelta lo primero que se le pasa por la cabeza sin pensar en si sus palabras herirán a alguien.

—La guardia del distrito es lo que nos protege. Todos estáis protegidos gracias a nosotros. Merece la pena.

O lo que viene a ser lo mismo: no, no es seguro lo que hacen, pero prefiere jugarse la vida para que el resto no lo pase mal. En el fondo, debería valorar a mi hermano como a un héroe aunque se comporte como un imbécil.

—Hace poco vi a un goblin al que golpearon en mitad de la calle, en el Distrito Centro. Me pareció que eran otros de los suyos los culpables.

Ziramyo alza los hombros como si le diera igual.

—Las bandas a veces actúan así. Puede que fuera un desertor —reconoce; yo lo dudo bastante—. Los problemas en Ciudad Libre se encuentran solos, no hace falta que nadie los busque. Si además eres una persona problemática, lo pones demasiado fácil. De todos modos, no te preocupes. Los goblins son así, no trates de entenderlos; no piensan, no son inteligentes. Son la peor calaña que habita Heros. Como esclavos funcionaban porque recibían órdenes de elfos...

Se me atraganta el desayuno y me levanto de la mesa. Me llevo conmigo el bol de frutas. Ni siquiera soy capaz de mirarlo a los ojos.

—Llego tarde al Folletín. Me marcho. Nos vemos en la cena.

Llego a la librería una hora antes de que abra. Tyresias Nadberg no está allí, tampoco lo espero temprano. Levanto las persianas para iluminar el interior y quito el polvo del mostrador y de algunas estanterías. Antes de ponerme con mis tareas diarias, me asomo a la buhardilla para comprobar que el goblin siga allí. A pesar de la oscuridad, distingo una silueta tumbada y su respiración desgastada, como si estuviera a punto de apagarse. «Aguanta un poco más. En nada estoy contigo». Vuelvo a mis tareas. Preparo el catálogo del día; aunque nadie entre, tenemos una selección en la entrada con nuestras recomendaciones. Normalmente, siempre las elijo yo. A veces, el señor Nadberg me indica que cambie un título por otro que le ha enviado un amigo o por el de alguna editorial de la capital que ha pedido el favor. Luego paso a la sección de más vendidos y, por último, a las novedades.

Las novedades de Ciudad Libre son reliquias en cualquier otra provincia de Heros. Nosotros nos enorgullecemos de ser la librería que antes las consigue, pero igualmente vamos, en casi todos los casos, con un retraso de varios años. Aun así, siempre repito: lo importante es leer libros, no cuándo se lean. A veces parece que a los lectores se les olvida que las historias no caducan.

Termino de colocar todo antes de lo que esperaba. Aún me sobran unos minutos antes de abrir, así que decido subir a la buhardilla para echarle otro vistazo al goblin. Todo permanece oscuro, no parece que se haya movido. El agua está intacta y el libro también.

Poso una mano en su frente para comprobar si tiene fiebre. Casi la tengo que apartar, sobresaltada. Quema, pero no como comida recién salida del fuego; arde como si tuviera el mismísimo infierno sobre la cabeza. La alta temperatura viene acompañada de sudor y temblores, seguramente provocados por unas heridas que cada vez pintan peor.

Como no soy curandera ni sé qué se hace en estos casos, intento hacer lo que haría mi madre. Saco de una bolsa mi mantita de flores de hielo y se la pongo por encima. Después, mojo un paño y se lo coloco sobre la frente. Le limpio las heridas con agua, con la esperanza de evitar una infección.

Me siento a su lado y lo observo. ¿Qué más puedo hacer por él? Temo llamar a los servicios médicos de Ciudad Libre. ¿Y si lo entregan? No, no puedo hacer eso.

Agarro el ejemplar de *Tormentas de un corazón helado* y hago lo único que realmente a mí me funciona para sanar:

leo. Lo hago en voz alta, con delicadeza, saboreando cada una de las palabras que forman el texto.

—El dolor de un corazón se acrecienta con las nubes, pero es más peligrosa la paz venidera que la propia tormenta —recito. El goblin no se inmuta, aunque a mí me da la sensación de que se siente agradecido.

Durante la siguiente hora leo, paso las páginas y devoro los capítulos de la novela. Me enfrasco tanto en la lectura que no me percato de que el tiempo se pasa volando. Solo soy capaz de volver a la realidad cuando escucho unos golpes en la puerta de abajo que me sobresaltan.

Antes de abandonar la buhardilla, vuelvo a tocar la frente del goblin. A lo mejor son imaginaciones mías, pero juraría que la temperatura ha bajado. Tal vez las palabras sí puedan sanarnos.

Cuando llego a la parte de abajo, encuentro al señor Nadberg muy enfadado. Le tengo que abrir desde dentro, ya que he dejado la llave puesta para que no se cuele nadie.

—¿Qué se cree que hace, señorita? —Nunca lo he visto tan enrabietado; entra dando golpes con su bastón y tira con desgana la gabardina sobre el perchero—. ¿Por qué está la librería cerrada a estas horas? ¡Es inadmisible!

Tengo ganas de responderle «qué más da, no va a entrar nadie», pero me lo callo. A veces, es necesario saber cuándo contener las ganas de dar una respuesta cortante.

—Perdóneme, señor. Estaba recolocando la parte trasera de la tienda y no quería que entrara nadie... Me desconcerté con la hora. —Mi explicación no es del todo buena.

Tyresias no se molesta en mirarme. Pasea de un lado a otro como si algo estuviera mal. Espero que no sospeche que tiene un goblin durmiendo en la buhardilla; probablemente perdería la cabeza, como yo lo haría si estuviera en su lugar.

—La puntualidad es una virtud. —Suspira y se deja caer sobre la silla que hay tras el mostrador—. Qué pena que cada día más personas la den por perdida. Procura que sea la última vez que suceda.

—Lo prometo, señor.

Durante los siguientes minutos, se dedica a gastar las pocas energías que tiene en una reprimenda continua en la que reitera una y otra vez lo importante que es ser puntual, abrir la tienda a su hora y atender a los clientes —esos que no se ven por ningún sitio— con amabilidad y profesionalidad. Habla de su pasado, las horas que pasó encerrado en la librería aprendiendo el oficio de sus padres y toda la rectitud que le demostraron. Por supuesto, a lo largo de esta retahíla de anécdotas, critica a los jóvenes, los malos modales que tenemos y que todo es porque ya no se nos enseña como antes. «Vivís en las nubes», dice un par de veces antes de que yo deje de prestarle atención.

Me pierdo en mis pensamientos, en el recuerdo de un goblin malherido que habita en la planta superior y que necesita ayuda urgente. Aún no sé cómo dársela, pero, por mucho que la magia de las palabras le haya ayudado a sanar, tarde o temprano necesitará un médico de verdad. Tengo que encontrar uno, sea como sea.

Y creo que tengo a la persona idónea para encargarse de esto.

—¡Con el rey Olgadamerión III todo era muy diferente! —sigue diciendo Tyresias— ¡Ay, si levantara la cabeza!

Creo que he perdido demasiado contexto del monólogo como para entender de qué está hablando.

4
Los Forberg

Llamo a la puerta un par de veces. La primera lo hago con una timidez que me sorprende a mí misma. ¿De qué tengo miedo exactamente? Supongo que de lo que pueda encontrarme al otro lado. Hace mucho que no visito a los Forberg. La segunda vez, golpeo con más fuerza, la suficiente como para sentir mis nudillos doloridos.

Durante los segundos —que parecen horas— que paso esperando una respuesta, me percato de todo lo que puede decir una puerta. La que tengo enfrente es tan alta que doblaría en tamaño al elfo más grande y lo suficientemente ancha como para introducir una mesa de comedor sin problema. Los materiales que la componen son de una calidad incuestionable. La madera oscura tiene pequeñas muescas que, si te fijas lo suficiente, están hechas con la intención de crear un patrón geométrico. Los acabados están rodeados de un metal que parece oro, aunque dudo mucho de que lo sea. En lo alto, la cabeza de una gárgola corona la fachada y sujeta un faro que, durante la noche, hace que la casa sea una de las pocas iluminadas de la calle.

La puerta se abre y yo salgo de mi ensimismamiento. Miro al frente y no veo a nadie, solo un amplio pasillo que se pierde sin que pueda distinguir su final. Escucho un quejido y miro hacia abajo. Un goblin sujeta la puerta con cara de pocos amigos. Es pequeño, demasiado incluso para su especie. Le sale pelo de las orejas y tiene una nariz tan alargada que parece un pico. Lleva puesto un delantal negro sobre una camisa manchada.

—No aceptamos propaganda de ningún tipo. Ni política ni comercial —me dice mientras taconea, impaciente.

—Estoy buscando a los Forberg. ¿Están en casa?

Se gira como si tuviera que comprobarlo. Cuando vuelve a mirarme, trae las cejas alzadas y una expresión de pocos amigos.

—No —dice arrastrando la sílaba con pesadez.

—¿Sabes cuándo volverán?

—Los señores de la casa han viajado a Lojarasca para recoger recursos medicinales. Tardarán al menos cuatro días en regresar.

Me maldigo para mis adentros. No tengo tanto tiempo. No puedo esperar cuatro días. El goblin necesita un médico ya.

—¿Su hijo se encuentra en casa?

Daniel Forberg fue mi compañero de clase durante la infancia. Acudíamos al mismo profesor elfo, que nos recibía en su casa y nos daba clase a los que ahora conforman mi pandilla de amigos. Sé que Daniel ha sacado la vocación de sus padres y siempre se ha interesado por la medicina. También soy consciente de que no tiene más estudios que aquellos que haya podido adquirir en su casa o leyendo unos pocos libros de la biblioteca. Aun así, sigue siendo mejor opción que quedarme de brazos cruzados.

—El señorito Forberg no está.

—¿Sabe dónde puedo encontrarlo?

—Suele frecuentar el barrio de los Doce Arcos.

—Perfecto, muchas gracias.

Me voy porque comprendo que el goblin no va a darme más información y no puedo perder tanto tiempo. Él se despide inclinando la cabeza —me incomoda bastante— y cierra la puerta cuando bajo los tres escalones que me separan de la calle.

Camino hacia donde me ha indicado. El barrio de los Doce Arcos es el más grande del Distrito Norte. Lo levantaron los obreros para llevar a cabo sus negocios y acabó ocupando dos cuartas partes de la zona.

Aunque debería centrarme en encontrar a Daniel Forberg, sigo pensando en el goblin sirviente de la familia. Es raro encontrarlos, incluso en Ciudad Libre. Hace una década era común que los goblins fueran sirvientes de los elfos. De hecho, era inusual que las familias élficas no contaran con uno o dos a su cargo. Hace cuatro años se abolió la esclavitud goblin desde el Pilar del Sol. Pero, como todo, en Ciudad Libre los avances llegan a su tiempo.

Conforme me introduzco en el barrio obrero, las sombras de los edificios crean formas irregulares en los adoquines de las calles. Los faroles penden apagados desde lo alto de las casas, preparados para encenderse en cuanto el sol caiga. Los puestos que se abren paso en las calles ayudan a que esta parte de la ciudad se sienta viva. Las aceras se ensanchan para que las personas tengan más espacio para transitar y son muy pocos los carros que tienen acceso autorizado a la zona. El suelo es algo irregular, con adoquines que en ocasiones parece que se hubieran colocado mal intencionadamente. Los olores de los puestos de artesanos inundan mis fosas nasales: una combinación de barro y acero, alimentos y flores, especias y recuerdos que evocan una época primigenia que no conozco.

«¡Descuento en el segundo lote de jabón!», grita un elfo a viva voz.

«¡Pan recién horneado!», anuncia otro.

«¡Espadas, escudos, armaduras! ¡Todo lo necesario para protegerse en las calles oscuras!».

Los humildes puestos se colocan en la propia calle, normalmente con tablones de madera alargados donde exponen sus productos. Los que tienen más capacidad tienen comercios debajo de los soportales. Es útil, sobre todo cuando el frío y la lluvia arrecian.

Cuando hace buen tiempo, el barrio obrero se llena de vida. La gente bulle por las calles de un lado a otro, la compraventa consigue que las familias dispongan de nuevos recursos y, por una vez, Ciudad Libre parece una verdadera urbe y no una prisión repleta de conflictos.

Hay elfos de todo tipo. Los más humildes, que visten camisas desgastadas y pantalones rasgados, con botas que tienen la suela medio abierta; y los que se pueden considerar privilegiados por no tener agujeros en sus prendas y por portar joyas básicas como pendientes en las orejas.

«En el Pilar del Sol, los elfos llevan las orejas recubiertas de pendientes dorados hasta la punta», me dijo una vez mi padre. Por supuesto, él no lo había visto, tan solo lo habría escuchado en algún bar.

Es la primera vez en mucho tiempo que tengo que avanzar esquivando a la gente, buscando huecos y tratando de no tropezar con grupos que se paran de repente en mitad de la avenida para observar un puesto. Me agobia todo el bullicio, pero me reconforta ver tanta vida en un lugar donde la pobreza cada día ocupa más espacio.

—Hola, jovencita. —Me detiene una señora que lleva una docena de collares colgados del cuello y otra veintena en los brazos—. ¿Buscas joyas? Acercan la buena fortuna, los deseos y las ambiciones. Te ayudan a sentirte como una de la capital…

—No, lo siento. Anochecerá pronto. Tengo prisa.

Mi respuesta no es la más agraciada, pero la comerciante al menos no me presiona. Hay algunos que no te sueltan del brazo. El sol está cayendo y, antes de que mis padres pierdan los nervios por no haber regresado a casa, necesito encontrar a Daniel Forberg.

El susodicho no tarda en aparecer en mi camino. Parado frente a un puesto de flores marchitas, olfatea cada una de ellas como si ese aroma le inspirara una devoción que la propia vida repudia. No sé qué tipo de flores son, ni siquiera si se pueden considerar como tal. Tienen tonos oscuros; parecen traídas del propio desierto.

Daniel Forberg es una criatura peculiar, aunque supongo que creo eso por la forma de concebir el mundo que tenemos los elfos. Daniel es una criatura del bosque, una mezcla de magia y elementos de la naturaleza; uno de los oïds. Tiene la apariencia de un humano, heredada de su padre, que combina con un ojo púrpura y otro de color. De la boca se le asoman dos colmillos y el pelo no solo le crece en la cabeza, de donde le brota una prominente mata pelirroja que le llega alborotada hasta los hombros, sino también de las mejillas, como si fuera un gato. Es un chico muy guapo, uno que con solo mirarte fijamente con sus ojos bicolores conseguiría lo que se propusiera.

—¿Aprecias la belleza del paso del tiempo en una flor? —dice al percatarse de mi presencia. Me acerca la flor marchita para que pueda olerla y luego se la coloca debajo de la nariz—. Las imperfecciones, la destrucción, la forma en la que sus pétalos se arrugan y se quiebran; donde antes existía el color y la vida, ahora solo queda un trazo que nos recuerda que todo es efímero. La descomposición también es una forma de arte.

Sus palabras me evocan el recuerdo de los libros antiguos de El Folletín Mágico: los lomos desgastados, las cubiertas revestidas de polvo y las páginas amarillentas, corroídas por el paso del tiempo. Entiendo la belleza a la que se refiere Daniel. Yo también he soñado cientos de veces con que el señor Nadberg me regale una de esas reliquias que guarda como tesoros.

—¿No deberías estar en casa? —pregunta. Se ha apartado la flor de la nariz. Tiene la pose de un noble, aunque no sea más que otro habitante de Ciudad Libre.

—Necesito pedirte un favor muy importante. Y no estoy dispuesta a aceptar un «no» como respuesta.

5

Dos corazones tejidos en uno

Las pupilas de Daniel se contraen y me repite la misma frase una y otra vez:

—No sé si es buena idea colarnos en El Folletín Mágico.

Gracias, Daniel. Sé que no es buena idea. ¡No necesito personas que me digan lo que es una buena idea! ¡Necesito a alguien que me empuje a hacerlo!

—No te preocupes —intento calmar sus ánimos, sé que es un poco miedica, siempre lo ha sido.

—¿Qué pasará si nos atrapan?

Tener a mi lado a la prudencia personificada no consigue que brote de mí el caos, como se requiere para un asunto como el asalto a la librería. Daniel es cauteloso, amante de las buenas acciones y las pequeñas hazañas, dueño del sigilo y del compromiso con los demás. Me siento un diablillo malvado que baila en llamas empujándole a hacer algo malo, pero sé que es el único que puede ayudarme.

—Nada. —Probablemente a mí me despidan. Eso no es trascendental—. Lo importante es qué pasará si no entramos ahí.

Un silencio se forma entre los dos. No dura mucho, Daniel es lo suficientemente tímido como para permitir que se genere esa incomodidad en una conversación. Siempre tiene algo que decir.

—¿Has matado a alguien ahí dentro? —El miedo con el que lo dice casi me provoca una risa. ¿Quién se cree que soy?

—No, por supuesto que no. ¿Qué clase de pregunta es esa?

—Tengo que estar seguro de dónde me estoy metiendo. No me gustaría que nos atraparan con un cadáver y me acusaran de cómplice.

—Precisamente, lo que pretendo es librarme de un cadáver. De tener que cargar con uno, quiero decir.

Frunce el ceño y me percato de que tal vez no he elegido las palabras correctas. Como llegamos a la puerta del Folletín, le resto importancia y abro. No hay nadie alrededor.

—Vamos, corre. Antes de que alguien nos vea. Lo entenderás todo cuando estés dentro.

La librería huele a cerrado, a libros y al incienso que Tyresias deja cada noche para envolver de melancolía las paredes de un establecimiento que nadie visita. Guío a Daniel de la mano a través de las estanterías. Mi piel es tan fría en comparación con la suya que me pregunto qué clase de incendio guarda dentro. No intercambiamos palabras hasta que llegamos a la buhardilla y yo enciendo un farol que hay sobre una mesa.

Daniel se sobresalta al observar al goblin. Me pregunto si alguna vez habrá visto a uno de este tamaño tan cerca. Uno mucho más grande que el que cuida su casa.

—Es solo un goblin —digo, algo molesta por su asombro—. ¿Acaso ahora te dan miedo?

Se calla una respuesta que entiendo que no me va a gustar.

—No, no es eso —dice—. ¿Se encuentra bien?

—No. Por eso te he llamado. Tiene fiebre y las heridas tienen mala pinta.

Daniel se agacha para analizarlo de cerca. Recorre la piel del goblin con cuidado, como si pudiera infectarse por el simple hecho de tocarlo.

—¿Lo has curado de alguna forma? —pregunta. Me pide que le acerque el farol con un gesto y se lo doy. Examina de cerca las heridas, que con la luz cobran un color violáceo y feo.

—Le he leído una novela.

Le sorprende mi respuesta y me mira de soslayo con el ceño fruncido.

—Le… has leído una novela.

—Sí, eso he dicho.

—¿Qué tiene que ver eso con curar?

—Las palabras también pueden sanar —aseguro, convencida de que la lectura le ayudó.

Asiente y evita continuar con el tema. Se lo agradezco, creo que no hay nadie peor para debatir sobre el poder de la literatura que yo. Para él es una guerra tan perdida que ya ha muerto antes de empezar.

Durante los siguientes minutos, me limito a observar cómo revisa cada una de las heridas del goblin, le toma la temperatura y rebusca en su bolsa diferentes frascos. Deseo que encuentre algo, una solución, un remedio a los problemas del goblin, aunque el gesto con el que acompaña su búsqueda no me transmita buenas noticias.

—Toma esto. —Me entrega una bolsita de tela que admiro como si fuera un milagro de los dioses.

—¿Qué es?

—Fortisoda.

—¿Va a salvarlo?

—No, pero le aliviará el dolor. Esa bolsa contiene una mezcla diluida. Dásela y espera a que le haga efecto. Mañana pásate por mi casa antes de venir a la librería. Intentaré conseguirte una medicina más efectiva.

La noche ha caído en el exterior. La escasa iluminación de la calle se cuela a través de las ventanas y dibuja la silueta de Daniel. Luce misterioso, repleto de secretos, aunque sé que nunca ha guardado ninguno. Es un libro abierto, justo como los que me gusta leer. Su ojo de color miel resplandece.

—¿Se pondrá bien? —pregunto y yo misma me sorprendo por mi desasosiego.

Suspira, se sacude el pelo de la frente y me mira con seriedad.

—No tienes de qué preocuparte. Se recuperará.

Asiento con el corazón encogido y me pregunto qué es lo que me une tanto a ese goblin para preocuparme así por él. ¿Es el peso que caería sobre mi conciencia por una posible muerte? ¿El remordimiento por no hacer lo suficiente por una persona inocente? ¿O la idea de que nunca me he acercado tanto a un ser así de peligroso y, pese a ello, he disfrutado tanto rozando su piel?

Supongo que el desconocimiento atrae, y las diferencias que existen entre los dos son tan innegables como la noche y el día.

—Gracias por tu ayuda, Daniel —le digo cuando me percato de que se dirige hacia las escaleras.

—No hay de qué. Esto es vocacional, viene de familia. —Se ríe, me alegra de que lo haga—. Cuando tengas un rato libre, estaría bien reunir a la cuadrilla para recorrer las calles de Ciudad Libre como en los viejos tiempos.

Hace tanto que no veo a mis amigos que siento que una profunda melancolía invade mi corazón. Me llevo las manos al pecho y asiento, tengo que aguantar una lágrima que amenaza con lanzarse al vacío. El trabajo, mis ganas por ser artista y escapar de este pozo de oscuridad que algunos llaman «ciudad», han sido tan prioritarios para mí que me he olvidado de todo lo demás.

—Os escribiré —le aseguro.

—Nos vemos pronto, entonces.

Al marcharse, el vacío que queda en la buhardilla es tan grande que mi cuerpo me pide salir corriendo detrás de Daniel para pedirle que se quede un rato más. Aun así, no lo hago. No puedo arrastrarle a esto. Aunque sus padres estén en Lojarasca, a varios días de distancia, él también tiene una vida que atender. Debo reconocer que me sentía más segura a su lado. Él no es médico, pero entiende de medicina. Sabe cómo curar a una persona herida, sabe actuar en estos casos.

Suspiro y me acerco al goblin. Creo que es la primera vez que lo escucho roncar. A diferencia de otros, a mí me alivia: es una señal de que duerme plácidamente. Me arrodillo a su lado y pego una oreja a su pecho. Respira suave; sus pulmones se inflan, el pecho le sube y baja a un ritmo constante. Su corazón late, y yo me ruborizo al percibirlo. Me da la sensación de que le puedo percibir el alma.

Me siento con las piernas cruzadas y miro a través de la ventana. La luz de la calle se desvanece por un momento.

Las sombras aparecen y desaparecen en mi cara, se asemejan a monstruos enormes que amenazan el mundo sin llegar a tocarlo.

En un intento de huir de mis pensamientos —me aterrorizo a mí misma con mis ideas, debería dejar de leer ciertos textos por las noches o a algunos autores que tratan la oscuridad como una enemiga—. Agarro *Tormentas de un corazón helado*. Sigue allí, tal y como lo dejé la última vez que le leí un fragmento al goblin. En aquella ocasión, sirvió para aliviar su fiebre, así que decido leer otro pasaje.

—Éramos dos corazones tejidos en uno solo. Retales de seres que en su día se atrevieron a amar y acabaron malheridos, descompuestos y rotos. Pese a las inclemencias del amor, nunca renegamos de él, pues sabíamos que la cura de nuestro dolor residía dentro de este. Tal vez estábamos destinados a separarnos y encontrarnos en diferentes vidas sin llegar a tocarnos, dejando que la suerte determinara los caminos enrevesados que recorreríamos antes de morir, siempre en los brazos del otro.

Al terminar de leer el párrafo, cierro el libro. Miro la cubierta con el cariño con el que miraría a un viejo amigo. Dejo el libro junto al goblin y me marcho antes de que se haga más tarde. No me gusta caminar por las calles de Ciudad Libre cuando la luz es un espejismo de las sombras.

¿Por qué me invade la pena? ¿Por qué mi cuerpo quiere quedarse un rato más?

—Buenas noches. Mañana estarás mejor. O eso espero...

Recorro el camino hasta la puerta con pasitos cortos, una forma de decirme a mí misma que no quiero marcharme todavía. Salgo con cuidado y cierro con llave. La cerradura se atasca un poco y hace un ruido tan espantoso que temo que alerte a los vecinos. Cuando me giro, una sombra enorme y reconocible aguarda a mi espalda.

—¡Padre! —grito. Tengo que apoyarme contra la puerta para no caerme de culo.

—Es muy tarde, Zirandell —dice, y se acerca un poco más. La luz baña su rostro cansado. Las ojeras se le marcan en la piel tan blanca como la arena de las playas del norte—. Estábamos preocupados porque no habías vuelto a casa.

Me transmite cierta ternura la confesión, aunque no sé hasta qué punto es cierto. A veces creo que solo le gusta mantener el control sobre mí.

—Lo siento. Tenía trabajo atrasado y decidí quedarme para terminarlo. Al señor Nadberg no le gusta que queden tareas pendientes.

Mi padre recibe mi excusa con incredulidad. El escepticismo se dibuja en sus ojos, pero no me dice nada. Se limita a emprender la marcha de vuelta a casa y yo le sigo de cerca, algo rezagada porque no me atrevo a enfrentarme de nuevo a esa mirada. Caminamos en silencio durante unos minutos, hasta que me dice:

—He visto a Daniel Forberg salir de la librería unos minutos antes que tú.

La sangre se me hiela. ¿Cuánto tiempo ha estado mi padre esperando a que salga de El Folletín Mágico?

—Sí, hacía mucho que no nos veíamos. Se acercó a hacerme una visita y me ayudó a recoger.

Mentiras, mentiras y más mentiras. Una bola de nieve cada vez más grande que pronto seré incapaz de frenar. Mi vida se teje sobre excusas que pretenden escapar del juicio de mi padre. Si me lo preguntan, una forma equívoca de desarrollar nuestro vínculo. La confianza se gana de otras maneras, pero a veces siento que es demasiado tarde para trabajar en ella. Nuestra relación está tan marchita como las flores de Daniel.

—Sabes que no me gusta que te juntes con oïds —dice y suspira.

El cansancio, o la decepción, se le nota en la forma en la que arrastra las palabras.

—No te gusta que me junte con nadie que no sea un elfo —le corrijo, aunque me arrepiento al momento.

Él se limita a mirarme de soslayo. Sé que no le gusta lo que le acabo de decir, pero parece que no le afecta.

—Si no me gusta, es por algo. Sabes la importancia de la pureza élfica. La mezcla étnica tan solo nos ha traído problemas desde hace generaciones…

—A los elfos no parecía importarles mucho mezclarse con goblins cuando estos eran sus esclavos.

Los ojos de mi padre vuelven a fusilarme. Me sorprende la manera en que no necesita ni una palabra para que me sienta pequeña a su lado. Odio que siempre se crea poseedor de la verdad universal, un don que al parecer se les entrega a las personas con el paso de los años y nadie puede arrebatárselo. Su realidad es la única posible, todo porque ha vivido más años, porque conoce mejor el mundo que lo rodea, porque *ya lo comprenderás cuando tengas mi edad*.

—Los goblins están destinados a obedecer del mismo modo que los elfos deben gobernar. No lo digo yo, lo dice la naturaleza; nuestras capacidades marcan lo que somos y lo que tenemos que hacer. ¿Imaginas a una rata dirigiendo un reino? Un goblin tampoco podría. Son criaturas rudas, básicas, sin conocimiento ni dotes mentales.

Me obligo a callar para no soltar una barbaridad delante de mi padre. Al fin y al cabo, nuestra tradición es lo que nos ha llevado a esto. Miles de años de historia no pueden quebrarse por unos minutos de conversación. ¿A cuántos goblins habrá conocido a lo largo de su vida? ¿Nunca ha estrechado lazos con ninguno? La osadía de su argumento me hace enloquecer por dentro. ¿Cómo se puede reducir a una especie entera a un análisis tan pobre?

—Algún día conocerás la realidad de nuestro mundo, saldrás ahí fuera como lo hemos hecho todos y te darás cuenta de que cualquier territorio que escape del control de los elfos está destinado a la pobreza, la destrucción y el caos —añade con un desprecio que me hace dar por zanjado un debate que nunca debería haber empezado.

¿Qué pasa entonces con Ciudad Libre?, pienso. Una zona controlada por el rey de Heros, que mira desde el Pilar del Sol cómo miles de personas viven en condiciones lamentables, entre revueltas y hambrunas. Y él se queda como si nada. Tal vez mi padre tenga razón y los elfos estén destinados a gobernar, pero también son los causantes del mal que crece en las entrañas de estas tierras.

En el Pilar del Sol los elfos cumplen tres funciones básicas: proteger al rey de cualquier peligro que lo aceche, administrar la vida a todos los niveles y cuidar del arte como si fuera un ciudadano más. En Ciudad Libre es muy distinto. Luchamos, sobrevivimos y nos mantenemos al pie del cañón.

Apenas soy consciente de que hemos llegado a la puerta de casa, cuando me percato de que Ziramyo se marcha en dirección contraria. Miro a mi padre con la esperanza de que le diga algo, de que al menos le pregunte adónde va. Sin embargo, no lo hace.

—Ziramyo se marcha —le digo.

—Ya lo he visto —responde, abriendo la puerta.

—¿No es demasiado tarde para estar fuera?

—Tu hermano es mayor para saber lo que hace.

Ziramyo solo me saca dos años y lleva al menos cinco haciendo lo que le da la gana.

—No me parece justo que él pueda salir y a mí tengas que ir a buscarme a la puerta de la librería.

Mi padre se frena en seco. Temo que se gire hacia mí. Lanza la llave sobre un cestito a la entrada y me mira de reojo. Noto su respiración acelerada, las venas del cuello se le hinchan. Por un instante adquiere la apariencia de un ogro.

—Ziramyo forma parte de la guardia de nuestro distrito. Su trabajo le obliga a salir por las noches. Y sabe valerse por sí mismo.

—Yo también sé defenderme —protesto, dando un paso al frente.

—Tan solo eres un insecto en un mundo de gigantes, Zirandell. El día que te des cuenta de eso, quizás empieces a caminar con más cuidado.

Las palabras que me dedica reverberan tanto en mi cabeza que apenas soy consciente de que mi padre se despide y se marcha a dormir. Yo me quedo allí, parada, durante al menos un minuto que parece durar horas. ¿Un insecto en un mundo de gigantes? Estoy cansada de que me comparen siempre con pequeñeces. Un insecto, una flor… ¡Estoy cansada de que todos se crean tan sumamente grandes!

Llego a mi habitación y me tiro sobre la cama sin poder apartar los comentarios de mi padre. Me cansa, me harta, me enfurece que siempre repita la misma retahíla de estupideces. *Ya te darás cuenta de… Cuando seas mayor…*

El día que crezcas… ¡No, no y no! No tengo que darme cuenta del mundo que existe fuera, de la realidad de los elfos ni de lo grande que es el universo en comparación. Todos me dicen que me dé cuenta como si no me percatase de la realidad que ellos no ven: están tan sumidos en su mundo de sombras que nunca se detienen a observar el de los demás; necesitan un líder que los guíe; sobreviven gracias a destruir a otros; se alimentan del poder que les otorga el clasismo impuesto por la especie. Yo no quiero darme cuenta de que soy más pequeña que el resto porque ya lo sé; lo que quiero es que el resto se dé cuenta de que los más pequeños también tenemos el poder suficiente para cambiar nuestro destino.

Y, sin ser consciente, entre cavilaciones y discusiones conmigo misma, mientras recreo en mi mente escenarios imaginarios donde conquisto mis sueños y le callo la boca a todos los que no confiaron en mí, soy presa del sueño. Y con él vienen las pesadillas que me recuerdan cada noche que vivo en un pozo de oscuridad donde los deseos no se cumplen y las personas están atrapadas hasta que llega el día de su muerte.

En esos sueños, también aparece el goblin: malherido, asustado, indefenso… Me gustaría que despertara para que pudiera hablarme de él, de sus inquietudes y de cómo es su mundo. Siempre he soñado con estar dentro de las historias que leía para vivir otras vidas. Ahora tengo la oportunidad de conocer una nueva realidad.

Y no pienso desaprovecharla.

6

Göh Bel

Paseo por Ciudad Libre a primera hora de la mañana tarareando una vieja copla que mamá solía cantarme cuando era pequeña. Hoy he decidido levantarme más temprano para acercarme a la casa de Daniel a por las medicinas que me prometió. Espero que no se le haya olvidado; no puedo permitirme llegar tarde a trabajar. La paciencia de Tyresias se agota y, mientras el goblin continúe en la buhardilla, no puedo perder el trabajo.

Llamo a la puerta de los Forberg y espero unos segundos. Recreo en mi mente posibles conversaciones con el criado goblin cuando me abra. No me gustaría que fuera tan incómodo como la del último día.

Para mi sorpresa, quien me abre es el propio Daniel. Está despeinado y, en lugar de llevar su clásica camisa ancha de color beis, me recibe con un pijama de cuadros que me hace reír.

—Estás guapísimo por las mañanas —bromeo.

—Debería ser ilegal llamar a la puerta de nadie a estas horas —dice, frotándose los ojos con pereza.

—¿Encontraste algún remedio para…?

—Sí, dame un segundo.

Vuelve sobre sus pasos y rebusca en un cajón de la mesita que tiene junto a la entrada. Intento escudriñar el interior, pero Daniel regresa antes de lo esperado. Me tiende un frasco que contiene un líquido que cambia de color. Primero es morado, luego verde y después azul. Nunca se mantiene fijo. Me hipnotiza tanto que me entran ganas de bebérmelo de un sorbo.

—Con esto servirá. Es un brebaje que se usa en las guerras para curar heridas mortales. *Tu* goblin debería de estar como nuevo unas horas después de tomárselo.

—Muchas gracias, Daniel. —Agarro el frasquito y lo guardo con cuidado en el zurrón—. ¿Cómo te lo pago?

—Me debes un plan con el resto del grupo.

—¿Solo eso? —le pregunto sorprendida. Me acaba de otorgar lo más parecido a una pócima milagrosa.

—¿Sabes medir el valor de un encuentro con buenas amistades? A mí me parece que no tiene precio.

Le sonrío y le agradezco el gesto que ha tenido. Siempre ha sido un gran amigo, pese a sus rarezas.

—Nos veremos pronto, te lo prometo.

—Un trato es un trato. —Me sonríe con sus colmillos de gato.

Me dirijo a El Folletín Mágico. El sol aparece, poco a poco, entre las montañas de Zarzarrosa, a lo lejos, así que calculo que aún tengo margen para llegar a la librería y curar al goblin antes de que llegue el señor Nadberg.

Al cruzar la siguiente calle, me choco con un torso que reconozco más de lo que me gustaría, sobre todo porque identifico el olor que desprende antes que la ropa de la guardia que lleva.

Ziramyo me mira sorprendido, como si no esperase encontrarme allí a estas horas. Susurra un tímido «hola» antes de hacer un movimiento para esquivarme. Yo le corto el paso de inmediato colocándome en medio.

—¿Vuelves ahora a casa? —pregunto, recordando el momento en el que se marchó la pasada noche.

—No es asunto tuyo. —Me quedo petrificada ante su respuesta; esta vez no puedo evitar que me esquive. Antes de que pueda responderle, se gira para añadir—: Deberías preocuparte más por tu trabajo y el pago de tus estudios. Lo que hacemos los mayores no es de tu incumbencia.

Otra vez más me quedo con la palabra en la boca. Mi hermanastro es como mi padre. No dudará en contestarme, rebatirme y hacerme sentir una inútil. Tener una opinión contraria a la mía le hace creerse poseedor de la razón universal. De hecho, no basta con eso. Ziramyo necesita atormentarme hasta hacerme repetir de rodillas que él es el único que conoce el mundo que habitamos. Para él, el resto pensamos que los caballos vuelan o algo parecido.

Al entrar en la librería todo permanece tan oscuro como de costumbre. Levanto las persianas y dejo la planta baja lo suficientemente preparada como para que el señor Nadberg encuentre las estanterías de recomendaciones tal y como las quiere. Así, podré pasar más tiempo con el goblin.

Me sorprende descubrir un ejemplar en buen estado entre las novedades. A diferencia de los libros que nos suelen llegar, este se publicó en la capital hace un mes. A veces me ilusiono cuando se producen estos sucesos; me hacen pensar que empezaremos a tener menos retraso en la llegada de historias. Aunque siempre me chafa la triste realidad cuando no vuelve a suceder. Aún tenemos novedades de hace dos años que no han pasado por El Folletín Mágico.

Escucho un golpe seco que proviene de la buhardilla. Me aferro al libro que tengo en ese momento entre las manos y mi corazón se desboca.

—¿Señor Nadberg? —pregunto, aunque no espero una respuesta—. ¿Señor Nadberg, es usted?

Nadie responde. Suspiro aliviada. Lo último que deseo es que Tyresias Nadberg encuentre al goblin que duerme en el piso de arriba.

Me encamino hacia las escaleras. Lo hago despacio, intentando no llamar la atención con el ruido de mis pisadas en la madera vieja del suelo. Me arrastro con la sutileza de un gato, como supongo que lo haría el propio Daniel si se encontrara allí. Agarro la cuerda que baja las escaleras y tiro de ella. Hacen demasiado ruido como para considerarlo un movimiento sutil, pero tampoco puedo hacer mucho más. Subo, escalón a escalón, con el corazón alertándome de que no debería estar haciendo eso. Lo más inteligente sería ignorar el ruido, tal vez correr lejos de allí. Pero no puedo. Mi curiosidad no me lo permite; la responsabilidad de darle al goblin la medicina de Daniel, tampoco.

Me detengo en seco cuando distingo la figura del goblin sentada, apoyada contra una pared, con los pies aún metidos en el lecho que le improvisé, con mi mantita de flores invernales por encima. El contraluz impide que vea su rostro, por lo que no puedo identificar si está enfadado o asustado; si quiere que me vaya o que me quede. Tan solo me percato de que sujeta el libro que le he estado leyendo durante los últimos días. Lo tiene abierto; ¡lo está leyendo!

Con miedo, gateo para acercarme a él. Conforme mis ojos se acostumbran a la oscuridad de la buhardilla, encuentro las facciones de la criatura. Jadea, le cuesta respirar; también suda. Pasa las páginas con lentitud y sus ojos están enmarcados en unas ojeras que indican lo enfermo que aún se encuentra.

—Hola, soy Ziri. ¿Cómo te encuentras?

No responde. Solo jadea.

Sigo acercándome y, por un momento, intenta incorporarse. Siento que me tiene miedo. ¿Cree que voy a dañarlo? El halo de luz que proviene de la calle y rodea su figura le otorga un aire misterioso que despierta mucha curiosidad en mí. Tiene cara de pocos amigos y se mantiene serio. ¿Sabe hablar mi idioma? Por lo general, en Heros solo hay una lengua común: la élfica. A todo aquel que no sabe hablar esa lengua, se le considera marginado. Me pregunto si a este goblin lo hirieron por no conocer nuestra lengua.

—¿Cómo te llamas?

Él niega con la cabeza. ¿No quiere decírmelo o es que no tiene nombre?

—¿Qué es esto? —me pregunta sujetando el libro, con un tono áspero, duro y de pocos amigos. Su voz es tan profunda que parece emanar de una caverna.

—Es mi libro favorito.

Lo mira con atención antes de dirigirme otra mirada.

—¿Por qué?

—No lo sé. Supongo que porque la prosa del autor me evoca unas emociones que me reconfortan, y sus pensamientos consiguen que no me sienta tan sola en un mundo donde...

—No —me corta. Me sonrojo—. ¿Por qué me has ayudado? Los elfos no ayudan a los de mi especie.

Me encojo de hombros.

—Es lo mínimo que puedo hacer por una persona herida.

En su rostro se dibuja una confusión que no consigo descifrar. Supongo que le extraña que un elfo le haya ayudado, o tal vez tenga dudas sobre el lugar en el que se encuentra. Siento que no termina de confiar en mi bondad desinteresada.

—Te he traído más medicinas —digo enseñándole el brebaje de Daniel—. Tienes que bebértelo; mejorarás enseguida.

—No pienso tomarme nada que provenga de un elfo.

—Bueno, si te sirve de consuelo, no viene de un elfo. Me lo ha dado un chico oïd, hijo de curanderos...

—No.

Me cruzo de brazos y frunzo el ceño. Sé que no intimido nada, pero intento mostrar una dureza que no poseo.

—Te he curado durante días, te he escondido de mi jefe y te he leído ese libro cada noche para que mejorases. Así no llegarás demasiado lejos. Solo quiero que termines de recuperarte y puedas marcharte de aquí cuanto antes.

El goblin suspira. Vuelve a alzar el libro.

—¿Has escrito el libro?

—¿Ese? No. Ya te he dicho que es mi favorito.

—¿Y te gustaría escribir uno?

No comprendo a qué viene la pregunta, pero el vello se me eriza cuando me la hace. Por un momento, me imagino como autora de una historia; gente queriendo disfrutar de las ideas que surcan en mi mente y que yo plasmo en un folio para hacerlas un poco más reales. Mi mayor sueño es estudiar en una escuela de artes de la capital, pero sé que es una realidad que aún está muy lejos.

—Me gustaría —le confirmo.

—Quiero escuchar algo tuyo. Léeme algo que hayas escrito tú.

Me sonrojo ante su atrevimiento y hago aspavientos que demuestran mi falta de experiencia ante propuestas así.

—No… no tengo nada que sea bueno.

—Me da igual. Quiero saber qué escribes.

—¿Por qué?

Jadea.

—Para saber qué te atormenta.

No soy capaz de reaccionar. La simple idea de imaginarme leyéndole uno de mis textos a un desconocido me horroriza. No tengo nada que sea lo suficientemente bueno, nada que sirva para agradar a alguien, ¡y menos para entretenerlo durante unas horas! No quiero que nadie conozca lo que escribo porque sería lo más parecido a exponer mi alma desnuda para que la juzguen.

—Lo siento, no va a ser posible.

—Pues no me tomaré las medicinas.

¿Eso es una amenaza?

—¿Perdón? —se me escapa de la boca.

—Solo me tomaré el brebaje si tú me lees algo que hayas escrito.

Me cruzo de brazos para que vea que voy en serio.

—Entonces morirás.

—No me asusta la muerte.

Vaya, me he topado con un goblin de lo más intenso. Ciudad Libre podría ser la cuna del romanticismo si el rey le diera la misma importancia que al resto de provincias. Estoy segura de que en Zarzarrosa, Lojarasca o Dedrock no existen ni la mitad de los artistas atormentados que aquí.

—En serio, no puedo leerte nada. No tengo nada aquí.

Me entrega el ejemplar de *Tormentas de un corazón helado* y yo lo agarro. Nuestras manos se rozan durante un instante. La piel le hierve a causa de la fiebre.

—Léeme otro capítulo, entonces.

Los ojos del goblin brillan pese a la oscuridad. Nunca he visto una petición tan sincera destinada a la lectura de un libro. ¿Cómo voy a negarme a leer un fragmento de mi historia favorita?

—Eso puedo aceptarlo.

El goblin se acomoda contra la pared. Me veo como en una clase de oratoria; intento no amedrentarme por su presencia. A decir verdad, me transmite cierta ternura que me quiera escuchar con tanta atención. No estoy acostumbrada a recitar ante nadie; hace años que no lo hago. Por eso me lo tomo con una seriedad genuina. Mientras leo los primeros párrafos del capítulo, me concentro en vocalizar a la perfección y transmitir la efusividad que siento que el autor quería imprimir en esas palabras. Elevo el tono en los momentos de mayor emoción y lo bajo en aquellos donde necesito una pausa para asimilar lo que acaba de suceder.

Durante unos minutos, mi mayor deseo no es ir a la escuela para estudiar, sino conseguir la atención y el reconocimiento de un goblin enfermo que aprecia el arte más que cualquier otra persona que haya conocido en Ciudad Libre.

—Las espinas que decoran mi cama son solo una muestra de los temores que no puedo compartir. Las lunas son las únicas que escuchan mis silencios. Mi amiga, como ya la llamo, me recuerda las noches que compartimos antes de que te marcharas, antes de que decidieras que nuestros caminos debían separarse por el bien de nuestras familias.

Cuando termino de leer el capítulo y cierro el libro, el goblin se endereza y me arrebata el frasco de medicina. Le quita el tapón y se lo bebe de un solo trago. Me mantengo tensa. De pie es más alto de lo que recordaba el día que lo arrastré hasta la buhardilla. Es fuerte y el aliento le huele a cloaca por culpa del brebaje.

—Debo marcharme —dice.

Le agarro de la muñeca. Por un segundo, pienso que, si quiere, puede zafarse —o arrastrarme—. Sin embargo, se detiene al sentir mi mano en su brazo.

—No puedes hacerlo. —Se gira para escucharme—. Mi jefe está a punto de llegar. No puede encontrarte aquí. Quédate descansando mientras la medicina hace efecto. En cuanto la librería cierre, estaré contigo y podrás volver a tu casa.

El goblin asiente y eso me reconforta.

Le indico con la mirada que voy a bajar para hacer mi trabajo y le vuelvo a suplicar que no haga ruido y no se mueva. Es muy importante que Tyresias no lo descubra.

Antes de bajar las escaleras, el goblin me llama. Asomo la cabeza, poniéndome de puntillas en el último escalón antes de tocar el suelo.

—Göh Bel —me dice, frunzo el ceño porque no lo comprendo—. Mi nombre es Göh Bel. Al menos, ese es el nombre que me puso mi último dueño elfo.

7

Suburbios de un corazón en ruinas

Las horas pasan despacio. Es irónico cómo el tiempo tiene prisa cuando más lo necesitamos y se esfuerza en demorarse cuando solo queremos que se vaya. No aparto los ojos del reloj que decora uno de los muros de la librería. El *tic tac* se ha vuelto la banda sonora de mi mañana.

Para mayor desdicha, hoy es uno de los pocos días que el señor Nadberg ha decidido no abandonar El Folletín Mágico. Disimular las pocas ganas que tengo de trabajar es mucho más difícil cuando tengo su mirada clavada en la nuca, analizando cada movimiento que hago, a la espera de un error que pueda corregirme.

Reviso el correo y recoloco los libros; compruebo que no nos hayan llegado otra vez manuscritos de gente que se ha pensado que somos algún tipo de editorial y, como me aburro lo suficiente, desordeno algunas estanterías para poder ordenarlas después. Mi cabeza está lejos de mis acciones. Concretamente, se encuentra en la planta superior, en esa buhardilla donde habita un goblin.

Göh Bel.

No puedo sacarme su nombre de la cabeza.

Göh Bel.

Es tan diferente la sonoridad de su nombre a la del nombre de cualquier elfo.

Göh Bel.

La cadencia, la inmediatez, el tono…

Göh Bel. Göh Bel. Göh Bel.

¿Qué es lo que esconde? ¿Por qué me resulta tan atrayente la forma en la que las dos sílabas parecen unirse y formar una palabra más grande y profunda? Nunca le he dado importancia a los nombres ni a sus longitudes, tampoco a su sonoridad o al sentimiento que despiertan después de pronunciarlos.

¿Qué tiene Göh Bel que lo hace tan diferente a cualquier otro que haya escuchado antes? Me gustaría saber por qué se ha convertido en mi palabra favorita, en la que ocupa mi mente y se traslada al resto de mi cuerpo. Me sorprendo pensando en Göh Bel mientras coloco, limpio o leo. No me abandona, vive atado a mí, como esos dos ojos negros que parecían brillar pese a la propia oscuridad que emanaba de ellos. A veces, cuando me quedo mirando al horizonte embobada, imagino el nombre dibujándose con tinta que se difumina en el propio aire.

¿Y qué me queda? Nada. Solo dos sílabas a las que me aferro y de las que deseo saber más.

—Señorita Spuckberg. —La llamada del señor Nadberg me saca de mis pensamientos. Estoy apoyada sobre el mostrador, casi hundida entre mis brazos. Él me observa desde la entrada, con la puerta sujeta con una mano y medio cuerpo fuera. Me pregunto cuánto tiempo llevará llamándome—. Me marcho ya, tengo unos asuntos que atender en casa. Recuerda cerrar con llave y apagar todas las luces.

Por fin se va. La felicidad me invade. Cuando la puerta se cierra me falta tiempo para levantarme y asegurarme de que no se volverá a abrir en las próximas horas. Le doy varias vueltas a la llave y echo las cortinas. La oscuridad desciende en el interior y las letras se apagan; los libros duermen.

Me deslizo entre las sombras hasta llegar a las escaleras que llevan a la buhardilla y trepo por ellas con el ansia del que ve cumplido un deseo. Cuando asomo mi cabeza de mechones platinos, encuentro a Göh Bel en la misma postura que lo dejé, apoyado contra la pared más próxima a la ventana. Continúa leyendo el libro que le presté. Al percatarse de mi presencia, lo cierra de golpe y me lo tiende.

—Ya lo he terminado —dice. En su rostro se dibuja una sonrisa. Ya no jadea ni tiene tantas ojeras. La medicina ha hecho su efecto, aunque una parte de mí quiere pensar que también se debe a la magia de las palabras.

—¿En una tarde? —pregunto sorprendida. Camino hacia él y agarro el libro.

—Un goblin no tiene mucho más que hacer durante todo un día.

Asiento; tiene razón. Ha pasado no sé cuántas horas encerrado sin ningún entretenimiento más. Debería agradecerle que se haya quedado en la buhardilla y no haya decidido escapar lejos de allí durante mi turno.

—¿Te ha gustado? —le pregunto porque sé que es una lectura controversial. Para algunos demasiado intensa, para otros se queda a un paso de cumplir con las expectativas que propone.

—Mucho. Hacía tiempo que no disfrutaba así de una lectura. El protagonista es un poco estúpido, a veces los conflictos se resuelven fácilmente hablando.

—En caso contrario no existiría trama. El conflicto sería débil y poco elaborado.

—Tampoco existirían problemas. A veces las cuestiones más complejas se resuelven con el diálogo.

Le sonrío porque reconozco que me ha gustado la réplica.

—Bueno, vámonos. —Doy un par de palmadas para animar el ambiente—. Es hora de salir de aquí.

Göh Bel se pone en pie, pero trastabilla en el intento. Que esté curado no quiere decir que haya recuperado completamente la energía. Le ayudo a incorporarse, aunque sé que pesa el doble que yo. Bajamos las escaleras con sumo cuidado y me despido de esa zona prohibida de la librería que no sé si tendré ocasión de volver a visitar.

Antes de abandonar la librería me aseguro de llevarme el zurrón con mis enseres y guardo dentro uno de los libros nuevos que he estado leyendo durante la mañana.

—¿Adónde vamos? —le pregunto tras cerrar la puerta.

Göh Bel me mira confundido.

—¿Vamos? No vas a acompañarme.

—Por supuesto que voy a hacerlo. Sigues encontrándote débil —le recuerdo, cruzándome de brazos—. No puedo permitir que te derrumbes al cruzar dos calles.

Alza una ceja; tal vez estoy mostrando demasiado interés.

—No me he pasado tantos días cuidando de ti para que te caigas en la primera esquina que cruces —digo intentando justificarme. No quiero que piense ni mucho menos que me importa, pero me dolería haber gastado mi tiempo en vano. O eso me hago creer a mí misma.

—No te va a gustar el sitio al que tenemos que ir.

—No supongas tanto.

Odio tener este orgullo. Hace que muestre una parte de mí que no poseo, una determinación falsa que se esconde bajo palabras cargadas de osadía. Pero no puedo echarme atrás.

Sigo al goblin a través de las calles. Conforme pasan los minutos, noto que se encuentra mejor. Recupera la agilidad y los movimientos se vuelven más limpios, menos toscos. Ya no jadea como en la librería; me da la sensación de que podría ganar una maratón si se lo propusiera.

Poco a poco, abandonamos la iluminación de las calles del Distrito Centro y nos introducimos por callejones donde reina la oscuridad y las ratas chillan, conocedoras de su poder entre las sombras. No se me da bien orientarme, pero sé que cada vez nos acercamos más al Distrito Sur, donde los goblins tienen el control; también adonde mi padre y mi hermanastro me han repetido mil veces que ni se me ocurra acercarme.

Cuanto más al sur viajes, más probabilidades tendrás de morir por una infección, un ladrón o un animal salvaje, nunca olvido sus palabras. Deseo que fuera un cuento para asustar a los niños y no una realidad.

Lo que veo les da la razón; cada vez se dibuja ante nosotros más caos. Las calles son estrechas, tanto que a veces me pregunto si Göh Bel podrá pasar con sus enormes hombros; las casas son de materiales tan pobres que parecen de cartón, podría tirarlas con un soplido. Los perros callejeros son grandes y dan miedo. Por suerte, Göh Bel se interpone entre los animales y yo siempre que nos cruzamos con uno. Aprecio más a los gatos negros que, desde los tejados, observan nuestro paso como si fueran conscientes del mal que supone para los nuestros juntarse con un goblin.

Göh Bel se frena en seco e interpone un brazo en mi camino para que me pare. Casi me lo llevo por delante, pero me agarro a tiempo a su antebrazo para frenarme. Estoy a punto de quejarme cuando veo que se lleva un dedo a los labios para pedirme silencio. Me señala con la mirada lo que sucede unos metros más adelante, en mitad de la calle. Dos encapuchados le propinan una paliza a un elfo. No tardan mucho en noquearlo y, después, se lo llevan a rastras.

—¿Qué acaba de pasar? —le pregunto, anonadada—. ¡Era un elfo!

—Baja el volumen —me ruega—. Te dije que este sitio no te iba a gustar.

—¿Vais propinándole palizas a todos los elfos que pisan vuestro distrito?

El rostro se le nubla por un instante.

—Cada uno debería saber dónde se mete.

Me enfurece su respuesta. Pienso en darme la vuelta y marcharme, pero mis ganas de discutir vencen al miedo.

—¿Por eso estuvieron a punto de matarte? —Vuelvo a pasarme de osada—. ¿Por meterte donde no debías?

Göh Bel no me responde. Se limita a seguir andando, sumido entre las sombras. La calle me devuelve olor a fruta podrida y a humo, es tan desagradable que me entra una arcada que logro contener antes de que se convierta en vómito.

—¿No piensas contestarme?

Se gira y me dedica unos segundos de atención. Sus ojos oscuros me transmiten una pena que no entiendo. Estoy enfadada. ¿Por qué me infunde tanta melancolía la mirada de un ser que ahora mismo me parece repugnante?

—A veces es mejor vivir en la ignorancia. Hay cosas donde es mejor que uno no se meta.

Trago saliva para intentar que el nudo que se me ha formado en la garganta desaparezca. Desde ese momento, decido no hacer más preguntas —por mucho que me cueste— y me limito a seguir al goblin por las callejuelas. Odio sentirme como una estrella perdida en un cielo inmenso. Además de sucederme con mi padre y mi hermanastro, ahora también me pasa con un goblin. Contengo las ganas de chillar en mitad de la calle y camino durante unos minutos eternos en los que deseo que lleguemos adonde sea que estemos yendo.

Nos paramos en una esquina donde Göh Bel aprovecha para vigilar nuestro alrededor. Me hace un gesto para que me asome. Sigo cruzada de brazos a su espalda y lo primero que hago cuando me lo propone es negarme. Insiste en que mire más allá de la esquina. Finalmente, acepto, no sin antes emitir un resoplido para hacer patente mi furia.

Al asomarme, veo una calle que se ensancha hasta llegar a unos montones de basura en llamas. Dos guardias goblins custodian una verja de metal finalizada en pinchos. El ardor del fuego se refleja en sus rostros, otorgándoles un aura agresiva que consigue helarme la piel. Intuyo que se trata de los mercenarios que protegen el distrito de los goblins.

Göh Bel me agarra de los hombros y tira de mí hacia atrás. Me apoya contra la pared y me mira, aún agarrado a mí. Mi cuerpo se tensa ante el contacto, sobre todo ante sus ojos, que me escrutan como si quisieran conocerlo todo de mí. Me siento pequeña, pero esta vez de una forma diferente. Me veo como una hoja en el centro de un huracán, atrapada entre el tosco cuerpo del goblin y la pared que me sirve de apoyo. El aire se vuelve un bien preciado cuando la distancia entre dos personas es tan corta. Imagino muchos escenarios posibles dignos de plasmar en las páginas de un libro, pero ninguno sucede.

—Será mejor que continúe solo a partir de aquí.

Asiento y tomo aire cuando me suelta. Mi pecho sube y baja como si acabara de bucear un largo trecho. Göh Bel me mira durante unos segundos esperando mi respuesta, que no termina de llegar porque no sé qué decir.

—Bueno… me marcho. Gracias por haber cuidado de mí.

Hace el amago de irse, le agarro del brazo antes de que pueda torcer la esquina. Otra vez el contacto con su piel se me clava dentro. Me pregunto si todos los goblins emiten tanto calor o es que la sangre élfica es mucho más fría en comparación.

—Llévate esto contigo —consigo decir.

Rebusco en mi zurrón con torpeza hasta que soy capaz de extraer un libro. Se lo entrego y él lo analiza con curiosidad. Se le dibuja una sonrisa en la cara; me alegra de que no le parezca una estupidez.

—Pensé que podría gustarte. Te leíste muy rápido el anterior.

Göh Bel sujeta el tomo entre sus manos como si poseyera un tesoro. Nunca he podido apreciar cómo los ojos de alguien se iluminan al recibir un regalo. Parece sorprendido, incluso confundido. He temido que no le gustase mi gesto, que lo tomase como un atrevimiento. ¿Estoy siendo demasiado intensa? La duda aflora en mí y me provoca náuseas.

—Suburbios de un corazón en ruinas —lee el título, saboreando cada una de las palabras que lo conforman.

Pasa las primeras páginas, creo que con la intención de encontrar algo dentro. ¿Se piensa que iba a guardar otro regalo en el libro? Me obligo a pensar que tan solo lo curiosea para saber cómo empieza la historia. A juzgar por lo poco que tarda en cerrar el libro y guardárselo, no le da tiempo a leer ni las tres primeras palabras.

—Espero que la próxima vez me des algo escrito por ti.

Me ruborizo. Göh Bel sigue queriendo leerme. Nunca nadie había insistido tanto en ello. Odio sentirme tan frágil. No quiero que descubra mis temores ni mis historias, no quiero que sepa sobre los desasosiegos que plasmo en el papel. Sin embargo, al mismo tiempo, me muero de ganas por conocer su opinión. ¿Creería al leerme que tan solo soy una niñata que escribe por encima de sus posibilidades? ¿O pensaría que merezco una oportunidad en el mundo literario?

Sea como sea, no añado nada. Asiento, avergonzada, y me retiro para volver a mi casa antes de que mis padres decidan matarme por volver a llegar tarde.

Me dejo caer sobre la cama y las sábanas me engullen. Durante la siguiente media hora me quedo bloqueada, mirando al techo e imagino que las constelaciones se dibujan sobre él. Algunas adquieren formas reconocibles: una pluma de escribir, una hoja de árbol, un faro… Poco a poco, las figuras se transforman y se convierten en sinuosas líneas que trazan contornos abstractos. Algunos no llegan a unirse, quedan sueltos, mientras que otros se entrelazan entre sí.

Todas las constelaciones terminan convergiendo en un mismo punto donde se vuelven más brillantes. Me obligo a cerrar los ojos para no deslumbrarme. Cuando vuelvo a abrirlos, la silueta de Göh Bel se dibuja en el techo a partir de puntos de luz que me suplican que pida un deseo.

—¡Sal de mi cabeza! —le grito a la constelación, y esta se desdibuja.

Las estrellas se apagan y desaparecen hasta que solo queda el techo de siempre.

Suspiro y giro sobre mí misma en la cama para hundir la cara en la almohada. ¿Por qué? ¿Por qué no soy capaz de apartar al goblin de mi cabeza ni un solo momento?

Göh Bel.

Solo es un goblin.

Solo un goblin.

Y, sin embargo, su nombre se repite como el estribillo de una canción pegadiza, como una pesadilla que me persigue cada vez que cierro los ojos. No quiero que siga en mi cabeza, no quiero que sea imborrable. Pero ¿cómo evitarlo? No puedo. El recuerdo de su mirada vuelve a mí. Esos ojos oscuros que me miraban en el callejón como si quisieran descubrirme, que me exigían que le hablara de mí.

¿Será que lo que me provoca estas taquicardias es que nunca nadie ha mostrado tanto interés por mis historias? ¿O puede que nunca haya conocido a alguien que alimente tanto mis miedos y, al mismo tiempo, me haga sentir protegida?

No. ¿Cómo puedo ser tan estúpida para pensar que él quiere conocer más de mí? Ni siquiera me habla. Evita hacerlo del mismo modo que el fuego huye del agua. A veces siento que somos eso: dos elementos contrarios que no pueden juntarse. Es la naturaleza. Un goblin y un elfo. Ni siquiera debería haberlo ayudado. Estamos destinados a destruirnos.

Pero ese halo de misterio que lo envuelve adornándolo con dorados que lo hacen relucir en mitad de la noche... Quiero saber más de él, necesito hacerlo.

Cuando me descubro otra vez en una ensoñación que desea introducirse en los secretos de Göh Bel, me frustro tanto que agarro la almohada y la lanzo contra la puerta. Bufo, cansada de mí misma, y salgo por la ventana para sentarme en el tejado. Aire: necesito aire y frío que me aclaren las ideas.

Estoy cansada de mí misma, de no poder hacer lo que quiero, de no tener el control de mi propia mente. Mis padres, mi hermanastro, el señor Nadberg, Göh Bel... ¿Por qué siento que todos tienen control sobre mi vida menos yo?

En mitad de mi crisis existencial, escucho la puerta de la calle cerrarse. Me asomo tímidamente al tejado, con cuidado de no precipitarme al vacío. Ziramyo ha salido de casa y camina hacia el sur. A los pocos pasos, se encuentra con Roohmay Boombarg, al que reconozco por su uniforme que lo identifica como líder de la milicia. Intercambian un par de papeles antes de separarse unos metros más adelante. Ziramyo vuelve a quedarse solo. Mira a su alrededor antes de tomar un desvío por uno de los callejones contiguos. Un arma escondida entre su ropa destella con el reflejo de los faroles.

Pese a que es otra noche que se marcha solo, me preocupa que esta vez su salida ponga en peligro su vida.

Una mala idea atraviesa mi cabeza como un rayo:

¿Y si le sigo?

8
Sombras de una ciudad dormida

Mi mayor cualidad es sorprenderme a mí misma con mis propios actos. Por eso, antes de que pueda siquiera pensarlo, me encuentro persiguiendo a mi hermanastro por las calles nocturnas de Ciudad Libre.

Cruzo los dedos e imploro al cielo para que mis padres no se despierten en mitad de la noche y se acerquen a mi habitación. Es algo que no ocurre desde hace años, pero nunca se sabe; a veces solo hace falta desear que algo no suceda para que, ¡zas!, ocurra. Siendo optimistas, y teniendo en cuenta que mis padres nunca se enterarán de que me he escapado de casa, mi único reto es seguir a Ziramyo sin que él se dé cuenta.

Camino con prudencia y pasitos cortos, escondiéndome tras las esquinas. Me inquieta la tranquilidad con la que Ziramyo recorre las calles. Lleva la cabeza alta y el cuerpo relajado; se siente poseedor del mundo. Me encantaría pasear por la noche con la misma seguridad que lo hace un hombre.

Conforme nos adentramos en el sur de Ciudad Libre, me voy sintiendo perdida. Nunca he estado fuera de casa a estas horas, cuando las tres lunas gobiernan el cielo y las sombras engullen desde los adoquines de piedra hasta los tejados de los edificios. El silencio reina en el ambiente, el viento susurra mentiras al oído de los que caminan en busca de algo de libertad. Mi piel se eriza, no sé si por el frío o por la intranquilidad de estar rompiendo las normas. Es curioso, en la oscuridad siento que Ciudad Libre brilla más que nunca.

Me detengo al comprobar que mi hermano se reúne en un callejón con un grupo de cuatro personas totalmente encapuchadas. Por su uniforme, parecen miembros de la Facción de Defensa Élfica. Sin embargo, miran a Ziramyo con el ceño fruncido y el cuerpo tenso, a la espera de un posible ataque. Tampoco noto a mi hermanastro tranquilo. Guarda las distancias lo suficiente, mientras hace aspavientos. Desde la distancia, no escucho lo que uno de ellos grita mientras le señala con un dedo acusador, tampoco la respuesta de mi hermano —que, a juzgar por los gestos, no debe de ser muy amable—. Lo que sí percibo a la perfección es el primer golpe que uno de ellos lanza a Ziramyo, un puñetazo directo a la cara que él consigue esquivar. Luego contraataca con un gancho que noquea a su agresor.

Tengo ganas de salir de mi escondite, de abandonar las sombras y correr hacia él para ayudarlo. Pero ¿serviría de algo? Mis intenciones son buenas, pero los resultados serían pésimos. Tan solo conseguiría que se distrajera y acabara más pendiente de mí que del combate. O eso quiero pensar.

Los otros tres se lanzan sobre Ziramyo al mismo tiempo. No me parece justo. De hecho, la cobardía que reflejan sus ataques es tan grande como las tres lunas que coronan el cielo. Nunca he visto a mi hermano pelear. Ahora entiendo por qué es un miembro tan importante de la guardia élfica. Esquiva los ataques con una agilidad digna de un circense. Los golpes de Ziramyo valen por cuatro de cualquier otro. Odio las peleas, pero al ver a mi hermano comprendo que para él esto sea lo más parecido al arte. Es una danza violenta entre sus enemigos y él, un baile por prevalecer, una partida de ajedrez en la que los movimientos deben ser precisos.

Antes de que pueda darme cuenta, Ziramyo se queda mano a mano frente al último adversario. El temor se dibuja en los ojos del oponente, el resto de sus compañeros han caído noqueados o gimotean doloridos en el suelo. Da un paso al frente para embestir a Ziramyo, pero él lo agarra de los hombros como si fuera un niño pequeño y le propina un cabezazo que lo tira al suelo.

Jadea.

Desde la distancia, percibo la respiración agitada de mi hermanastro. Se sacude las manos y observa a su alrededor. Todos han caído. Patea el vientre de uno de los guardias que todavía gimotea dolorido en el suelo y luego continúa su marcha.

Se desliza de nuevo a través de los callejones de Ciudad Libre. Ha acelerado el ritmo y yo tengo que esforzarme por seguirlo de cerca. Pocas horas atrás he recorrido calles muy similares al lado de Göh Bel. ¡Ag! *Göh Bel.* Otra vez tiene que acudir a mi mente. Lo alejo de mis pensamientos tan pronto como me doy cuenta y sigo los pasos de mi hermano.

Cruzamos una calle y otra, luego otra más. A veces, se funde con la oscuridad y los silencios, se vuelve una sombra más de la ciudad dormida. Imito sus movimientos lo mejor que puedo, con menos gracia y sutileza, pero intentando que mi cuerpo se funda también con la penumbra.

Cuando Ziramyo se cuela en una casa destartalada, me freno en seco. ¿Qué se supone que hago ahora? No puedo entrar ahí, no sé qué me esperará dentro. ¿Será algún tipo de reunión de la guardia? ¿Tal vez sea una amante a la que visita cada noche? A juzgar por el desgaste de la fachada, las grietas que decoran cada uno de los ventanales y la localización de la vivienda, yo diría que eso último es casi descartable.

Como no me atrevo a colarme en la casa, intento buscar una posición desde la que escudriñar el interior. Encuentro unos enormes contenedores de basura en un callejón cercano. Me subo a uno de ellos y desde allí intento alcanzar la ventana más baja. Me cuesta horrores agarrarme a ella, así que me apoyo en los ladrillos mal colocados —es de agradecer las estructuras tan irregulares que se construyen en el sur— para auparme hasta el alféizar. Mi primer impulso es arrastrarme hasta el interior, pero me encuentro con unos barrotes que me lo impiden. Me pregunto si el objetivo es que la gente no entre o que nadie salga.

Escucho pasos y voces que se acercan. Tomo aire y hago uso de toda mi fuerza para quedarme colgando del alféizar. Por suerte, el ladrillo que he usado para propulsarme también me sostiene.

Un candelabro ilumina la estancia; lo sujeta el acompañante de Ziramyo, un elfo de edad avanzada al que le salen pelos de las ojeras y se cubre el cuerpo con una túnica.

—Todavía tenemos esta habitación libre —confiesa—. Si es necesario, podríamos albergar a uno o dos más aquí. El problema son los ruidos. Intentamos mantenerlos callados, pero muchos se buscan sus artimañas para llamar la atención.

—No creo que sea necesario. ¿Dónde están los últimos que capturamos? —pregunta Ziramyo inspeccionando unas cadenas tiradas en el suelo.

—Por aquí, por aquí. En la habitación de al lado.

La luz del candelabro abandona la habitación. Veo la ventana a mi derecha, pero dudo de mis posibilidades de llegar hasta ella. Podría saltar, sí. ¿Llegaría? No lo sé. En un primer intento, me estiro todo lo que puedo para aferrarme al otro alféizar. Como suponía, está demasiado lejos.

Vamos, Ziri, tú puedes. Has soñado que volabas un millón de veces, esto es parecido, me digo a mí misma antes de dar el gran salto.

Me balanceo un par de veces para tomar impulso. En un par de ocasiones estoy a punto de dar el salto pero algo me frena. Miro hacia abajo: no hay demasiada altura, lo que sí hay es un vértigo que me oprime el estómago y consigue que me crea a mil metros sobre el suelo.

Venga, no lo pienses, me repito. *Tú puedes, tú puedes, tú puedes. A la de una, a la de dos…*

Y a la de tres me termino de balancear y salto.

El tiempo que dura mi trayecto es efímero, aunque me siento como un pájaro que vuela libre —más bien como un murciélago, porque es de noche y he cerrado los ojos por el miedo durante un instante—. El estómago me da vueltas y se libera de la presión, como si las garras que amenazaban con desgarrarlo se hubieran desvanecido. Conque así se siente uno cuando vence sus miedos.

Me aferro al alféizar de la ventana contigua e inspiro profundamente. Me esfuerzo por no hacer ruido para que Ziramyo y el otro elfo no me oigan. Creo que lo peor ya ha pasado.

Obviamente, me equivoco.

Me equivoco como tantas otras veces; el mundo es una caja de sorpresas donde la más terrible de las realidades siempre se topa con la mía. Por eso, cuando me asomo un poco para ver lo que sucede en el interior y veo cómo Ziramyo tortura a un pobre goblin y a dos elfos que están maniatados a la pared, mi mundo de sombras se revuelve. De repente necesito soltarme de inmediato para no vomitar.

Aterrizo en el suelo de culo y ni siquiera me importa. La repulsión que siento ha conseguido que el dolor no me preocupe. Tengo ganas de correr, huir lejos de allí, llegar a casa y no dejar que Ziramyo entre.

No. No. No.

Me repito una y otra vez que no puede ser posible, que aquella imagen tiene que ser falsa, una mera ilusión. Otra de mis pesadillas recurrentes. Me pellizco, primero en el brazo y luego en la cara con la ilusión de despertarme. Nada cambia. Todo es tan real como la vida, como los miedos, como el sufrimiento de ese goblin malherido que me ha desgarrado con su mirada indefensa.

Como esos elfos presos de mi hermanastro. Entendía que el trabajo de Ziramyo conllevara, en ocasiones drásticas, plantar cara a los goblins. Pero ¿a los de nuestra propia raza? ¿Qué excusaba tener a dos de los nuestros anclados a una pared?

Ojalá todo fuera un mal sueño. Me gustaría irme a dormir sabiendo que la realidad no es peor que cualquiera de mis pesadillas.

—¿Qué ha sido eso? —escucho a Ziramyo. La ventana se abre y yo ruedo hasta ocultarme en la oscuridad del callejón—. Parece que no hay nadie. Voy a bajar a echar un vistazo por si acaso. Sigue con los elfos. Si hace falta, mata a uno de ellos para que el otro hable.

El corazón se me para. Miro a ambos lados del callejón en busca de una vía de escape. Solo tengo una salida, hacia la calle principal, pero allí me encontraré con Ziramyo de frente. Es lo único que puedo hacer.

Los latidos se me aceleran y echo a correr sin mirar atrás. Tropiezo por el camino, pero mantengo el equilibrio. Sigo y sigo, no puedo detenerme. Escucho la puerta abrirse a mi espalda y la voz de Ziramyo. No alcanzo a entender qué me dice, tampoco me importa. Solo pienso en escapar, en que no me reconozca y en llegar a casa. Me cuelo por los callejones sin saber si estoy en el camino correcto. Lo único que quiero es alejarme. Veo los edificios a mi lado. Cada vez más lujosos, cada vez menos derruidos. Hasta que no abandono el Distrito Sur y sobrepaso El Folletín Mágico, no vuelvo a respirar tranquila.

Me detengo en la calle que hace esquina con la librería y me siento en el suelo. Me rodeo las rodillas con los brazos y me convenzo de que todo está bien. He escapado, mi hermano no me ha reconocido y…

No.

El recuerdo de los prisioneros maniatados vuelve a mi mente y tengo que espantarlo. Maldecía tener tan presente a Göh Bel en mi memoria, resonando como un eco que no se apaga, pero ahora deseo que regrese con tal de borrar la imagen que vi en aquella casa ruinosa.

Sollozo en silencio para no despertar a la ciudad. Me llevo las manos a la cara y las lágrimas empapan mis mejillas. Las seco una y otra vez, pero es una corriente de agua que no cesa.

Unos minutos más tarde, cuando dejo de llorar, me incorporo y retomo el rumbo a casa. Camino sin prisa por las calles de Ciudad Libre. Es la primera vez que no le tengo miedo a la noche. El Distrito Centro parece más apacible sin gente, sin ruidos, sin nadie que vea mi pena arrastrarse entre las sombras.

Al llegar a casa, abro y cierro la puerta con cuidado. No quiero que nadie se entere de mi llegada. El corazón me da un vuelco al girarme. A mi espalda, sentado en la escalera que sube a las habitaciones, Ziramyo me espera. Su cuerpo ocupa todo el hueco entre los escalones, así que es imposible rebasarlo. Me juzga con la mirada, me analiza como si quisiera conocer los secretos que escondo ahora que yo conozco los suyos.

Me pregunto hasta qué punto es consciente de dónde vengo; si me habrá reconocido en la densa noche de Ciudad Libre o tan solo creerá que me he escapado a visitar a algún tipo de amante, como yo pienso muchas veces de él.

Entonces se pone en pie. Se acerca a mí y me entrega una daga. La hoja, tan delgada que puede pasar desapercibida, reluce en la oscuridad. Su empuñadura ligera me transmite seguridad cuando la deposita en mi mano.

—Si vas a salir de casa por la noche, será mejor que vayas protegida —dice, y yo no sé hasta qué punto sospechar de su regalo—. Buenas noches, Zirandell. Espero que esta noche no te visiten las pesadillas.

Cómo le digo a mi hermanastro que los monstruos que me atormentan son tan reales como el sol o las estrellas. Cómo le digo que en ocasiones conviven conmigo en mi propia casa.

9
El Mercadillo del Elfo

Me revuelvo en las sábanas y me estiro con la elegancia de un felino. Miro al techo, la brisa mueve las cortinas de la habitación, que bailan sobre mí como si fueran vestidos de princesas que corretean libres y fugaces. Me veo como a una princesa y pienso que no me importaría llevar una vida sin preocuparme por madrugar para ir a trabajar; tan solo velar por mi libertad.

Entonces me sobresalto.

¡Me he quedado dormida! ¿Qué hora es? ¿Por qué no me he despertado a tiempo?

Me incorporo y revuelvo entre mis cosas con prisa. Agarro el zurrón del trabajo y meto dentro todos los materiales que puedan servirme: lápices, plumas, hojas y un libro. Me visto tan deprisa que ni siquiera soy consciente de lo que me estoy poniendo. Bajo corriendo las escaleras y mi madre me interrumpe a mitad de camino.

—¿Qué es todo este jaleo? ¿Dónde se supone que vas? —me pregunta, tiene los brazos en jarra y el pijama puesto.

—¡Llego tarde a la librería! ¡El señor Nadberg me va a matar!

La esquivo, no sé ni cómo porque juraría que ocupa todo el espacio de la escalera, pero antes de salir su voz me detiene:

—Zirandell, hoy tienes el día libre. ¿No lo recuerdas?

Me quedo petrificada, el pomo agarrado en una mano y el zurrón en la otra. Hago memoria. *¿Día libre?* Creo que llevo sin un descanso desde que empecé a trabajar en El Folletín Mágico.

—¿En serio? —Cierro la puerta lentamente y giro sobre mis talones para encararme a mi madre—. ¿No es una broma?

—Tyresias te dejó una nota hace unos días para comunicártelo. Te la dejamos sobre tu escritorio.

Ah, sí. Ese escritorio tan poco recogido que desde hace días es un compendio de tachones, garabatos e ideas disparatadas que nunca llegan a concretarse.

—Tienes razón —miento—. ¡Es que cuando una está a gusto en el trabajo se le pasa volando la semana! —vuelvo a mentir, aunque es verdad que me gusta mi puesto porque me permite estar cerca del arte—. Bueno, supongo que entonces me marcho a... disfrutar de mi día libre.

—También acaba de llegar una carta con tu paga semanal. ¿Te la dejo sobre el escritorio o...?

—No. Mejor no me volváis a dejar nada sobre el escritorio. Por precaución.

Mi madre se acerca hasta el mueble de la entrada y agarra un sobre blanco decorado con las esquinas doradas y un hilo rojo que simula la firma de Tyresias Nadberg.

—Aquí tienes. —Me lo tiende—. Procura no gastarlo, los ahorros son importantes.

Sobre todo, cuando quieres marcharte del pozo de sombras que supone Ciudad Libre.

Vuelvo a mi habitación, el caos me recibe. Las mantas de la cama se reparten por el suelo, juntándose con los folios inacabados, los bocetos que acabarán en la basura y los párrafos de escritos que descartaré en cuanto se me ocurran otros mejores. Debería aprovechar el día libre para recogerlo todo. Primero voy a hacer un recuento del dinero que he acumulado estos últimos meses.

Del sobre de Tyresias extraigo un billete de diez elpis. Me subo a la silla del escritorio para alcanzar la balda donde guardo mi hucha: un pequeño tarro de arcilla que me regaló mi hermanastro cuando éramos pequeños. Lo abro y lo sacudo hasta que caen todos los elpis sobre la mesa. Tengo más billetes hechos a partir de hojas de lierzo, un tipo de árbol que, según las leyendas, tiene raíces doradas y plateadas. También abundan las monedas de cobre. Nunca he conseguido una de plata, y mucho menos de oro, aunque sueño con conseguir alguna.

Tras hacer recuento, el total de mis ahorros da novecientos elpis, una buena suma para cualquier habitante de Ciudad Libre, una minucia para alguien que pretende marcharse al Pilar del Sol. La vida en la capital se encarece notablemente, por no hablar del precio de la matrícula de cualquier estudio. ¡Ni soñar con un alojamiento propio! Mis padres siempre me han dicho que necesitaría al menos cincuenta mil elpis para vivir allí. Bueno, he conseguido novecientos en un año sin gastar prácticamente nada. Con un poco de suerte, en cincuenta años podría estar cumpliendo mi objetivo.

¿Existe alguna alternativa que agilice este proceso? Sí y no. El Consejo de Elfos saca anualmente unas becas maravillosas que pagan los estudios y el alojamiento en el Pilar del Sol. ¿Lo malo? Se destinan a las élites, a ciudadanos de Zarzarrosa, Lojarasca o Dedrock. Ciudad Libre no entra en sus planes. Soñar con una beca del Consejo sería como desear que una estrella me cayera sobre las manos. De hecho, esto último tendría más probabilidades de darse.

«Céntrate en otras cosas», me dicen mis padres. «Ríndete», añade Ziramyo para tocarme la moral. Sé que mi propósito conlleva una dificultad que facilita el abandono, pero ese no es mi caso. He soñado demasiado como para dejar de volar a mitad de camino. La gracia de los sueños es esa: no todo el mundo los alcanza. Mientras yo pueda pelear por los míos, seguiré luchando. Hasta mi último aliento.

Alguien llama a la puerta de casa.

—¿Está Zirandell? —escucho preguntar desde mi cuarto.

Me asomo por la ventana y veo a Daniel Forberg esperando en la puerta. Viste un abrigo largo que barre el suelo y una camisa atrevida para los gustos élficos por sus patrones de colores. Tiene el pelo despeinado, aunque lo disimula con un sombrero de copa que solo él podría llevar sin parecer ridículo.

—Daniel —llamo desde lo alto. Me hace gracia cómo busca en todas las direcciones antes de alzar la cabeza—. ¿Qué haces aquí?

—Fui a buscarte a la librería y el señor Nadberg me comentó que hoy tenías el día libre. No sabía que ese anciano aún aguantara seis horas seguidas en el trabajo.

—No va mucha gente, es como estar en casa. Seguramente esté una hora y se marche.

—Me lo imaginaba. —Se ríe con una dulzura que iluminaría hasta el rincón más oscuro. Daniel consigue que las personas reluzcan, al contrario de aquellas que se empeñan en ensombrecer todo lo que tocan—. He venido a buscarte para cumplir con ese plan que…

Imagino que mi madre sigue en la puerta, así que me esfuerzo por fruncir el ceño para que no dé información de más.

—Plan de enseñarte los nuevos libros que han traído mis padres de su viaje —aclara.

Suspiro aliviada. Daniel es tan perspicaz que basta una mirada para que me entienda.

—Dame unos minutos, tengo que prepararme. ¡Ahora bajo!

—Te espero en la floristería de al lado. He olido a rosas secas al pasar.

Sonrío. Nunca cambiará.

La música de los artistas callejeros inunda las calles del Mercadillo del Elfo. Los viandantes caminan al ritmo de la melodía, moviendo sus cuerpecillos de un lado a otro, hundiendo cada pisada al compás. Trompetistas, guitarristas, flautistas y cantantes; instrumentos de cuerda, viento y percusión; todo tipo de música es bienvenida durante la celebración mensual más importante, esa que reúne a los habitantes del Distrito Norte en el mercado.

Daniel y yo sorteamos a los vendedores que nos ofrecen variedades exóticas —o que anuncian como tales— mientras descendemos por la avenida principal que conduce hasta la plaza del Gobernador. Allí se instala el núcleo del mercado, también la mayoría de los visitantes.

—¡Zarigüeyas, ratas, comadrejas! ¡Lo mejor de lo mejor! —grita un comerciante, que agarra a un roedor por su larga cola.

¿Para qué querrá nadie uno de esos?

—¿Cómo está tu *amigo*? —me pregunta Daniel.

Me toma por sorpresa. Durante el rato que llevamos en el mercadillo, nos hemos preocupado más por lo que se vende que por entablar una conversación.

—¿Amigo?

—Ya sabes, el goblin.

—Ah, sí... Supongo que bien. Se recuperó gracias a la medicina y pude sacarlo de la librería. Lo acompañé hasta el Distrito Sur y nos separamos. No he vuelto a saber nada de él.

—¿Acaso lo querías? —Percibe mi mirada confusa—. Saber más de él, quiero decir.

¿Cómo le digo que el nombre de Göh Bel no abandona mi cabeza desde el mismo instante en que lo pronunció? ¿Que el recuerdo de recorrer las calles del Distrito Sur a su lado, imbuidos en las sombras, despertó tanta adrenalina en mí que nunca me había sentido tan viva? ¿Cómo le explico que llevo el iris de sus ojos grabado? ¿Que el recuerdo de nuestro acercamiento en el callejón se me clava como un puñal cada vez que respiro?

Claro que no se lo puedo explicar porque no encuentro palabras para hacerlo. Hay sentimientos que deben guardarse bajo llave. Nuestra sociedad no prepara a nadie para entender el amor.

Pero ¿tan siquiera puedo considerarlo amor? Si apenas nos conocemos… Me sonrojo y me siento estúpida creyendo que los misterios que me seducen son parte de algo más… fuerte, instintivo o romántico.

«Lees demasiadas historias», me diría mi madre si se lo contara. «Estás obsesionada con esos romances a primera vista en los que dos conectan con solo cruzar cuatro palabras y se corresponden porque nacieron el uno para el otro».

La realidad es que no sé qué siento. Quizás deba escribir sobre ello para entenderme un poco. Hasta ahora lo he evitado para no ser demasiado intensa. ¿Tengo acaso algo que demostrarle a alguien?

No. Tan solo a mí misma. Tal vez ese sea el problema, que escribir sobre Göh Bel avivaría mis dudas sobre esto que siento desde que nos conocimos. Y tal vez no quiera esclarecer si lo que me mueve por dentro es pura curiosidad o algo más fuerte.

—No, claro que no. ¿Por qué iba a querer saber nada sobre él? —Chasqueo la lengua y agacho la cabeza para no mentir a los ojos a Daniel.

—Se te veía ilusionada —responde. Busca mi mirada, hago lo posible por no devolvérsela—. Los ojos te brillaban a su lado y el corazón te latía más fuerte.

—No puedes saber eso.

—Un curandero tiene que saber percibir el estado de los que le rodean.

Asiento, busco una vía de escape. No es fácil. Tras lo que me ha dicho Daniel, siento que cada uno de mis gestos está desnudo a sus ojos. De hecho, ¿sabrá ya que le he mentido? Mis nervios me delatan, lo que es normal. Se me da tan bien fingir como hacer la cama, y hacer la cama no es una de mis especialidades.

Me detengo delante de un puesto y toqueteo algunos de los productos que venden. Son anillos y pendientes, la mayoría hechos con cuero en lugar de con piedras preciosas; también hay colgantes con inscripciones fabricados a partir de restos de armas usadas durante la guerra. Los precios desorbitados me gritan que lo suelte todo, que necesito ahorrar. A veces creo que mi vida sería más sencilla si todo el dinero que guardo para marcharme al Pilar del Sol lo empleara en darme los caprichos que quiero.

—¿Le interesa algo, joven? Tenemos una oferta: si se lleva tres piezas, le dejamos por la mitad la cuarta. —El mercader tiene cara de bravucón desleal.

—No, gracias. Solo miraba.

—De las miradas no se vive —masculla y hace un aspaviento con la mano para alejarnos del puesto.

Daniel continúa su marcha, deteniéndose a mirar los puestos que le parecen interesantes, charlando con los comerciantes como si fuera su amigo. Camina con la cabeza alta, la espalda recta; una elegancia innata. Siento que le debo una explicación después de la última mentira, aunque sé que él no va a exigirme nada y que hará como si le hubiera dicho la verdad.

Aun así, me empeño en recompensarlo de alguna manera.

—¿Quieres tomar una cerveza en la plaza? Te invito —le sugiero.

—Me encantaría. Además, creo que Thamara y Eyren están en el Buitre. Podríamos unirnos a ellas.

Me bloqueo al escuchar los nombres de las que fueron mis mejores amigas de la infancia y que ahora salen juntas. Una relación preciosa, duradera y sincera, más de tres años de amor, compromiso y emociones que no ocultan ante el mundo. Me alegro más que nadie por ellas, aunque nuestra amistad se enfriara después de ello.

—Me parece genial —le digo—. Hace mucho que no sé de ellas.

—Eyren está trabajando en la panadería de sus tíos…

—¿La que está al lado del Árbol Ciego?

—Ese bar lo derribaron hace mucho para abrir un salón de juegos —me explica y yo me sonrojo. Cada día son más los salones de juegos que abren sus puertas y empobrecen a la población. Los habitantes de Ciudad Libre acuden en busca de dinero rápido y fácil, pero la casa siempre se termina quedando con sus ahorros—. La panadería está al otro lado de la calle, junto a la antigua frutería.

Asiento creyendo recordar dónde se ubicaba. No quiero abrir la boca para no volver a meter la pata.

—Thamara da clases a niños pequeños en el sótano de su casa.

—Me alegro por ella, siempre le gustó enseñar.

—Y mandar —dice Daniel riéndose; los hoyuelos se le dibujan en las mejillas.

—¿Tienen pensado vivir juntas? ¿Planean marcharse de Ciudad Libre?

—Todo el mundo lo hace —me recuerda—. Creo que acabarán juntando ahorros y comprando una casa lo más al norte posible. Son un poco más caras, pero quieren evitar en la medida de lo posible los conflictos entre distritos. Las calles se han vuelto inseguras.

Agacho la cabeza, pensativa. He frecuentado en un par de ocasiones las calles del Distrito Sur durante la última semana. En ambas no me agradó lo que descubrí: un barrio sombrío, sin vida, silencioso como la misma muerte. Sin embargo, no tuve problemas. De hecho, los únicos que encontré tuvieron que ver con mi hermanastro y la guardia de nuestro distrito.

—¿Qué es lo que sucede con los goblins? Cada vez hay más ruido en la ciudad y más miedo a un posible enfrentamiento abierto —le pregunto pese a temer la respuesta.

La mirada que Daniel me dedica parece gritar a los cuatro vientos que he perdido la cabeza. ¿Cómo puedo ser tan ignorante como para preguntar algo así? Todo el mundo sabe lo que sucede con los goblins. No es nada nuevo.

—Lo de siempre —se limita a responder—. Los elfos y los goblins nunca se han llevado bien.

—No lo entiendo. El goblin al que ayudamos parecía buena persona. No era un monstruo como muchos los describen. ¡Tú lo viste! ¿Acaso tú temerías a un goblin?

—Yo no soy un elfo. Los oïds y los goblins no somos tan diferentes. A los elfos no os suele gustar nada que se salga de vuestro linaje.

—Pero… estuve en tu casa. Vosotros tenéis a un goblin trabajando para vosotros.

—Remunerado. No es nuestro esclavo.

—Ah. Pensaba…

—Pensabas como un elfo. —Estas palabras de Daniel me duelen más de lo que me gustaría admitir—. No es tu culpa, Ziri. Has crecido en una sociedad élfica rodeada de personas que actúan así. Por suerte, estás expandiendo tu mundo. No hay nada tan bueno como salir de la burbuja que nos rodea y descubrir que existen otras realidades.

Suspiro. Daniel tiene tanta razón que me enfurece formar parte de esta sociedad tan retrógrada. Por mucho que me crea diferente, soy parte del problema.

—Ojalá mi hermanastro también expandiera su mundo. Creo que la guardia está nublando su visión. A veces no lo reconozco.

—Ziramyo siempre ha sido muy suyo. Recuerdo cuando quedábamos de pequeños; nunca quería venir con nosotros. Prefería estar solo. Creo que ahora se siente importante, destacado.

—¿Tanto daño hace la soledad?

—Ni te lo imaginas.

Agradezco que, sin necesidad de hablarlo, Daniel tome la misma decisión que yo de dar una vuelta alrededor de los comercios para continuar con la conversación antes de llegar al Buitre, donde Thamara y Eyren nos esperan.

—Siento que se ha vuelto conflictivo, peligroso. Actúa diferente, sobre todo desde que se junta con Roohmay Bombarg, el líder de la milicia.

—Es parte de su trabajo, no se lo tengas en cuenta. Como guardia del distrito debe aparentar ese peligro.

—¿Pero es tan necesario? —Busco en el cielo una respuesta, pero las nubes blancas solo me devuelven el rostro de Göh Bel—. Quizás el problema lo creamos nosotros. Tal vez exista otra solución.

Daniel mira al cielo también. Me pregunto si él se habrá fijado en la misma nube que yo. Lo dudo bastante; al lado vuela una que se asemeja al pétalo de una rosa.

—Creo que nunca llegaremos a saberlo —dice suspirando—. ¿Sabes? Mis padres siempre dicen que la vida lejos de Ciudad Libre es muy diferente. La pobreza, las reyertas, las hambrunas... Nada de eso se encuentra fuera de nuestros muros. Somos como una jaula repleta de parásitos. Subsistimos a base de otros y como podemos. Vence la ley del más fuerte; la supervivencia siempre será lo primero. Envidio a la gente que convive en paz.

—¿Alguna vez has acompañado a tus padres a uno de sus viajes?

—Por supuesto. Lojarasca es precioso y no está tan lejos.

—¿Y no has pensado en quedarte allí?

Niega con la cabeza, un mechón de pelo le cae sobre los ojos y se lo aparta con la mano.

—Creo que no encajaría con mi estilo de vida. Nací para abrazar el caos y bailar entre las llamas. La oscuridad ayuda a que los pequeños destellos brillen con más fuerza. Fuera de aquí no sé qué sería de mí; en Ciudad Libre siento que tengo un propósito.

Conversar con Daniel es como un soplo de aire fresco, lo más parecido a ser un ave que vuela en libertad. Con él se me recargan las energías, disfruto de cada conversación porque sé que siempre aprenderé algo nuevo y, en el peor de los casos, me marcharé a casa con un pensamiento que no me abandonará durante días.

—A mí sí me gustaría salir de aquí —le confieso—. Sueño con viajar lejos, a cada rincón de Heros. Saborear cada una de sus culturas. Quiero conocer el mundo, detenerme en los pueblos que nadie más apreciaría, ver cómo es la gente fuera de esta jaula. Desearía ser artista en el Pilar del Sol.

He pensado tantas veces esto mismo que decirlo en voz alta provoca que se me corte la respiración, como si así estuviera más cerca de cumplirse. Casi como si pudiera materializarlo.

—Podrías pasarte ahorrando toda una vida antes de escapar de aquí.

—Lo sé, pero…

—Sigue tus sueños y aférrate a ellos —me corta, mientras me agarra de las manos—. Al final del día, cuando cerramos los ojos, es lo único que nos impulsa a levantarnos a la mañana siguiente.

Daniel tiene razón. Me resguardo en sus palabras de aliento que me impulsan a volar más alto. Los sueños son complicados, pero merecen la pena. Continuar es la única opción posible.

—¿Te parece bien si nos acercamos al Buitre? —le pregunto, dando por zanjada nuestra conversación.

—Nada me apetece más.

El Mercadillo del Elfo es apasionante, vibrante y esplendoroso. Llena de vida Ciudad Libre y convierte nuestro distrito en un hogar de verdad, alejándolo de esa identidad tóxica que lo acompaña durante el resto del mes. Al final, como cada vez que venimos, no compramos nada; nos limitamos a ojear las curiosidades que vienen de más allá de nuestras fronteras y nos indican que hay un lugar mejor, uno al que podemos aspirar.

Cuando llegamos al Buitre Thamara y Eyren no nos esperan en la puerta. Entendemos que se han cansado de estar de pie y han entrado. Las buscamos en el interior del local. El bar tiene una entrada con dos escalones para subir a la estancia principal, en la que la barra en forma de «L» ocupa casi todo el lateral. Hay un par de dianas en las paredes, acompañadas de mesas para jugar al ajedrez y las cartas. Sobre nuestras cabezas, una figura de arcilla que representa a un buitre gigante nos recuerda el nombre de donde nos encontramos.

—¿Qué van a tomar? —nos pregunta la dueña del local, una señora con el pelo tan blanco como la nieve y con más años que el sol. Tiene los labios pintados de un rojo intenso tan puro que creo que está quemando la boquilla del cigarro que se está fumando.

—Un vino de la casa y una cerveza —contesta Daniel, que conoce mis gustos a la perfección.

La mujer coloca las jarras sobre la mesa, derramando parte de mi cerveza.

—Estamos buscando a dos chicas…

—Al fondo, en la sala de butacas. —Da otra calada a su cigarro—. Si necesitáis algo, decídselo a cualquiera de los camareros.

—Gracias.

La sala de butacas se parece a un salón de juegos, salvo por su exquisita decoración típica de un palacio. Las mesas son redondas y están rodeadas de butacas con cojines, probablemente los asientos más cómodos de Ciudad Libre. Hay otra barra en la estancia y tiene unos servicios a un costado. En las mesas se distribuyen dos grupos de tres personas que disputan partidas del buitre, el famoso juego de mesa que da nombre al lugar. Nunca me ha interesado demasiado, aunque es uno de los favoritos de mis padres. Demasiadas fichas, movimientos y estrategias. Solo una persona con mucho tiempo libre podría convertirse en un verdadero experto.

En uno de los fondos encontramos a Thamara y Eyren. Han elegido sentarse en la única mesa rectangular y que cuenta con bancos alargados en vez de butacas.

—¡Hola! ¡Cuánto tiempo! —saludo dejándome arrastrar por la emoción del reencuentro.

Thamara es la primera en levantarse, una oïd de pelo morado y corto, con los ojos del color del vino y una tez nívea. Me saca un par de centímetros. Cuando me abraza siento que podría romperme entre sus brazos. Eyren se muestra un poco más distante. Al igual que yo, es una elfa de pelo platino y alargado que hoy lleva recogido en dos trenzas. Tiene la piel perfecta que representa el estándar élfico. Cuando le doy un abrazo siento que ella no me devuelve el mismo afecto.

—Buenos días, mis soles —saluda Daniel, que toma asiento en un banco—. Espero que no os importe que nos unamos a vosotras.

—¿Daniel? ¿Te has tomado alguna hierba extraña de tus padres? —pregunta Thamara—. Nos encanta teneros aquí. Hace mucho que no coincidimos los cuatro.

—Espero que no hayamos interrumpido nada importante —comento mientras me siento al lado de Daniel.

—No, no, por supuesto que no. Solo hablábamos de...

—Los últimos cotilleos de Ciudad Libre —completa Eyren, que envuelve su copa de vino con las manos como si fuera una bola de cristal.

—¿Cotilleos en Ciudad Libre? —pregunta Daniel—. De eso sí que quiero enterarme. ¿Alguna pareja rota?

Nos reímos ante el comentario.

—No ese tipo de cotilleo —replica Thamara, que apoya los codos en la mesa y la cabeza sobre sus manos—. Nada, los rumores que se han extendido sobre la guardia y los goblins.

Mi cuerpo se tensa al escuchar esas palabras. *Guardia, goblins*. Estos últimos días estoy cansada de que mi vida gire en torno a esas dos cuestiones. Recuerdo lo que vi en el Distrito Sur: a Ziramyo torturando a ese pobre e inocente goblin después de haberse enfrentado a un grupo de guardias. A los elfos maniatados y heridos anclados a esa pared. Continúo sin saber nada de lo sucedido, algo que no sé si me apetece.

—Al parecer —comenta Eyren—, varios miembros de la guardia del Distrito Norte se han compinchado con los goblins y estaban infiltrados entre las filas élficas. Han estado pasando información confidencial a los goblins y generando altercados para que estos pudieran acercarse a nuestro distrito.

Ahí está. La pieza del puzle que me faltaba. La pelea de Ziramyo en mitad de la calle contra los guardias, la tortura al goblin y a los elfos presos, lo de patrullar el Distrito Sur al acecho de cualquiera que pudiera tenderle una emboscada. Todo está relacionado con lo que acaba de contar Eyren.

Infiltrados.

Ziramyo estaba buscando a los traidores entre sus filas y los había encontrado. Había estado haciendo todo lo posible para dar con ellos —aunque eso supusiera torturar a algún que otro pobre infeliz por el camino—.

No hay nada como la lealtad. No existe mejor jugada que tener un topo entre las filas del enemigo para sembrar el caos. «Permite que los ojos duden de lo que ven y acabarán por quedarse ciegos, deja que entre hermanos se apuñalen para poner fin a una familia», leí una vez en una novela de aventuras. La táctica de los goblins es un acierto. Un muro se derriba tirando los ladrillos de más abajo. No tienen como objetivo acabar con la cabeza dominante, sino con los pilares que la sustentan.

—¿Tu hermano no te ha contado nada sobre lo sucedido? —El comentario de Eyren consigue que me sobresalte.

—¿Eh? Ah, no. No hablo demasiado con mi *hermanastro*. —Disimulo lo mejor que puedo, aunque tampoco miento. ¿Cómo voy a confesarles que le he visto torturar a varios prisioneros?—. Ziramyo siempre dice que casi todo lo que se expande por Ciudad Libre solo son rumores.

Pero esta vez no. Thamara y Eyren tienen razón: el conflicto entre goblins y elfos es más tenso que nunca. Si los de nuestra propia especie han empezado a colaborar con los goblins revolucionarios, ¿cuál será el siguiente paso de la Facción de Defensa Élfica?

Temo que lo peor aún esté por llegar.

10
Deberías alejarte de mí

Entre jarras de cerveza y vino, música y juegos de mesa, el gris de Ciudad Libre se diluye en las alcantarillas y mis mejillas se tornan rosadas por el alcohol. Durante horas, la melancolía y las preocupaciones desaparecen, dejando paso a la alegría, las risas que acallan los temores y la compañía de amigos con los que no compartía una mesa desde hacía tanto que una parte de mí se había perdido en el recuerdo.

Eyren y Thamara aprovechan para hablarnos de su relación, del cariño que se profesan y de cómo sus familias han aceptado sin rechistar que vayan a emprender una vida juntas en un nuevo hogar. También han expresado su deseo de marcharse de Ciudad Libre, aunque por el momento tampoco puedan permitírselo. Aquí tienen trabajos estables. Es curioso cómo la estabilidad ata a las personas. Continuarán viviendo durante unos años en la ciudad hasta que hayan ahorrado lo suficiente. Tal vez no puedan pagarse una casa en la capital, pero sí una a las afueras. Se han puesto de moda las cabañas en el bosque que conduce a Zarzarrosa.

Por su parte, Daniel nos ha hablado de la felicidad, del tiempo y de la muerte. Se ha puesto existencialista en varios momentos y ha asumido que él nunca se irá de Ciudad Libre.

Yo no he tenido mucho que contar. Mi trabajo sigue siendo el mismo. Mi familia está bien y Göh Bel... Göh Bel es innombrable. Aun así, lo he pasado bien y me he sentido escuchada. No me había dado cuenta de cuánto necesitaba que alguien me prestara atención.

El tiempo pasa tan deprisa que solo somos conscientes de la hora cuando la dueña del Buitre se acerca para pedirnos amablemente que abandonemos el local, es la hora del cierre. Al salir a la calle, los farolillos me devuelven sonrisas borrosas. A diferencia de otras noches, la plaza alberga vida. La gente abandona los bares mientras que los comerciantes recogen los puestos antes de marcharse a casa. Ojalá esta estampa se diera más a menudo.

—Tenemos que repetirlo —sugiere Thamara.

—Podríamos volver a vernos el próximo Mercadillo del Elfo —les digo, siendo consciente de que gran parte de la pérdida del contacto ha sido mi culpa. Cuando el trabajo y las responsabilidades aparecen, los pasatiempos y las amistades se nublan.

En sus caras se dibujan unas sonrisas radiantes.

—Hecho —contesta Daniel—. El próximo mercado nos volveremos a reunir en el Buitre.

Thamara y Eyren se despiden y se marchan. Sin decir nada más, Daniel y yo caminamos juntos por la calle hasta que llegamos a la puerta de los Forberg. El goblin al que tienen contratado abandona en ese momento la casa. Se despide con una sonrisa de Daniel y a mí me mira con recelo. No le juzgo.

—¿Quieres que te acompañe a casa? —me pregunta Daniel apoyándose en la puerta.

Él siempre acompaña a los demás a casa, es una forma de quedarse tranquilo al saber que hemos llegado a salvo.

Niego con la cabeza.

—Creo que voy a dar una vuelta por la ciudad.

Alza las cejas, incrédulo.

—Es tarde.

—Lo sé, lo sé. Pero hoy hay mucha vida en las calles —le indico con un gesto de cabeza para que mire a su alrededor.

—Prométeme que no pisarás el Distrito Sur.

—No se me ha perdido nada allí —miento, él parece leer mis intenciones.

Suspira.

—Está bien. Ten cuidado, por favor. Mañana me pasaré por la librería para asegurarme de que has llegado bien.

Asiento y le doy un abrazo para despedirme.

—¡Hasta mañana!

Transitar por Ciudad Libre de noche me provoca una sensación extraña de libertad. Por una vez no tengo miedo de lo que pueda sucederme. Las calles, abarrotadas de gente, componen un lienzo en el que desearía vivir el resto de mi vida. Me pregunto de qué hablarán las personas que deambulan de vuelta a sus casas, qué historias contarán, cuántos secretos esconderán. Es fascinante coincidir en un mundo repleto de anécdotas de las que nunca conoceré ni la mínima parte.

Me dejo guiar por mi imaginación. En mi cabeza se dibuja la premisa para un nuevo libro: dos aventureros enamorados que tienen que escapar de una ciudad en ruinas. No, demasiado típico. Bueno, ¿qué más da? He leído cientos de novelas con esa premisa y ninguna ha sido capaz de contar lo que yo quiero, lo que siento, la realidad que vivo y que me sumerge en la inquietud. Existen tantas posibilidades como realidades viven las personas; reducirlo a una simple premisa sería jugar en contra del criterio y la imaginación, como decir que dos esculturas son iguales por estar hechas de los mismos materiales y representar un mismo motivo.

Cuando regreso en mí, me doy cuenta de que mis pasos me han llevado hasta El Folletín Mágico. Miro a mi alrededor: esa zona está desolada. Todos se han marchado a casa, al Distrito Norte. Estoy demasiado céntrica, en la boca del lobo de nuevo, en un momento en que, según dicen, los territorios se han vuelto más hostiles que nunca.

Antes de que sea demasiado tarde, me doy la vuelta para regresar a casa. Sin embargo, el corazón me da un vuelco cuando descubro una figura reconocible en un callejón cercano. Quiero frotarme los ojos y abofetearme a mí misma para descubrir que no es verdad, que no puede serlo. Tiene que tratarse de un mal sueño, una jugarreta de mi mente que, incapaz de superar los últimos días, recrea sombras tan reales como el propio dolor. Göh Bel se encuentra allí, de pie, hablando con una persona que guarda la apariencia de un demonio bajo la túnica que lo recubre.

El desconocido se marcha y Göh Bel se sumerge en el callejón. Intento seguir mi camino, pero mis pies corren detrás del goblin. ¿Qué estoy haciendo? He perdido la cabeza, no tiene otra explicación. Movida por un fuego interno que no se encendía en mí desde hacía años, recorro los callejones con la agilidad de un gato. He perdido a Göh Bel de vista, aunque me dejo llevar por mi instinto, que me sumerge en el Distrito Sur sin remedio.

A veces creo escuchar las pisadas de Göh Bel, sus susurros e incluso su respiración.

Y de repente algo me atrapa. Unas manos ásperas me tapan la boca y me apartan del camino para introducirme en una calleja oscura y solitaria. Quiero gritar, no puedo. Me tenso. Intento morderle, tampoco puedo. Pataleo, doy varias coces. Nada funciona. Estoy a punto de alcanzar la daga que Ziramyo me regaló cuando las manos me apoyan sobre la pared y el iris de los ojos con los que llevo noches soñando me devuelve la tranquilidad que necesito.

—Göh Bel. —Pronuncio su nombre como si fuera un salvavidas; siento cómo se expande en mis labios. No era consciente hasta ese instante de que dos sílabas podían estallar como una supernova.

—¿Adónde crees que vas?

Sus manos me aprisionan por los hombros, nunca me había sentido tan segura en una cárcel.

—Yo... te vi y quería... No sé.

Tonta. Tonta. Tonta. Me siento estúpida, ¡ridícula! Una caricatura destinada a mofarse de mí.

—Sabes que es muy peligroso caminar por aquí.

La voz de Göh Bel tranquiliza mis nervios, pero también rompe mis ilusiones. Deseo contarle cada una de las ocasiones en las que su nombre ha acudido a mi mente, la forma en la que he tenido que dibujarlo, cantarlo e imaginarlo para calmar las ansias de volver a encontrarme con él. Todo eso desaparece cuando lo veo tan serio. ¿Acaso pensaba que cuando él me viera reaccionaría como el enamorado de un cuento que se reencuentra con su amada?

Me callo y no digo nada, por mucho que desee gritarle que quiero conocer su mundo de sombras y disolver el halo de misterio que lo rodea.

—¿Por qué has venido?

Respondo la primera idiotez que se me pasa por la cabeza para salir al paso.

—¿Qué está pasando con los goblins de Ciudad Libre? —digo—. Hay mucho movimiento últimamente. He escuchado muchos comentarios...

—No son los mejores tiempos para hablar de goblins —responde.

—¿Corréis peligro?

—Por el simple hecho de ser goblins, pero eso no es de ahora. Lleva siendo así toda la vida.

Trago saliva y amago con acariciarle un brazo. Rehúye mi contacto.

—¿Estás implicado en... en lo que quiera que esté sucediendo? —pregunto.

Göh Bel no me responde. Mantiene los ojos clavados en mí, en mi rostro pálido y en mis manos temblorosas. Una mueca de tristeza se dibuja en sus labios.

—Tal vez, lo mejor sería que dejaras de buscarme —termina diciendo—. Es peligroso para ti.

—Pero...

Retrocede un par de pasos y se apoya contra la pared del callejón. Suspira y, por un instante, veo la pena inundando esos iris oscuros que recrean un bosque otoñal en el que desearía perderme.

—Deberías alejarte de mí.

Por supuesto que debería. Lo he pensado tantas veces que mi cabeza parece un vinilo que repite una misma canción en bucle. Pero ¿cómo alejarme cuando las dudas me empujan a querer conocerlo todo sobre su mundo?

¿Cómo viven los goblins? ¿Cuáles son sus costumbres? ¿Qué problema tienen con los elfos? ¿Por qué hay tantos disturbios?

Desearía que dejara de mirarme con esa mirada carente de luz, con esas facciones que, aunque nada tengan que ver con las de un elfo, provocan en mí un fuego que no sé cómo apagar.

¿Acaso somos tan diferentes?

Deseo descubrir cada uno de los misterios, destruir cada una de las barreras que Göh Bel intenta crear entre nosotros.

¿Por qué te gusta el arte? ¿Por qué sigues aquí si estás tan seguro de que tendrías que marcharte? ¿Por qué no me has hecho daño si se supone que deberíamos destruirnos?

Sin embargo, todo cuanto puedo decir antes de regresar a mi casa y enfrentarme a una nueva bronca de mis padres es:

—Debería alejarme de ti...

11

Una nueva vocación

Que Göh Bel me haya pedido que me aleje de él no me molesta en absoluto. De hecho, no podría darme más igual. Coloco los libros con desgana en las estanterías y los suelto con rabia sobre el mostrador haciendo el máximo ruido posible, solo por casualidad.

—Hoy no tienes tu mejor día —me comentó Daniel cuando se pasó por El Folletín Mágico para comprobar que había llegado sana a casa.

—¿Qué dices? Estoy perfectamente —le respondí con mi mentira menos sutil.

Estoy cansada de obedecer. Mi padre, mi hermanastro, Tyresias… ¿Por qué tienen que decidir sobre mi vida? Nadie tiene derecho a cuestionar mi propio bienestar. Me cabrea que Göh Bel se atreviera a advertirme sobre permanecer a su lado y a aconsejarme que me alejara de él. ¡Me alejaré si quiero! ¡Yo decido la forma en la que arruino mi vida!

Y aquí estoy: desempolvando antiguallas que desechan en la capital para exponerlas en la librería como si fueran las novedades del mercado editorial, y clasificando cada una de las etiquetas con las que Tyresias ha sugerido que expandamos el catálogo.

«Literatura bélica y política prejuvenil». ¿De verdad esto es un género?

Después de etiquetar un centenar de libros con las nuevas categorías sugeridas por el señor Nadberg, reviso que los préstamos de la semana pasada hayan sido devueltos. Como la biblioteca de Ciudad Libre lleva años inutilizada, decidimos crear un servicio de alquiler de libros que, por un módico precio —asequible para las economías de la zona—, permitiera a los lectores llevarse ejemplares semanalmente. Me sorprendo al observar que hay uno que no se ha devuelto. No es ni más ni menos que el que retiré la semana pasada y le presté a Göh Bel. Asumo la pérdida y también que tendré que hacer triquiñuelas para justificar la desaparición del ejemplar. Estoy convencida de que, si lo borro del archivo, el señor Nadberg jamás se dará cuenta.

Examino la correspondencia de los últimos días, tan variada como de costumbre: pagos de facturas, pedidos, solicitudes de préstamos y llegada de manuscritos inéditos. Estos últimos son mis favoritos. Hay muchos autores jóvenes en Ciudad Libre que, por desconocimiento, envían sus historias a El Folletín Mágico. Piensan que actuamos como editorial o como intermediarios de algún tipo. Me da mucha pena porque yo también crecí sin conocimiento de este mercado, en un laberinto de dudas sin un guía que me condujera con mis escritos. Durante mucho tiempo los envié a diferentes sitios sin obtener respuesta, hasta que el propio Tyresias me explicó que las editoriales de Heros se sitúan en la capital, al menos las de mayor relevancia.

Con toda la dulzura del mundo, respondo a los manuscritos de estos autores diciendo que no publicamos obras y aconsejándoles que prueben suerte en otras provincias. Ciudad Libre es el cementerio de la cultura, un campo donde las flores no crecen.

El día avanza, mis tareas pendientes desaparecen y, entonces, aprovecho para leer algunos de esos manuscritos que mandan los autores. En la mayoría de las ocasiones, son textos que necesitan desarrollar una voz propia, trabajar en el énfasis, las emociones, el crecimiento de los personajes o el objetivo de sus tramas. Sin embargo, siempre encuentro en todas las obras un denominador común: el mensaje. Casi todas las historias son innovadoras, progresistas, diferentes. Tienen personajes que se salen de la convención, ideas que respiran juventud. Tal vez les falte experiencia en el arte de las letras, pero estoy convencida de que son voces que merecen la oportunidad de llegar a las personas. Las historias de los más pequeños ayudan a que Heros mejore, dan cabida a todas las realidades y borran del primer plano a las élites que dominan las artes.

Al enfrascarme en la lectura del manuscrito que tengo entre las manos, se me olvida por completo atender la tienda. Por lo general, no es un problema si paso horas en la trastienda. Por eso me sorprende cuando escucho una voz que me llama desde el recibidor.

—¿Hola? ¿Hay alguien?

Suelto el manuscrito y me maldigo por no haber dejado una marca para continuar la lectura después. Salgo apresurada al mostrador y, para mi sorpresa, quien se encuentra al otro lado con una bolsa de tela en la mano y el pelo recogido con una pinza de colores es Thamara.

Me sorprende cómo esta chica siempre logra parecer venida de otro reino, con su ropa bien colocada, sin una sola arruga, y las joyas que parecen traídas de la propia capital. Los colores que usa son claros, a diferencia de los de la mayoría de la población, que suele usar ropa oscura para que los desperfectos y las manchas no se noten tanto.

—Uf, eres tú. Menos mal —digo con el corazón pidiendo un tiempo muerto—. Perdóname, estaba ordenando la parte trasera. ¿En qué te puedo ayudar?

—Necesito una recomendación para un regalo —dice tan tímida que se asemeja a un ángel avergonzado.

—Por supuesto. ¿Para quién es? —Salgo del mostrador y me aproximo a ella para guiarla a las estanterías.

—Para Eyren.

El corazón se me calienta. Regalar un libro me parece uno de los mayores gestos de amor. Las historias encierran palabras que a veces no nos atrevemos a decir en voz alta. Es precioso cómo detrás de un gesto tan sencillo se esconden los recuerdos, los deseos y el cariño.

—Me parece muy buena idea. ¿Qué crees que podría gustarle?

—Eyren no lee demasiado. De hecho, diría que nunca la he visto agarrar un libro. —Se nota la pena en su voz—. Por eso quiero regalarle uno, para intentar que se enamore de la literatura.

No va a ser sencillo escoger.

—¿Hay algo que quieras que le transmita la historia? —le pregunto con la intención de estrechar el cerco de búsqueda.

Ella niega con la cabeza. Las facilidades no llueven del cielo.

—Los libros pueden transmitir muchas emociones —le explico, mientras deslizo un dedo sobre los lomos que asoman en las estanterías—. Los hay que hablan del amor, de súplicas, de suspiros, que te encogen por dentro y te dejan el corazón arropado entre mantas. Pero también los hay tristes, que te rompen y te reconstruyen para volver a romperte, que te enseñan de la vida, de los problemas, de la existencia. Hay tantas historias como realidades, incluso, diría que las propias historias van más allá de cualquier realidad porque tocan temas que ni siquiera podemos imaginar.

Thamara me sigue de cerca mientras danzo de estante en estante, agarrando libros, hojeándolos y volviéndolos a depositar en su sitio. Me deleito con el olor que desprenden, el tacto que me devuelven las páginas, el peso sobre mis manos y el color de sus cubiertas.

—Elegir el tipo de historia es lo más importante. No todos los lectores leemos lo mismo ni podemos pretenderlo. Un libro es como una pieza de fruta: las hay variadas, de diferentes colores y tamaños. Por mucho que te gusten las frutas, no tienen que gustarte todas, y que no te guste una no quiere decir que no te vaya a gustar el resto. Es importante saber escoger; una mala experiencia con un libro puede truncar toda una vida lectora.

Thamara me mira con la incredulidad reflejada en los ojos. Tiene los brazos cruzados y taconea con el pie a la espera de que termine mi discurso. La impaciencia se dibuja en los gestos de su boca, en las respiraciones tediosas y en el ambiente que se va cargando a raíz de ello.

—Me sirve cualquier libro que creas interesante, pero rápido.

Aprieto los labios y asiento, abrazada a uno de los últimos tomos que he sacado de la estantería. Lo coloco en el sitio que le corresponde y me doy un par de palmaditas sobre las caderas para disimular la decepción que me corroe. Reviso los lomos expuestos con la mayor rapidez posible, la prisa de Thamara me apremia.

Sé que podría darle cualquier libro: desde ese que lleva en el catálogo desde que la librería abrió hasta el del último autor local. No tengo por qué esforzarme, ella tampoco lo ha hecho. ¡Es su regalo! Pero no puedo hacer algo así. La mera idea de imaginar a una persona recibiendo un libro que sé que no le va a gustar... Mi propia ética profesional me lo impide. ¿Qué clase de librera sería? ¡Qué digo! ¿Qué clase de artista sería si permitiera algo así?

Tras sopesarlo mucho, reparo en el tipo de libro que conmovería a Eyren. Uno diferente, como ella. Repleto de cambios, de dinamismo, que rompa lo establecido, que experimente, que trastoque la realidad. Ya lo tengo. La historia perfecta está entre mis manos; pese a que ni siquiera ha sido publicada aún.

—Creo que sé qué libro vas a regalarle a Eyren —confieso nerviosa—. Pero aún no lo tengo aquí. Puede que tarde unos días. Si no te importa, te lo llevo a casa cuando esté disponible.

Ella frunce el ceño. Si no fuera porque es mi amiga, diría que desconfía de mis palabras.

—Está bien —accede—. Pero, por favor, que no se retrase demasiado. En tres días celebramos el aniversario de cuando nos conocimos. Me gustaría...

—No te preocupes —la corto al momento—. Te prometo que estará listo.

Me sonríe; mis nervios se diluyen por un desagüe de emociones.

—Gracias, Ziri. ¡Eres la mejor! —Me abraza y suspiro aliviada—. Nos vemos pronto.

La calidez de una vela me acompaña en mi nuevo trabajo. Las manecillas del reloj giran sin cesar en su intento de perseguirse y encontrarse, separarse y volver a coincidir cada hora, como dos amantes imposibles. El *tictac* acompasa mis movimientos, el cuco es el aullido de un demonio que me vuelve loca. Cada vez que suena, me advierte de mi retraso, de que la noche ha caído al otro lado de las paredes; me susurra que debería de volver a casa antes de que sea más tarde.

Bobadas. Si Ziramyo puede salir hasta el alba por su trabajo, yo puedo quedarme en la librería por el mío, le respondo en silencio al cuco. Aunque eso me suponga varios enfrentamientos con mis padres.

Durante las últimas horas, he leído cada uno de los manuscritos que nos han enviado, los he seleccionado y clasificado. He imaginado sus personajes y he recreado bocetos. Algunos no me han convencido y han terminado en la papelera, mientras que otros han seguido adelante. Al final, de entre todos, hay un manuscrito que me ha parecido de una calidad excelente, tan sumamente bueno que no tendría que envidiar nada a cualquiera de las publicaciones que tenemos en el Folletín. Sé que eso tampoco tiene un gran mérito, que hay muchas obras mejores que ni siquiera llegaremos a tener en nuestro catálogo, pero me consuela pensar que contamos con un texto que sería de renombre en cualquier provincia de Heros. Algo inédito, nuestro.

Encuaderno la obra gracias a los restos de libros defectuosos que había depositado en el contenedor de reciclaje. Las tapas de cuero conservan un estado tan decente que el resultado podría hacerse pasar por una novedad —una de Ciudad Libre, claro—. Las páginas las he numerado una a una y he decorado algunos huecos en blanco con los bocetos de los personajes. Para finalizar mi trabajo, he escrito sobre la primera página el nombre del autor y el título del libro: *La Rebelión del Alba*, de Amaelyon Yessïnberg.

Me gustaría que la gente leyera esta historia, que la conociera, que se adentrara en el mundo que el autor propone; un mundo repleto de intrigas y sombras, pero también de esperanza, luz y color. La magia brota de las palabras y llega a germinar; consigue con ello que el lector se conmueva con cada frase. Quisiera conocer al autor. Quizás acuda algún día a su casa a aconsejarle que, por favor, intente contactar con las grandes editoriales de la capital. Es una pena que una obra de tantísimo valor se quede perdida entre los restos de una triste librería de Ciudad Libre.

Cuando agarro el libro entre mis manos y lo levanto para observar sus tapas a la luz de la vela, sonrío. Por primera vez en mucho tiempo me siento satisfecha con el trabajo realizado. No ha sido para nada frustrante, no como cuando escribo o dibujo y las ideas no fluyen. Esta vez todo ha salido bien. He trabajado con una obra ajena y he conseguido elevar su valor, dotarla de sentido y decorarla para mostrarla al mundo.

Y eso me ha hecho feliz.

12

Estrellas de una ciudad sin luz

El sonido de la puerta al abrirse me despierta. Me incorporo sobresaltada y casi me caigo de la silla, que por un momento se queda pendiendo de las dos patas traseras. Apoyo las manos en el escritorio y analizo el entorno: las paredes oscuras, las velas apagadas y un sinfín de manuscritos esparcidos por el suelo.

¡Me he quedado dormida mientras trabajaba!

—¿Zirandell? —La voz del señor Nadberg suena como un trueno en la distancia. Observo el reloj de cuco. No solo he pasado la noche en la librería, sino que además me he despertado una hora y media más tarde de lo que debería.

—¡Buenos días, señor Nadberg! —grito desde el almacén.

Con mi mayor virtud, recojo los papeles de la mesa y el suelo, los amontono sin orden ni cuidado y los deposito dentro de una carpeta. Me arreglo el pelo y me paso las manos por la cara con intención de despertarla. Al entrar en la trastienda, el señor Nadberg se encuentra furioso, así lo demuestran su ceño fruncido y los brazos en jarra.

—¿Por qué está todo cerrado?

—Perdón, perdón —le respondo mientras busco una excusa—. Como no había ningún cliente, decidí cerrar la tienda para encargarme de unos asuntos pendientes.

—¿Y qué asuntos son esos?

La ceja alzada me intimida; su postura, inclinada sobre mi pequeña figura, consigue que me tiemble el alma. Si pierdo el trabajo, mis padres se alegrarán, pero solo en parte, ya que la decepción les inundaría porque me han despedido. Y, lo más importante, nunca saldré de Ciudad Libre. Entonces, me giro y agarro el manuscrito en el que he estado trabajando, el mismo que entregaré a Thamara como regalo para Eyren. Lo alzo como si fuera una obra divina y se lo acerco a la altura de los ojos.

—Desde ayer he estado trabajando en esto. Es un manuscrito original que nos enviaron. Lo he encuadernado y decorado yo misma.

Tyresias analiza cada centímetro del libro con la peor cara que puede dedicarle. El pulso me tiembla a la espera de una respuesta que nunca llega.

—He pensado que podríamos hacer de El Folletín Mágico una publicación periódica. No tiene por qué ser diaria o semanal, pero tal vez sacar varios ejemplares al año. —Mi discurso no funciona, Tyresias está horrorizado—. ¡Antologías! ¡Podríamos hacer antologías que reunieran a nuevas voces de Ciudad Libre y…!

—Para el carro, niña —replica, antes de sentarse con el mayor cansancio del mundo sobre una silla. Se lleva las manos a la cara y resopla—. ¿No ves que es imposible gestionar todo eso?

—¡Yo misma me encargaría de hacerlo!

—Tendría que contratar a otra persona para que te supliera en tus labores actuales —replica—. ¡Y habría que pagar a los autores!

—Todos son autores locales, no creo que nos pidan una suma importante. Podríamos negociar con ellos, ofrecerles un porcentaje de las ventas. Por las mañanas, yo podría acudir una hora antes a la librería para adelantar tareas diarias. Cuando todo estuviera hecho, durante el tiempo que no vinieran clientes ni peticiones nuevas, me dedicaría a leer los manuscritos que llegan. Por las noches, adelantaría el trabajo en casa y encuadernaría todo allí. Tenemos mucho material de libros reciclados, ni siquiera nos costaría dinero empezar.

Sé que mi propuesta no convence al señor Nadberg, pero al menos, siento que mi explicación ha conseguido que me preste atención. Sabe que no perderá dinero y que la única perjudicada, en cualquier caso, seré yo.

—Publicar libros de voces propias y diferentes a lo que se comercia en el resto de Heros podría suponer un hecho tan innovador para El Folletín Mágico que nuestras publicaciones acabarían llegando a todas las provincias del reino. ¡Nos leerían incluso en el Pilar del Sol!

Tyresias da un golpe en la mesay, con el impulso, se levanta de la silla. En mi cabeza, este es el momento en el que se acerca a mí para agradecerme mi labor y aportar tan buenas ideas. Sin embargo, no lo hace. Se limita a dirigirse a la salida.

—Sí, sí, pequeña. Ya te he escuchado suficiente —susurra—. Quítate todos esos pájaros de la cabeza y sigue catalogando, por favor.

Me enfada que las personas no sepan reconocer el talento cuando lo tienen enfrente, que no vean las oportunidades que la vida presenta y que no vuelven a pasar. Las publicaciones de El Folletín Mágico podrían ser el carro que nos guiaría a una vida mejor, a una en la que pudiéramos hacer algo apasionante y necesario para el arte y el desarrollo de Ciudad Libre. Pero es lo que tiene trabajar con personas sin ambición: se conforman con lo mínimo, lo fácil y lo inmediato. Nadie se atreve a sacrificarse por una meta a largo plazo, por mucho que suponga un hecho tan revolucionario como trascendental.

Llego a casa tan cabreada que ni siquiera me preocupo por la reprimenda que puedan echarme mis padres por haber pasado la noche fuera. Entro dando zancadas pesadas, provocando el mayor ruido que puedo mientras subo los escalones. Hasta que no ha pasado una hora, mi madre no se atreve a llamar a mi puerta.

—Cielo, ¿estás bien? —pregunta desde el umbral, asomando solo parte de la cabeza por la hendidura.

Tirada sobre la cama, suspiro. Tengo la almohada tapándome la cara y la posición de una estrella de mar.

—Perfectamente —miento.

Mi madre abre un poco más la puerta y pasa al interior. No digo nada, tampoco me muevo.

—Bueno… Papá se ha ido a dormir y Ziramyo a trabajar. Si necesitas cualquier cosa, estaré abajo leyendo un rato. Te traigo la cena; te la dejo sobre el escritorio. —Se retira sin recibir una respuesta de mi parte—. Descansa. Recuerda que todo lo malo sirve para darle valor a lo bueno.

Cuando se ha marchado, me quito la almohada de la cara y sonrío. Tiene razón. No solo me comporto como una niñata, sino que, además, lo pago con quien no lo merece. Agradezco el gesto de mi madre, siempre sabe cuidarme sin atosigarme; me da mi espacio y me comprende. Antes de que se vaya a dormir, bajaré a hacerle una visita y me disculparé por mi enfado. De momento, tengo cosas que hacer.

Me levanto de la cama, agarro un cuaderno y un lápiz y salgo por la ventana. Trepo hasta lo alto del tejado y aprovecho las sensaciones que me transmite el ambiente para escribir unas cuantas palabras que probablemente no sirvan para nada. Durante las siguientes cuatro páginas hablo sobre las lunas que coronan el cielo y las estrellas que las acompañan, del contraste entre el día y la noche, de cómo la oscuridad nubla el juicio de los que caminan perdidos sin rumbo. Añoro una lluvia de estrellas fugaces, escribo sobre los deseos que pediría a los cometas que cruzan el firmamento. También reflejo la simbología de los astros, y hablo de la paz que me produce la brisa que acompaña a esta estampa. Son palabras que nacen en mi corazón y que mi mente no puede contener:

Tan desapegados como la noche y el día, tan necesarios para la existencia del otro; ¿mundos opuestos o paralelos? Ni nosotros lo sabemos. La casualidad de coincidir en las tinieblas, de que te alejes de mi luz como una sombra. Tal vez algún día sea diferente. Tal vez algún día sea.

Termino de escribir estas palabras y me quedo pensativa. Agarro el cuaderno con ambas manos y no aparto la mirada de él. Suspiro. Desearía no haber escrito esto, pero las ideas brotaron de mí irrefrenables.

—¿Escribes?

La voz que proviene de mi espalda me sobresalta tanto que cierro el cuaderno de pronto y me lo llevo al pecho. Mi primer pensamiento es que se trata de una pesadilla, una de esas en las que lo que más me gusta se transforma en mi mayor miedo. Me giro, nerviosa, y ahí está, mirándome con esos ojos que creía que no volvería a ver.

—Göh Bel.

Pronuncio su nombre consciente de que lo llevo grabado dentro desde la primera vez que lo escuché.

—No quería asustarte.

Se sienta a mi lado, soy incapaz de reaccionar. Me tiembla el pulso, el alma y hasta las palabras que me gustaría dedicarle.

—¿Qué haces aquí?

—Venía a devolverte esto. Ya lo he leído.

Me entrega el libro que le presté unos días atrás, el mismo que ya me había ingeniado para borrar del archivo de El Folletín Mágico antes de que el señor Nadberg me echara la bronca.

Sostengo la tapa entre las manos. ¿Cómo es posible que se lo haya leído ya? ¿Acaso los goblins poseen un poder que les permite leer más rápido que el resto de las criaturas de Heros?

—Me alegro. Gracias por devolvérmelo.

Me encantaría gritar de emoción y preguntarle mil cosas. ¿Qué opina de la trama? ¿De los protagonistas? ¿Le gusta el estilo del escritor? ¿Ha captado cada una de las críticas? Pero no, me lo guardo, porque mi orgullo supera a mi entusiasmo.

—¿Estabas escribiendo? —pregunta intentando echar un vistazo al cuaderno que cubro con mi cuerpo—. Por fin podrás leerme algo de tu cosecha.

Niego con la cabeza.

—Una persona que me pide que la olvide no se merece leer mis escritos.

—Lo hacía por tu propio bien. Además, no quiero leerlos; quiero *escucharlos*.

El deseo me duele, pero me mantengo firme. No le miro a la cara, me niego a hacerlo. Me concentro en el horizonte para no dejarme arrastrar por su presencia. Él, cansado de mi juego, suspira. Por un momento, pienso que se va a marchar, que ahí decidirá que está perdiendo el tiempo con una niñata y que jamás volverá a verme.

No lo hace.

Se queda a mi lado. Intenta establecer contacto visual, pero no se lo permito. Así que me imita y mira al horizonte.

—Hay una antigua leyenda que habla de las estrellas —susurra; emplea un tono de voz tan calmado que siento que es el narrador de un cuento para niños—. Antaño, cuando el mundo estaba plagado de criaturas legendarias, Heros se dividía entre luces y sombras que luchaban por hacerse con el territorio. Durante muchos años, la luz reinó en todas las provincias, limitando a las sombras a ocupar una pequeña porción al sureste de la capital. Sin embargo, un día las sombras se alzaron en diferentes rincones de Heros. Llevaban años dormidas, eran muchas más de las que las luces pensaban. Poco a poco, se comieron el terreno bañado por la luz y estuvieron a punto de tomar la capital…

La cadencia con la que Göh Bel cuenta la historia es perfecta, con sus pausas, las elevaciones del tono y las decaídas. La emoción con la que recrea la epopeya hace que la visualice en mi cabeza, consigue que las estrellas conformen un mapa de la narración. Escucharle narrar es tranquilizante, liviano y pasajero, un pasatiempo en el que desearía perderme cada noche antes de dormir, convencida de que mis pesadillas desaparecerían con la paz que me transmite. ¿Cómo es posible que una persona como Göh Bel provenga de un mundo tan oscuro?

—Los gobernantes de cada provincia de Heros, junto con los miembros del Consejo del Pilar del Sol, se sacrificaron para salvar a su pueblo y emplearon su poder para llevarse a la oscuridad lejos de allí, al mismísimo cielo. Desde entonces, las noches son oscuras y en el firmamento se enmarcan los dioses, que, como estrellas, devuelven el fulgor de la luz que persiste entre las tinieblas.

—No conocía esta historia —le digo. La sorpresa se manifiesta en el temblor de mi voz.

—Me gusta mucho. Me hace pensar que, cada vez que miramos las estrellas, contemplamos a los héroes que alejaron a la oscuridad de nuestro mundo.

O al menos una parte de ella, pienso. La oscuridad todavía se mantiene en los resquicios de Ciudad Libre, en los callejones y las miradas de los desconfiados; se extiende gracias al rencor. Mientras el odio permanezca en el interior de las personas, la oscuridad nunca desaparecerá del todo.

Göh Bel se levanta. Me giro hacia él.

—Quédate —le ruego.

Deseo compartir el resto de la noche con él, que continúe narrando esas historias, que su aroma a bosque se impregne en mí lo suficiente como para soñar con él y alejar a las pesadillas.

Deseo que esta vez no se marche de nuevo, que no me vuelva a pedir que le olvide y me aleje como si no me importara.

—Aún es demasiado pronto, Ziri. —Sus ojos se pierden en las estrellas y me obligo a no preguntarle qué le pasa por la cabeza. La pena se diluye en sus iris de la misma forma que las acuarelas en el agua—. Pronto, volveré. Y, entonces, cada uno cumplirá su parte del trato: tú me leerás uno de tus escritos y yo te permitiré conocer mi mundo de sombras. Pero solo cuando esté seguro de que estarás a salvo.

13

Día de la mala suerte

—Zirandell, tenemos que hablar.

Son las palabras que me dedica mi padre cuando bajo las escaleras, dispuesta a marcharme al trabajo.

Mi padre se apoya sobre el marco de la puerta, brazos cruzados y mirada altiva. En el interior del salón, mi madre aguarda sentada con los dedos entrelazados y una pose seria. Esto no es común. Por lo general, mi madre aprovecha para dormir hasta tarde y mi padre se marcha al trabajo tan pronto como amanece.

—¿Qué sucede? —pregunto. Trago saliva y doy un paso al frente.

Mis padres intercambian miradas, lo cual acrecienta mi intranquilidad. ¿Cuánta seriedad guarda lo que tienen que comunicarme para plantearse quién da el primer paso?

—Queríamos hablar contigo desde hace tiempo, querida —dice mi madre—. Últimamente nos ha sido imposible coincidir por…

—Tus horarios —finaliza mi padre.

Soy consciente de que el trabajo me tiene todo el día fuera de casa y que, además, lo empleo como excusa cuando me escapo por las noches. Sumado a que la pasada noche no vine a dormir, entiendo que estén preocupados por mí.

—Tu padre y yo dudamos de que esto sea lo mejor para ti. Dedicas muchas horas, mucho esfuerzo. Tal vez no sea necesario tanto.

—Necesito ahorrar, lo sabéis.

Claro que lo saben, otra cosa es que les importe.

—¿Cuánto tienes ahorrado? —pregunta mi padre—. ¿Crees que algún día podrás pagarte unos estudios?

Por mi parte, silencio. Recuerdo el cálculo que hice pocos días atrás. Si les dijera la cantidad, se reirían de mí. Finalmente, niego con la cabeza.

—A lo mejor en cinco años —contesto exagerando la cifra para evitar un conflicto.

—Cinco años… —masculla mi madre.

—¿Y no crees que deberías de buscar otras opciones? Un trabajo que te permita ayudar en casa y pasar más tiempo con los tuyos; uno que te deje libertad para conocer a alguien, comprometerte y formar una familia…

—No quiero tener una familia en Ciudad Libre —respondo en un susurro.

No quiero que mis hijos tengan que crecer en la misma jaula de sombras que yo, pienso.

—Es muy fácil tener sueños, Zirandell. Pero hacerlos realidad… por algo son eso: sueños.

—¡Ziralyon! —le replica mi madre en un intento por no herirme.

—Rysandell, sabes que tengo razón. Lo hemos hablado mil veces. La ambición es tan necesaria como peligrosa. Llenar de pájaros una cabeza como la de Zirandell hará que vuele a lo más alto y, cuando todo se tuerza, se estrellará estrepitosamente. Intento evitar eso. Quiero lo mejor para ella. Sabes que ese trabajo no le conviene.

Por un momento, parece que se haya olvidado de que sigo presente, de que puedo escuchar toda la conversación, incluso esas palabras que destrozan todos mis sueños. Aguanto las lágrimas para no romperme.

—Lo mejor para ella no es lo mejor para ti —le recuerda mi madre.

—Somos una familia, hay ciertas decisiones que tenemos que tomar en común. Por eso, creemos que lo mejor es que abandones el trabajo en la librería. Vienen tiempos violentos, no es seguro que trabajes tan lejos del Distrito Norte. Si no quieres aceptarlo por las buenas, hablaremos con el señor Nadberg para que te haga entrar en razón.

—Agradezco vuestra preocupación por mi futuro —digo antes de que continúen decidiendo sobre mi vida—. Debo deciros que, por mucho que tarde, mi intención es seguir intentándolo.

Al fin y al cabo, ¿qué otra opción tengo? ¿Quedarme de brazos cruzados? Mientras me mantenga en el camino, cada paso que dé será uno menos para mi meta. Puede que tarde cinco años, diez o treinta. Lo que tengo claro es que, si me rindo, jamás llegaré.

—Zirandell, tienes que comprender que esto no es una buena opción. Algún día…

—Tengo que irme, llego tarde al trabajo. Gracias por vuestra preocupación —digo dejando a mi padre con la palabra en la boca.

No me he dirigido la palabra a mí misma durante todo el trayecto hasta El Folletín Mágico. Puede sonar irrelevante, pero para mí tiene más importancia que no hablarle a un amigo o a un familiar. Tengo un monólogo interno tan grande que, cuando me enfado lo suficiente como para no querer ni pensar en ello, significa que las cosas marchan mal.

Estoy cansada de que mis padres juzguen mis decisiones. ¿Qué les importa mi futuro? Ellos prefieren que me dedique a la vida contemplativa, a ser una más de Ciudad Libre, de un sistema oprimido que encierra a las personas y absorbe su vitalidad hasta matar su creatividad. Yo no quiero eso, no quiero limitarme a ser una esposa, una buena madre o una compañera de vida; no quiero tener solo un hogar que cuidar y barrer el suelo y decorar. Mi sitio está fuera, entre grandes mentes creativas que firman su nombre en la historia y trascienden en el tiempo. Mi ambición es desmedida, pero considero que está a la altura de mis ideas. Nadie aspira a menos de lo que es. Conozco mi potencial, mi capacidad para lograr mis propias hazañas. Yo soy mi único obstáculo.

Mientras recorro los últimos metros que me separan de la librería, pienso en mis opciones. Escribir mis propios textos sería increíble; sacar un sinfín de historias que recorrerían cada rincón de Heros. No me imagino viendo mis libros en escaparates o mercados locales, ¡ni mucho menos que alguien pudiera tenerlos en las estanterías de su casa! El simple hecho de pensar en una persona pasando las páginas de mi libro con gozo en la mirada me estremece.

Aun así, sé que no sería mi única opción.

Sigo soñando con el manuscrito que me llegó a El Folletín Mágico. Trabajar en textos como ese y hacer una publicación periódica es el futuro de la librería, y ni siquiera el señor Nadberg podrá alejarme de ese pensamiento.

Podría compaginar la edición de textos con la escritura, pero sé que esta última me convence mucho más que la primera.

—¡Cuidado, aparta! —me gritan desde un lado de la calle.

Regreso de mi ensimismamiento y me tiro a la acera para esquivar un carro que está a punto de arrollarme. Maldigo en voz baja, aunque sé que la culpa es mía por no ir pendiente. Los vehículos como ese no suelen frecuentar Ciudad Libre. La gente, como mucho, viaja a caballo.

—Se ve que hoy no es mi día de suerte —digo, mientras me levanto. Me sacudo el polvo y recorro los pocos metros que me separan de El Folletín Mágico, que ahora lo veo más como una salvación ante el peligro que como un castigo.

Rebusco en los bolsillos la llave de la librería, que no aparece por ninguna parte. Doy varias vueltas a la tela y sacudo los pantalones. Reviso los bolsillos de la chaqueta y el zurrón, pero tampoco hay suerte. No puedo creerme que justo hoy me haya olvidado las llaves en casa. Me sorprende, porque soy muy meticulosa con mis enseres del trabajo; aunque tiene sentido, salí con demasiada prisa de casa.

Mientras mis ánimos decrecen y mi paciencia se agota, el timbre de la bicicleta del cartero me provoca un susto de muerte.

—Perdón, no quería asustarte —me dice entregándome unas cartas para la librería.

Se marcha antes de que le pueda decir nada, porque todavía trato de calmar a mi corazón desbocado tras el susto. Resoplo y muevo el mechón de pelo sobre mi frente. Empujo la puerta en un intento fallido por que se abra. Me toca esperar a que venga el señor Nadberg y me regañe por haberme dejado las llaves.

«¿Dónde tienes la cabeza últimamente?», me dirá. Será otra persona en la larga lista de gente que me cuestiona y señala mis errores.

Hasta que llegue el señor Nadberg no tengo qué hacer, así que decido repasar las cartas que han llegado. La mayoría son de pedidos que tendré que preparar durante la mañana, lo que me recuerda que, en cuanto salga de trabajar, tengo que acercarme a casa de Thamara para llevarle el ejemplar de Eyren. Sin embargo, entre toda la correspondencia, encuentro un paquete un poco más pesado de lo habitual.

—¿Un manuscrito? —Mi voz transmite la ilusión, sobre todo cuando leo el nombre del remitente y me doy cuenta de que es Amaelyon Yessïnberg, el mismo escritor de aquella obra que me había cautivado.

Durante la siguiente hora, me dedico a devorar su libro. Se trata de una historia de soledad recompensada por el amor. Dos chicos que han sido separados de sus familias para trabajar en el palacio de un duque temen no volver a sentirse plenos y acaban enamorándose mientras sirven a un déspota. La historia habla de los logros, de la sociedad, del exceso de poder y de la avaricia. Hace una crítica a las clases altas mientras refuerza la idea de que todos valemos lo mismo, vengamos de donde vengamos. La trama de amor podría mejorarse, sobre todo en cuestión de ritmo. Aun así, es exquisita.

—Por el amor de los elementos, los dioses y las estrellas —se queja el señor Nadberg al encontrarme sentada en el bordillo de la entrada con el manuscrito entre las manos—. ¿Qué demonios haces ahí?

Me incorporo con suma agilidad y le obsequio con el manuscrito. Ignoro su comentario porque sé que cualquier justificación resultaría indigna e ineficaz. Podrá comprobar por él mismo que la puerta está cerrada y asumir que no tengo las llaves encima.

—Tiene que leer esto, señor. Es del mismo autor del que encuaderné la obra que le enseñé el otro día. ¡Es aún mejor si cabe!

—No te pago para que leas. —Empuja la puerta, pero no se abre. Saca la llave entre maldiciones dedicadas a mi persona y desbloquea la cerradura—. Tienes que empezar a ser más responsable con este trabajo.

—Me he olvidado las llaves por las prisas, perdón. Pero he aprovechado para adelantar el trabajo editorial que…

—Te dije que no quería saber nada sobre ese asunto.

Coloca su abrigo en una percha y enciende un par de velas sobre el mostrador. Le entrego las cartas que ha traído el cartero y las repasa una a una.

—¿Ves?, esto es lo que tienes que hacer: centrarte en los pedidos, en el catálogo, en las etiquetas. Todo lo que se salga de eso solo sirve para perder el tiempo.

—¿Y si está dejando pasar una gran oportunidad? —Suelto el manuscrito sobre el mostrador, haciendo tanto ruido que los ojos del señor Nadberg viajan con enfado de las hojas a mi cara—. Perdón.

—Mira, Zirandell, Llevo tantos años en este negocio que los libros que ahora se consideran clásicos eran novedades cuando yo empecé. A lo largo de mi vida he dejado pasar varias oportunidades, ocasiones en las que todos me decían: «cómo se te ocurre no tomar ese camino». ¿Y sabes qué? La verdad es que no me arrepiento de haberme guiado por mi instinto en todas esas ocasiones.

Callo.

Callo porque no tengo nada que añadir y sé cuándo me han dado una lección. Entiendo que, del mismo modo que yo tengo una forma de ver la vida, el señor Nadberg tiene otra.

—¿Quieres trabajar editando libros y publicándolos? Adelante, inténtalo. Yo vendía libros en mis horas libres, cuando no tenía que ayudar a mis padres en casa o en el campo. Estás en tu derecho de perseguir tus objetivos, pero hazme el favor de respetar los míos. Trabaja en ti, pero hazlo fuera del horario de El Folletín Mágico.

Sin darme cuenta, tengo la tela de mi blusa aferrada entre las manos con tanta fuerza que podría arrancarla. Asiento y le agradezco al señor Nadberg la sinceridad. Por primera vez en mucho tiempo, siento que alguien me ha apoyado o, al menos, me ha dejado libertad para hacer lo que yo quiera; un suspiro de esperanza entre tanta imposición. Conocer algo de su pasado me ayuda a elaborar mi futuro y consigue que me dé cuenta de lo mal que he actuado hasta ahora. Las horas que trabajo para El Folletín Mágico debo dedicárselas a la librería. Fuera de mi turno, ya haré lo que me convenga. Así lo voy a hacer desde ahora.

Será duro. Sin embargo, si de algo estoy convencida, es de que podré sacarlo adelante.

Antes de continuar con mi jornada, reviso el paquete en el que venía el manuscrito. La dirección del autor aparece en el remite. Una idea cruza mi mente, pero intento apartarla. No quiero que las cosas se tuerzan. Pero ¿y si...? Me gustaría conocerlo en persona, saber de su vida, de sus ambiciones e inquietudes. Incluso, podría aconsejarle. Sus obras tienen tanta calidad que me da pena que se pierdan entre los resquicios de una ciudad podrida. No quiero que un artista así malgaste su tiempo con nosotros. Podría enviar estos manuscritos a una editorial del Pilar del Sol.

Así que lo decido: cuando acabe mi turno me acercaré a casa de Amaelyon Yessïnberg.

Llueve a cántaros sobre Ciudad Libre, sus calles quedan envueltas en un manto gris de pena que solo se rompe con los destellos de luz de los faroles. No hay nadie en la calle, pese a que aún no es tarde. La oscuridad ha llegado hoy antes. Me refugio bajo un soportal a la espera de que la tormenta cese. Entre mis brazos arropo el manuscrito encuadernado del autor al que voy a visitar.

De vez en cuando, mis pensamientos se ven interrumpidos por el rugido de un trueno, parecido al de una bestia feroz que amenaza con caer del cielo y comerse la ciudad. Si las estrellas del firmamento son los dioses que salvaron Heros, los truenos deben de ser restos de los monstruos que se llevaron consigo.

Una figura encapuchada se detiene ante mí. Me mira desde lo alto. Desde mi posición solo puedo distinguir los mechones de pelo rojo que le caen a los lados de la cara. Tiene una perilla del mismo color que termina en punta como si fuera una cabra.

—¿Necesitas cobijo? —me pregunta.

Niego con la cabeza. Mis padres me enseñaron a no aceptar propuestas de extraños. Se percata de la impresión que me ha dejado, por lo que se levanta la capucha y deja a la vista su rostro. Es un chico joven, pese a que la perilla y la barba le suman edad.

—Perdón si te he asustado, no quería que…

—No te preocupes —le corto—. Estoy esperando a que cese la lluvia. Tengo que hablar con una persona que vive en el barrio.

Frunce el ceño.

—¿Con quién? No quiero ser entrometido, pero vivo en la calle de al lado, tal vez te pueda ayudar.

No me termina de gustar la forma en la que se ha ofrecido a echarme una mano. Aun así, no pierdo nada con probar.

—¿Conoces a Amaelyon Yessïnberg?

Sonríe.

—Estás hablando con él.

Mis ojos se abren tanto que amenazan con escaparse de las órbitas. Le examino de arriba abajo. ¿Qué posibilidad hay de que de verdad sea él? No tiene la apariencia de un escritor, aunque, en realidad, ¿qué apariencia tiene uno? Con la túnica que lleva para protegerse de la lluvia, cualquiera podría parecer un tipo raro y misterioso.

—¿De verdad eres tú?

Me fijo mejor. Sus iris rojizos transmiten una energía pura, mística, repleta de armonía.

—¿Por qué me buscas? —Me pregunta.

Ahora el preocupado parece él.

—Me llamo Zirandell Spuckberg, trabajo en El Folletín Mágico. He recibido varios de tus manuscritos. —Le entrego el ejemplar encuadernado de *La Rebelión del Alba*—. Estuve trabajando en este porque me enganchó tanto que lo leí de un tirón. Hoy he recibido el otro y lo que llevo leído también me ha encantado. ¡Tienes que contarme cómo consigues crear una dinámica tan atractiva entre los personajes sin perder el interés en ningún momento!

Me percato de que me mira como si estuviera loca y hubiera perdido la cabeza por completo, así que me obligo a detenerme a mí misma antes de que mi fanatismo se me salga por los poros.

—El caso es que tus obras tienen mucha calidad. He trabajado sobre esta y me encantaría poder seguir haciéndolo. Tal vez pudiéramos crear ediciones pequeñas para empezar a distribuir entre los clientes de El Folletín Mágico y en los mercadillos. Creo que a la larga podríamos llegar a otros territorios, que incluso podrías enviarle alguna de estas ediciones a editoriales de la capital para intentar que te publiquen.

Amaelyon pestañea varias veces, incrédulo. No sé si ha escuchado alguna de mis palabras porque todavía sujeta el libro entre las manos y lo mira con una expectación súbita.

—¿Todo esto lo has hecho tú? —Asiento—. ¿Las ilustraciones también?

—Tengo grandes dotes artísticas.

—Me encantaría hacer como dices, pero no puedo pagarte, no tengo suficiente dinero. Podríamos repartirnos las ganancias de estos ejemplares.

Niego con la cabeza.

—No quiero obtener ganancias con esto. Puedes quedarte el beneficio de los ejemplares. Me conformo con recuperar las pérdidas de los materiales y con que el día que publiques en el Pilar del Sol te acuerdes de mí.

Él sonríe, no sé si porque le gusta el gesto o porque me toma por loca. Aun así, me ofrece la mano.

—Te seguiré mandando manuscritos y trabajaremos en ellos.

—Yo te haré llegar los ejemplares cuando los tenga listos.

—Un placer conocerte, Zirandell Spuckberg.

—Lo mismo digo, Amaelyon Yessïnberg.

Y con un apretón de manos cerramos nuestro pacto.

—Necesito otro pequeño favor —le digo—. Ese ejemplar… es un regalo para una amiga. Te traeré otro lo antes posible, pero ¿podrías firmármelo?

—Mi primer ejemplar dedicado, suena bien —dice con una sonrisa.

Amaelyon me firma el ejemplar para Eyren y se despide agradecido. Nunca había sentido tanta emoción; por fin he conocido al autor de un libro. En Ciudad Libre no es nada común, por lo que para muchos son seres casi divinos venidos de otro mundo.

Si antes lo tenía claro, después de compartir este rato no tengo ninguna duda. Ayudaré a que Amaelyon llegue lejos, a que sus obras acaben en el Pilar del Sol y, en un futuro, todo Heros conocerá su nombre. El primer autor salido de Ciudad Libre, el primero que se atrevió a volar más allá de la jaula. Y yo, la primera que confió en él.

El resto del día lo paso con Daniel, con quien me he acostumbrado a quedar casi a diario. Solemos reunirnos en el Buitre o en el despacho de sus padres cuando estos se marchan de viaje. Él aprovecha para hablarme de naturaleza muerta y caos. Yo, en cambio, para desahogar mis preocupaciones sobre Göh Bel.

—Aléjate de él antes de que sea demasiado tarde —me aconseja.

—¿Y si ya es demasiado tarde? —le pregunto.

—¿Consideras que estás enamorada?

No quería que me hiciera esa pregunta porque ni yo misma sé qué responder.

—¿Puedes enamorarte de alguien con quien apenas has mediado palabra y compartido momentos? —pregunto con timidez.

—Si se trata de una lectora empedernida e intensa como tú, te aseguro que sí. Aunque te recomiendo tratar esa obsesión antes de que te ocasione problemas. El amor es peor que muchas enfermedades.

Quizás debería hacerle caso. Sin embargo, ¿qué más da que el amor me enferme? Mejor será morir con el corazón roto que con él intacto por las dudas.

14
Mi mundo de sombras

El trabajo y el esfuerzo se ven recompensados cuando reparo en la cara repleta de agradecimiento por el regalo de Eyren que tiene Thamara. Asegura que la edición ha quedado increíble y que encima tiene más valor por ser la primera versión de una obra. Gracias a sus palabras, regreso a casa tarareando una canción que me pone feliz. La sonrisa que se dibuja en mi cara tira tanto de mis comisuras que hasta me duelen las mejillas.

Sin embargo, todo se oscurece cuando entro por la puerta.

—No tengo ni idea de dónde está, lleva varios días fuera. —La voz de mi padre se torna preocupada. Hace mucho que no lo escucho así.

—Tenemos que hacer algo.

—Tranquila, estoy seguro de que volverá.

Aunque no me gusta entrometerme en conversaciones ajenas —no más de lo debido—, me asomo al comedor.

Mis padres están tan sumidos en su propia conversación que no se percatan de mi presencia.

—¿Qué sucede? —les pregunto. Ambos alzan la cabeza, sorprendidos. Se levantan y me dan un abrazo. No acostumbro a tanta muestra de afecto, así que mi preocupación crece—. ¿Está todo bien?

—Mi pequeña —dice mi madre, depositando un beso sobre mi cabeza.

—Si seguimos permitiendo que haga lo que quiera, la próxima en no volver será ella.

—¿Qué pasa? —Me aparto de ellos para que reaccionen, aunque me duela renunciar a su abrazo.

Se miran entre sí.

—Tu hermano se marchó con Roohmay hace unos días y aún no hemos tenido noticias de ellos… —me explica mi padre. Las palabras se apagan según las pronuncia.

No veo a Ziramyo desde la noche que lo perseguí. He estado tan enfrascada en mi trabajo que ni siquiera me he dado cuenta de ello. Los miedos me acechan, se enrollan en mi garganta y la aprietan. Ciudad Libre está repleta de peligros y Ziramyo cada día se metía en más. La idea de no volver a verlo me acongoja, por mucho que nuestra relación no sea la mejor.

Durante mucho tiempo he vivido frustrada por los privilegios que Ziramyo tenía respecto a mí. Él puede salir y entrar a la hora que quiera, nadie le echa la bronca por sus horarios ni por cómo se gana la vida; una impunidad que yo no tengo y envidio. Sin embargo, he comprendido muchas cosas. Por ejemplo, que mis padres no se permiten preocuparse por él porque su propio trabajo supone una amenaza constante para su vida. ¿Y cómo van a prohibirle salir de noche? Si cada vez que se marcha a trabajar hay más posibilidades de que no regrese. Ziramyo suele vivir en el caos; se ha acostumbrado a cargar con las lágrimas de sus familiares cada vez que sale de casa, y con los vítores de ilusión cuando regresa. Siempre lo he envidiado, pero a veces me pregunto si no es él quien tiene más motivos para sentir envidia por mí.

—Ziramyo volverá —les aseguro—. Sabe ingeniárselas solo y es un hombre importante para la guardia. Roohmay Boombarg no dejará que le pase nada.

Me marcho a mi habitación con el corazón encogido. En parte porque sé que mis palabras no van a aliviar a mis padres. También porque me preocupa Ziramyo.

Me lanzo sobre la cama y suspiro, agotada. Me llevo la almohada a la cara: un acto que se ha convertido en ritual durante la última semana. No consigo deshacerme del mal sabor de boca. Se me pasa por la cabeza la idea de levantarme y pintar, incluso escribir. Pero no me apetece nada. Busco el zurrón en el que guardo el nuevo manuscrito de Amaelyon. ¿Debería de trabajar ya en él? Tal vez es demasiado pronto, aunque adelantar trabajo nunca es una mala opción. También podría continuar escribiendo esa historia que dejé a medias. Me apetece seguir con mis propios escritos, pero no puedo dejar de pensar en mi hermanastro. ¿La misión que está llevando a cabo tendrá que ver con los goblins?

Entonces, algo golpea mi ventana. Me sobresalto y tengo que agarrarme a la cama para no salir despedida. El ruido se repite: tres golpecitos. Me deslizo por la cama hasta llegar a la vidriera y miro al exterior. Durante unos segundos, no veo absolutamente nada; la noche y la lluvia son las únicas compañeras que tengo. Entonces, el rostro de Göh Bel se cuela en mi campo de visión y tengo que hacer un esfuerzo para que no se me note todo lo que me provoca su presencia.

—¿Qué haces aquí? —pregunto tras abrir la ventana.

Me tiende la mano para que salga con él. Dudo, porque la lluvia me molesta y el tejado luce resbaladizo. Aun así, la seguridad que me produce su agarre puede vencer mis miedos. Así que tomo su mano y salgo. El contacto apenas dura un instante, cálido, áspero y reconfortante; me muero por que vuelva a suceder.

—Te prometí que volvería. —Nos quedamos en silencio. Recuerdo la promesa que nos hicimos, por eso evito dar el siguiente paso—. Me debes algo.

Un escrito. Le debo uno de mis escritos.

—Espera aquí un segundo.

Regreso un momento al interior y agarro el cuaderno que tengo sobre la mesilla. Sé que me voy a arrepentir de esto. *Un trato es un trato*, intento recordarme para no sentirme tan estúpida. Cuando vuelvo al exterior, Göh Bel me mira confundido. Entiendo que no ha sabido interpretar mi huida.

—¿Esto es lo que querías? —le pregunto entregándole el cuaderno.

Él lo agarra como si fuera una obra de arte, un tesoro con un valor de millones. Lo admira como si entre sus manos tuviera una estrella caída del cielo.

—*Mi mundo de sombras*... —lee el título que hay escrito con una caligrafía pésima sobre la cubierta.

—Tiene anotaciones, ideas, algún poema; textos que escribo de vez en cuando —le indico. Me acerco hasta él y le arrebato el cuaderno de las manos—. ¿Qué quieres leer?

—Lo último que hayas escrito.

Me sonrojo ante sus palabras de una forma casi incendiaria. El corazón me late deprisa al recordar que los últimos escritos de mi cuaderno pertenecen todos a Göh Bel. En un intento pésimo de disimular mi vergüenza, comienzo a pasar las páginas. Aunque algunos de los escritos sean tan antiguos que no recuerdo de dónde salieron ni qué los motivó cuando los escribí, sí que recuerdo las fechas aproximadas de cada uno. Así que, cuando estoy a punto de llegar a los temas más delicados, me detengo.

—Lo último que tengo es un poema que se llama…

—Ese no es el último. Hay más páginas escritas.

—¿Qué? No, mentira. Esta es la última, ¿ves? —Le muestro las siguientes páginas, mientras intento con los dedos pillar las que esconden mis pensamientos de los últimos días. La destreza que requiere el movimiento me falla y Göh Bel me arrebata el cuaderno de las manos.

—Me puedo conformar con otras obras, pero considero que la mejor forma de conocer a un artista es consumiendo lo último que ha producido.

—Yo no soy una artista…

—Tampoco eres una estrella y brillas como una. No importa tanto lo que seamos, sino lo que guardamos dentro.

Las palabras que emplea me derriten por dentro y consiguen que en mí estalle un júbilo… del que no puedo regocijarme. Quisiera gritarle todo lo que he callado y he escrito en este cuaderno, sobre todo respecto a lo que siento y lo que él supone para mí desde que lo conocí. Pero no puedo. Sé que me faltaría el aliento. Entonces, me percato de que no habrá una oportunidad mejor que esta, con mis escritos a mano; solo tendré que leer. No habrá opción a equívocos ni a problemas. Solos él y yo, con un sinfín de versos de por medio. Me arriesgo a abrirme en dos y que él aproveche mi debilidad para romperme. ¿Qué importa? Hace tiempo que vivo juntando pedazos.

Agarro el cuaderno y lo abro por la última página; entonces recito:

> *Forajidos, exiliados, bandoleros. Vivos por una razón de ser que no se da. Atrapados en callejones oscuros donde no llega la luz del sol. La esperanza es dolorosa, complicada y angustiosa para los que viven una realidad que no es la hegemónica. Nos conocimos así, en un entorno conflictivo, sin delicadeza, repleto de fisuras, donde luchábamos por cuidar de nuestros fragmentos. Nos cosíamos entre palabras, humo y balas, entre guerra y ceniza; el ocaso anunciaba el final del día, y yo no quería separarme de tu lado.*
>
> *Nunca nos volvimos a ver.*
>
> *Desde entonces extraño tu misticismo, el aura que te rodea y te sitúa al lado de los grandes misterios de la historia. Y yo muero por resolverte, a ti y a cada uno de los enigmas que entrañas. Desearía que todo fuera diferente, aunque sé que eso no es posible. Aspiro a resguardarme en tu mundo de sombras y llenarlo con mi luz, hasta que la noche caiga y el despertar nos aguarde unidos.*

Termino de leer el fragmento; las lágrimas brotan de mis ojos sin que pueda contenerlas. Soy feroz, no dejaré que venzan la batalla. La lluvia me golpea las mejillas, quiero pensar que es la lluvia, que no he fracasado en mi lucha. Me siento débil, diminuta y prescindible. Hasta que Göh Bel me alza la barbilla con su mano. Mis ojos brillan, reflejan mis lágrimas en su rostro. Él sonríe, no lo entiendo. ¿Le ha gustado o acaso se está burlando de mí? Toma mis manos entre las suyas, el cuaderno cae sobre el tejado y se moja, pero no me importa. El tacto de Göh Bel es irrepetible, un volcán en llamas que quiere derretir los barrotes que me encierran. Yo no se lo pongo fácil, me congelo. Nunca creí que unas manos tan ásperas pudieran devolverme una sensación tan dulce. Me siento entre algodones, saltando de nube en nube y aterrizando sobre el paraíso que trasluce su piel.

Entonces, él se aleja. Esta vez no me suelta, tira de mí para que lo siga. Mi cuerpo no reacciona, me bloqueo. Me quedo con los pies clavados en el tejado y solo puedo mirarle. Las palabras no brotan de mi boca. Él me mira y me acaricia el dorso de la mano para que me calme. Parece conocer todos mis miedos, parece que quiera romperlos y liberarme de ellos.

—Un trato es un trato, Zirandell. —Nunca me ha gustado que pronuncien mi nombre completo, pero, cuando Göh Bel lo hace, deseo que lo repita una y otra vez, tal vez entre sollozos, incluso entre gemidos. De una forma u otra, pero que lo repita durante el resto de mi vida—. Permíteme que te muestre mi mundo de sombras.

15
Callejones a medianoche

Nunca pensé que recorrer los callejones de Ciudad Libre de tejado en tejado de noche pudiera ser tan divertido. Göh Bel corre delante de mí, saltando con brío y esperando a que yo aterrice tras él. Las tejas mojadas resbalan tanto que a veces tengo que agarrarme a su brazo para no caerme. Por suerte, la lluvia ha cesado, aunque las nubes de tormenta ocultan un cielo que desearía ver plagado de estrellas.

—¿No hay una forma más rápida de llegar a tu mundo de sombras? —le pregunto con una sonrisa.

Él niega antes de saltar al siguiente tejado.

—Esta es la única manera de evitar a la guardia de los distritos. Cuanto más al sur, más peligroso es caminar por las calles.

Me sorprendo porque siempre he pensado que el sur era problemático por culpa de los goblins.

—¿Por qué no se acaban los conflictos entre distritos? —le pregunto, aprovechando el silencio que se ha formado.

—Porque todos quieren controlar Ciudad Libre, pero nadie puede. Desde hace tiempo, los elfos se asentaron en el norte y los goblins en el sur. Poco a poco, los elfos consiguieron hacerse con los distritos que pertenecían a los goblins y los esclavizaron. Muchos de los nuestros se refugiaron en los límites de la ciudad, pero la mayoría tuvimos que abandonar la superficie.

—¿No vivís en el Distrito Sur?

—No exactamente. Al menos, no en el exterior. Desde hace unos meses, las milicias élficas se han apoderado de la zona y persiguen a los de mi especie. Solo los goblins domésticos son aceptados. Ese es el problema: nos han echado de nuestros hogares.

Recuerdo al goblin que trabaja en la casa de Daniel. Él no tiene problemas, nunca los ha tenido. ¿Se debe a que trabaja para una clase superior? Posiblemente. ¿Hasta qué punto los goblins están subordinados a nuestros placeres? Hablando con Göh Bel me doy cuenta de que he vivido en una mentira. ¿Hasta qué punto nos han construido la historia que querían que aprendiéramos?

—Entonces, ¿los elfos dominan Ciudad Libre?

No sé si mi pregunta le puede ofender, espero que no. Tan solo pretendo entender mejor qué provoca tanto conflicto.

—Mantienen la hegemonía porque sus tropas se despliegan en todos los distritos. Sin embargo, los goblins del Distrito Sur oponen resistencia. Mientras sigamos existiendo, siempre seremos un problema para sus intereses.

La crudeza con la que pronuncia esas palabras consigue helarme la piel. La mera existencia de los goblins obstaculiza los intereses élficos. Durante años, he visto a la milicia como una protección, ahora me doy cuenta de que tal vez eran ellos los que estaban haciendo una caza de brujas.

Continuamos saltando de tejado en tejado hasta que Göh Bel se desliza por una barandilla. Le sigo como si fuera su sombra mientras planteo un tema de conversación que haga olvidar el del día anterior. La curiosidad suele vencerme y a veces me lleva a terrenos de los que luego deseo salir. Este es un buen ejemplo de ello.

—Por aquí —me dice al aterrizar. Hace aspavientos con la mano para que me acerque.

Nos metemos por un callejón, luego giramos en otro y, cuando hemos dado unas tres vueltas a la calle, me siento tan perdida que no sé ni por dónde he llegado, pero juraría que andamos en círculos. No sé si se trata del verdadero camino, de un rito de acceso o es que Göh Bel pretende despistarme para que no recuerde cómo llegar.

—Tápate la nariz.

Nos detenemos delante de un estercolero. Los contenedores rebosan de bolsas que sobrevuelan las moscas. El olor a muerte consigue que una arcada me recuerde mis límites. Göh Bel no parece inmutarse y se acerca hasta uno de los contenedores del fondo. Lo desplaza de un empujón y deja a la vista en el suelo una alcantarilla a medio abrir. Levanta la tapa y se introduce con cuidado, usando una escalerilla que baja hasta lo más profundo.

—¿No vienes? —La mirada que me lanza me avergüenza, sobre todo porque debo de estar blanca por el mareo. Las piernas se me han convertido en flanes.

—¿Ahí abajo huele mejor?

—Tendrás que comprobarlo —me reta—. Es el precio a pagar por conocer mi mundo de sombras.

A veces desearía arrancarle la cabeza. Por algún motivo, prefiero sonreír y accedo a introducirme por el ojo del demonio —por llamarlo de alguna manera—. Descendemos durante unos minutos en los que el frío me cala los huesos y siento que la humedad va a traspasar mi piel. Cada vez que bajo uno de los peldaños, me aferro más al soporte. La estructura se tambalea y la inseguridad crece en mí. Intento no mirar hacia abajo, aunque ahí se encuentra el único motivo que me mantiene con fuerzas para seguir descendiendo.

Göh Bel aterriza y me anima a continuar:

—Vamos, no te falta nada. No tienes de qué preocuparte.

Cuando poso los pies sobre el lodazal que hay bajo la escalera, ni siquiera me preocupo por haberme manchado. Siento la tierra mojada como un suelo firme donde nada se tambalea.

—¿Ves? Estás a salvo.

—Más o menos —replico, abrazando mi propio cuerpo en un intento de que deje de temblar.

Nos encontramos en lo que parece una cueva, una grande y oscura tan solo iluminada por antorchas. Del suelo crecen plantas enormes, desde hierbajos hasta flores de colores que me pregunto cómo lo hacen para vivir en un espacio sin luz. Göh Bel agarra una antorcha y camina hacia las tinieblas. Yo me quedo paralizada. Intento dar un paso al frente, pero me siento en una pesadilla en la que, por más que quiero, no puedo moverme.

—¿Zirandell? —Su voz reverbera desde el fondo. Quiero contestarle, pero las palabras no me salen de la boca—. ¿Te encuentras bien?

Debe de pensar que soy una niña estúpida y cobarde. No se equivocaría en ningún caso. Tuerce la boca, no sé si es bueno o malo; se me acelera el corazón.

—¿A qué le tienes tanto miedo?

—A lo desconocido —respondo.

—Esto no es un sitio desconocido —me dice—; es Kürow.

—¿Kürow?

—La ciudad escondida entre las sombras, allí donde la luz no llega, en el subsuelo. Un refugio donde los goblins somos felices; nuestro nuevo hogar.

Las palabras de Göh Bel consiguen atenuar el temor. Agradezco que haya vuelto a por mí, que no se haya burlado de mis miedos y que haya buscado la forma de calmarlos. Me ofrece su mano, su cobijo, y por fin me atrevo a dar un paso al frente para agarrarme a él. Esta vez me dejo llevar porque hay algo dentro de mí que me grita que a su lado estoy segura. Así que me aferro a ese pensamiento y camino, pese a llevar el peso de mis miedos a la espalda. Camuflo mi respiración acelerada para que Göh Bel no se percate de que este viaje por su hogar para mí es una verdadera prueba.

Me sumerjo de lleno en su mundo de sombras, un lugar distinto a lo que pensaba. La sensación de opresión que sentía al dar los primeros pasos ha sido sustituida por una sonrisa que se cincela gracias a las luces que decoran la cueva. Las voces de los goblins llegan a mí desde las profundidades, con un eco atronador que primero me asusta y que se convierte en una nana con el paso de los minutos.

Entonces me percato: escucho música.

Llevo tanto tiempo sin oír una melodía tan alegre y despreocupada que se me saltan las lágrimas. Miro a Göh Bel esperanzada; él me devuelve la sonrisa y tira de mi mano, animándome a que acelere el ritmo y descubra los secretos de Kürow.

La cueva se expande ante nuestros ojos: los techos se vuelven grandes y el camino se ensancha. A los lados de la senda se asientan casas, ¡casas de verdad! Construidas con materiales pobres y endebles, pero no dejan de ser hogares. Algunos se recubren con rocas, aunque la mayoría están hechos de madera desgastada coronados con techos de paja.

Los goblins pasean por las calles, se saludan e intercambian carcajadas. Me sorprende que pocos llevan calzado, que sus pantalones apenas sobrepasan las rodillas y que las camisetas, en su mayoría, carecen de color. Los motivos que las adornan no están tejidos, sino que son agujeros y roturas que se asemejan a las cicatrices de sus pieles. Los goblins son hermosos. Los hay más altos que Göh Bel, aunque de media suelen verse más bajos que los elfos y los oïds. Los más jóvenes tienen la piel azulada, que se va haciendo violácea conforme van envejeciendo. El pelo de casi todos es oscuro, tanto como las calles del Distrito Sur.

Caminamos por una avenida llena de lámparas que cuelgan del techo de la caverna, creando un juego de luces que consigue imitar los astros del cielo. Al final de la calle, me llama la atención un edificio decorado con un pórtico precioso y varias esculturas. El barullo alrededor es tal que no consigo preguntarle a Göh Bel qué clase de edificio es.

La vida de Kürow se desarrolla en las calles. Cada pocos pasos, un músico toca un instrumento mientras un malabarista demuestra sus habilidades; los niños corretean persiguiéndose y de las puertas de las tabernas salen la peste a alcohol y canciones que no he escuchado nunca cantadas a coro. Hay puestos callejeros que regalan muestras de comida a los viandantes.

Siempre he imaginado que el mundo de Göh Bel estaría repleto de sombras, que en un sitio donde la luz no alcanza no podría existir la felicidad. Me equivocaba. Este sitio ha sabido crear su propia luz entre las tinieblas, son felices y viven al margen de los problemas del mundo de arriba. Somos nosotros los infelices, los únicos que no dejamos que sus vidas continúen en la superficie.

Mientras paseo continúo impresionada con el ambiente de la ciudad subterránea. Göh Bel me lleva a uno de los bares más conocidos, según sus propias palabras. Yo me enamoro tan pronto veo la fachada. Tiene una puerta de madera enorme custodiada por dos esculturas negras que representan a unos amantes. Uno de ellos sujeta un racimo de uvas y el otro extiende un brazo por arriba, creando un arco bajo el cual pasar.

En el interior, la oscuridad se reviste de dorados gracias a las lámparas de araña que cuelgan del techo. La barra es alargada y en ella hasta cuatro camareros sirven jarras de cerveza dorada, vino rosado y comida que no para de salir de las cocinas. En el lado contrario, sobre un escenario con un par de cortinas rojas a los lados,un grupo musical toca sinfonías magistrales tan solo empleando objetos rudimentarios del día a día.

Ay, Ziramyo. Si vieras esto tu opinión sobre los goblins cambiaría tanto, pienso.

Me siento con Göh Bel a una mesita circular cercana al escenario cuando me percato de que no puedo apartar la mirada de él Agradezco que esté concentrado en la actuación porque la vergüenza me recorre por pasar tanto tiempo analizando sus gestos. Me alegra verlo feliz.

¿Es la primera vez que Göh Bel le muestra esto a alguien como yo? Una sensación de celos incomprensible me hierve por dentro al imaginarlo en la misma situación con otra persona. ¿Y si para él solo soy la repetición de un suceso, una forma de recuperar el recuerdo de algo perdido?

A mí misma me sorprende pensar en esto. ¿En qué momento ha llegado a importarme tanto? Las emociones son tan incontrolables como el clima, con la diferencia de que estas residen dentro de mí y me están provocando una tormenta en el interior.

De repente, se gira y coloca su mano sobre la mía. Me aprieta. Aunque deseo perderme en esos iris iluminados por la calidez del lugar, mi instinto me hace apartar la vista. En cambio, él no levanta su mano. La noto cálida, no como algo que quema, sino que acoge.

—Esto es impresionante —le susurro.

—Aún queda mucho por ver —me dice.

Al finalizar la actuación, uno de los dependientes del bar se acerca al escenario. Es un goblin pequeño y joven. Agarra el micro y anuncia lo que nadie quiere escuchar:

—Lo siento mucho, pero hasta aquí ha llegado nuestra noche cultural. Si queréis más música y actuaciones, estos muchachos y otros más estarán tocando en la Plaza de la Libertad. Mañana nos vemos aquí con mucho más. ¡Gracias!

Se despide entre aplausos y baja del escenario de un salto. Camina entre las mesas mientras recoge algunas jarras vacías con una amplia sonrisa. Va moviendo las caderas de lado a lado, guiado por una música imaginaria. Cuando llega a nuestra altura, se detiene.

—Qué alegría verte por aquí, Göh Bel. —Su mirada se clava en mí, siento que algo de mi presencia le perturba. Tampoco me sorprende. Entiendo que no están acostumbrados a estar frente a una elfa.

—No tienes de qué preocuparte, Lub Nee. Viene conmigo. Me salvó la vida.

El goblin sonríe y me ofrece una mano. La estrecho, confusa. No sé cómo interpretar su gesto.

—Encantado de tenerte en nuestra casa. Esperamos que disfrutes de tu estancia. Es reconfortante saber que todavía existen elfos diferentes ahí arriba.

—El placer es mío —digo y le sonrío agradecida—. Gracias por acogerme como a una más.

Mi primera impresión del mundo de sombras de Göh Bel es que los goblins son buenos, agradecidos y hospitalarios; tienen costumbres preciosas, músicas que nunca he escuchado y un corazón enorme. Pese a lo que pensaba en un principio, apenas he recibido malas caras, tal vez sí gestos de extrañeza, pero no de odio. De odio nunca. Son curiosos y gentiles. Muchos se me acercan y conversan con nosotros. Me preguntan por mi origen, por mis intereses. Y yo les miento, al menos en la parte que tiene que ver con mi familia. Göh Bel también me ayuda con ello.

Más tarde, paseamos por la ciudad y nos perdemos en la magia musical que se desprende del concierto de la Plaza de la Libertad. Hay tanta gente que imagino que todos los habitantes de Kürow se han reunido allí. Suenan algunas canciones emblemáticas que todos cantan a pleno pulmón y que yo desconozco. Disfruto al ver a Göh Bel pasándoselo en grande.

Me presenta a amigos y conocidos, aunque noto que no se atreve con los familiares, pese a que me menciona de pasada haber reconocido a un primo lejano entre el público.

Me doy cuenta de que la gente de Kürow lo respeta enormemente. Muchos se abren paso cuando pasamos a su lado y, me da la sensación, que poco les falta para hacerle una reverencia. Los propios guardias que vigilan las calles se detienen a saludarlo con una alegría desmedida. Göh Bel parece ser alguien importante entre los suyos, lo que me hace preguntarme hasta qué punto eso afecta al hecho de que nadie se haya atrevido a ponerme una mala cara. Quizás sea alguien parecido a Ziramyo para los de su gremio.

Antes de que finalice el concierto, la plataforma del escenario se abre y un sinfín de faroles de colores se elevan en el aire hasta topar con el techo de la caverna. La cascada de luces no cesa, me quedo boquiabierta. Instintivamente, agarro la mano de Göh Bel y me acerco más a él. Poco a poco, los destellos forman un mar de colores en lo alto, la oscuridad más iluminada que nunca.

—Esto es precioso —le digo al oído.

—Acompáñame, entonces. Aún queda lo mejor.

Me arrastra fuera del gentío y me conduce por callejones que, pese a encontrarse apartados del centro, siguen conservando la belleza y la magia de Kürow. Le pregunto una y otra vez que adónde me lleva. Él se limita a responder con un «es una sorpresa, ya lo verás». Inconscientemente, cierro los ojos, como si la oscuridad no fuera suficiente antifaz para la vista.

El paso de Göh Bel se ralentiza, sus pisadas son más suaves y cuidadosas. El terreno se vuelve irregular, mis tobillos se doblan al apoyarme sobre las rocas que sobresalen del suelo. La claridad nos aguarda al fondo del túnel que recorremos, donde el musgo crece en las paredes y le otorga a todo un aire místico.

—Bienvenida a mi lugar favorito del mundo —me dice y me anima a que dé un par de pasos hacia delante.

Frente a nosotros hay una apertura circular del tamaño de una casa que permite que la luz bañe el interior de la cueva. Desde allí puedo ver los confines del universo. Estamos a tanta altura que el bosque que se extiende por todas las tierras de Heros parece minúsculo. Abajo un lago de aguas cristalinas me invita a saltar, aunque el temor que tengo a las alturas hace que dé un par de pasos hacia atrás. El cielo refleja un manto de estrellas en el que intento adivinar los dioses que nos miran desde lo alto y protegen nuestro mundo.

A lo lejos distingo una estructura tan alta que traspasa las nubes y se imbuye en la tormenta.

—¿Eso es...? —Las palabras no consiguen salir de mi boca, me siento estúpida.

—El Pilar del Sol, la conexión entre el cielo y la tierra, el vínculo entre los héroes que cayeron y las criaturas que permanecemos; la mayor obra arquitectónica de todos los tiempos, símbolo de la fuerza élfica y el prestigio de su clase.

Göh Bel no recita estas palabras con odio, por mucho rencor que guarde a los elfos. Lo hace con admiración, como la persona que sabe apreciar la grandeza de lo que tiene ante sus ojos. El Pilar del Sol es la estructura más impresionante que he visto nunca. Toda mi vida he soñado con alcanzarla y, ahora, por lejos que se encuentre, siento que mis dedos pueden tocarla.

—¿Qué es este lugar? —le pregunto, incapaz de apartar la mirada de la torre rodeada de nubes de tormenta.

—Es el sitio donde los sueños se hacen realidad y se vuelven más palpables. Mi rinconcito.

Göh Bel toma asiento en el precipicio y deja que sus piernas cuelguen. Da un par de palmadas sobre la roca para que lo imite, pero el vértigo me paraliza.

—No te va a pasar nada. Estoy aquí contigo.

Sus palabras me calman lo suficiente como para intentarlo. Me siento en el suelo a una distancia prudente de la caída y me arrastro hasta llegar a su altura. Él me sujeta para que pueda colgar las piernas. Me cuesta dar el paso, mi pulso se acelera, me tiembla todo. Soy un terremoto en las manos de Göh Bel. Tomo aire y respiro lentamente. Nada me funciona. Aun así, me niego a quedar como una estúpida otra vez delante de él. Sin pensarlo, me opongo a mis propios instintos y me lanzo hacia delante hasta que mis piernas no tienen más remedio que quedar suspendidas. Es una sensación parecida a volar, aunque Göh Bel me agarre del brazo. Pataleo como una niña en un columpio. Parezco feliz, pero el miedo me encoge el estómago.

—¿Mejor? —pregunta Göh Bel.

—Sí, pero no me sueltes —le pido.

—No iba a hacerlo.

Por un momento, no me importaría precipitarme al vacío tan solo por ver si él sería capaz de seguir mis pasos.

—Gracias por compartir esto conmigo. Ojalá el resto del mundo pudiera ver cómo sois.

Él niega con la cabeza, su mano pasa de estar sobre mi brazo a descender por mi espalda. Traza olas con los dedos mientras recorre la superficie y llega a la cintura.

—*Mi mundo* ya sabe cómo somos.

No sé corresponder al crepúsculo de su mirada. Los ojos de Göh Bel me gritan, me atrapan y me retuercen con sus sombras. El aire me falta, tanto que mis pulmones intentan encontrarlo casi con desesperación. Siento que el tacto de Göh Bel me ata al mundo real, no permite que mi corazón se desboque como otras veces. No tiemblo, no me ahogo, no huyo. Por un momento, solo existo gracias a que sus manos me sujetan a la realidad, una que luce igual que los sueños que me han perseguido durante noches, que me han hecho repetir las dos sílabas que conforman el nombre de Göh Bel como una nana hasta caer rendida. No sé por qué tiene esta capacidad sobre mí; hace que me sienta vinculada a él y no quiera escapar, que cuando se aleja desee seguir sus pasos, que cuando le piense aparezca como si supiera lo que necesito.

Posa su otra mano sobre mi mejilla, la acaricia como si fuera porcelana. Ahora mismo podría romperme en mil pedazos. Tiene la capacidad para herirme, para destruirme. Porque, por primera vez en mucho tiempo, he permitido que alguien conozca mis debilidades, mis miedos. Pero esta vez no dejaré que mis inseguridades puedan conmigo. Porque confío en él y en su palabra de que no va a soltarme.

Con la misma delicadeza con la que su mano me agarra la cara, sus labios se enfrentan a los míos. Siempre he pensado que el beso de un goblin sería árido y violento, pero no. Es suave y pausado, como bailar bajo las lunas al ritmo de una serenata. No sé cómo actuar, no sé cómo sentirme. Es mi primer beso, nadie me ha enseñado a hacer esto, así que me dejo guiar por Göh Bel. El calor crece por mi cuerpo, lo que antes eran movimientos lentos se convierten en tempestad, pasión encendida entre dos almas que se desean. Luego, vuelve a la calma.

Los besos de Göh Bel son lo más parecido a navegar en mitad de una tormenta, lo agitan todo en mi interior. Entre jadeos y sudores, te quieros que saben a mentira y amor necesitado, Göh Bel y yo sellamos un pacto con el cielo, las estrellas y las lunas.

Nos prometemos todo sin ser nada; así son las grandes promesas. Un vacío que no asegura que, al despertar, el otro vaya a seguir allí.

—Háblame del arte —le pido, apoyada sobre su pecho—. Nunca me has dicho por qué te interesaba tanto.

Él me mira de reojo.

—Otro día… —susurra acariciándome el pelo.

—¿Por qué esperar?

—Porque tendría que hablarte de mi último dueño elfo. Y aún no me siento preparado.

16
Una rutina diferente

Nunca imaginé que pudiera sentirme cómoda en un sitio como este. El pasar de las horas consigue que casi me olvide de que tengo casa propia, a la que acudo de vez en cuando por miedo a que mis padres se den cuenta de que paso demasiado tiempo fuera. La situación en casa se ha vuelto inestable. Cada vez que regreso, tengo que lidiar con las broncas de mi padre. Para evitarlo, he empezado a mentirles diciéndoles que paso las noches en la librería adelantando trabajo.

Sé que no está bien y que corro peligro cada vez que recorro las calles de Ciudad Libre. Cuando Ziramyo regresó de su misión con Roohmay, nos advirtió que permaneciéramos en casa el máximo tiempo posible. El ambiente está más tenso que nunca: se nota en el paso alterado de la guardia y en las peleas callejeras en los distritos. Sin embargo, no quiero separarme de Göh Bel.

La idea de dormir con él hace que mi espíritu aventurero se despierte y no le importe correr riesgos. Deseo acurrucarme entre sus brazos y sentir el calor de su piel seca, de sus dedos acariciándome el pelo o de sus besos despertándome por la mañana, cuando la tristeza me invade por tener que marcharme a trabajar.

—Quédate un rato más —me ruega mientras se despereza—. Podríamos pasarlo bien.

No sé cómo decirle que todo cuanto quiero es permanecer a su lado y no tener que alejarme jamás. Mis responsabilidades me lo impiden.

—Volveré pronto.

Le doy un beso y él me lo devuelve. Nos quedamos atrapados en un bucle de sábanas y caricias que convierten la mañana en un campo de batalla digno de los soldados más diestros del ejército. Odio cuando se comporta así conmigo, cuando consigue arrancarme su nombre a gritos y sacar a una Ziri salvaje que poco tiene que ver con la librera responsable. Una vez más, llegaré tarde por su culpa.

La jornada en el trabajo es amena. Como siempre: nadie acude a la librería salvo en caso de equivocarse. El señor Nadberg tampoco hace acto de presencia por aquí, así que aprovecho la mañana pensando en Göh Bel, el arte y cuándo tendremos esa conversación sobre su último dueño. Imaginármelo sirviendo a un elfo hace que se me encoja el corazón.

Paso las horas con la mente perdida en otro lugar lejos de allí; específicamente en uno que se encuentra en las profundidades del subsuelo y donde habitan las criaturas más formidables que he conocido jamás. Me sorprendo haciendo las tareas con desgana, equivocándome al colocar libros y metiendo la pata una y otra vez al empaquetar los envíos.

La culpa la tiene Göh Bel. No puede pretender colarse en mi cabeza cada dos por tres sin causar estragos.

Conocerle ha supuesto un alivio para mi vida y mi rutina. Pasar tiempo a su lado es el desasosiego de un paseo por el parque. Es lo más parecido a tumbarse a mirar las estrellas. Me transmite paz, pero, al mismo tiempo, me provoca una excitación que nunca había sentido. Nunca había estado tan viva.

El resto de la jornada, antes de regresar a casa para fingir que todo va como siempre, aprovecho para trabajar en la novela de Amaelyon Yessïnberg. Siento que su prosa mejora con cada nuevo texto que escribe: los personajes cobran vida a través de las páginas gracias al realismo y profundidad que el autor les da; los escenarios son una parte más de la historia y los diálogos transmiten la furia y la pena de sus protagonistas. No tengo duda de que Amaelyon algún día triunfará. Tal vez le lleve tiempo porque sus circunstancias no han sido las mejores, compite contra todo un sistema donde otros tienen un terreno llano por delante; sin embargo, va a conseguirlo. Y yo pienso ayudar a que ese talento se desarrolle. Leo en voz alta el diálogo que más me ha cautivado hasta el momento:

«Márchate. Márchate antes de que me arrepienta. Recuerda que tú y yo siempre seremos parte de lo mismo, por mucho que quieran hacernos pensar lo contrario».

Si Amaelyon hubiera tenido la fortuna de nacer en el Pilar del Sol, ahora mismo sería un escritor consagrado de Heros. En Ciudad Libre nos estaríamos matando por obtener sus manuscritos, aunque fueran de cuarta mano o ediciones mal encuadernadas.

Qué pena que en Ciudad Libre no contemos con las mismas condiciones que en la capital.

Cenar en casa con mis padres se ha vuelto durante los últimos días una tarea conflictiva y delicada. Mientras los cubiertos de madera chocan contra el plato, y crean una sinfonía atronadora, dispar y confusa, me siento cuestionada constantemente por las miradas de mi padre y Ziramyo.

—¿Qué has estado haciendo por las noches? —pregunta mi hermanastro ante la atenta mirada de nuestros padres.

—Nada —me limito a responder.

Asiente poco convencido antes de terminarse la cena y dejar el plato a un lado.

Todos han terminado y yo ni siquiera he probado mi comida. Mi madre se percata de ello y me dedica un gesto para que me anime a comer. Me limito a resoplar y a darle vuelta a las verduras trituradas que hay sobre el plato.

—Estás que no estás —dice mi padre—. ¿Ha pasado algo en el trabajo?

Que mi padre se preocupe por mí es algo pocas veces visto. Sin embargo, odio que siempre achaque todo a la librería. ¿Estás enferma? Culpa del trabajo. ¿Te has levantado cansada? Culpa del trabajo. ¿La tristeza te inunda? Culpa del maldito trabajo.

Ojalá fuera consciente de que, como elfa, tengo más preocupaciones que el puñetero, dichoso y asqueroso trabajo del señor Nadberg.

—Hoy no está siendo mi día. Mañana creo que tendré que abrir antes la librería y tengo muchas tareas pendientes.

Han llegado multitud de encargos durante la última semana —miento, pero sé que es la mejor forma de seguir encubriendo mis quedadas con Göh Bel, también de poder retrasar mi llegada a casa y, además, de justificar por qué, cuando todos se despiertan, ya no me encuentro en mi cama.

Mi padre asiente. Tal vez no es lo que esperaba, tampoco parece importarle, en cualquier caso.

—Y yo que pensaba que en Ciudad Libre a nadie le interesaba la lectura —añade Ziramyo, que siempre tiene un último comentario.

Por la forma en la que me mira de reojo tras soltarlo, sé que lo ha hecho para molestarme. No le doy importancia, continúo comiendo como si no lo hubiera escuchado. Que le ignore le molestará más que cualquier palabra que pueda dedicarle.

—Claro, cariño —interviene mi madre—. Todos necesitan pasatiempos, y más con estos tiempos que corren. A la gente no le gusta salir de casa.

—Yo tampoco saldría si pudiera —asegura mi hermanastro. La crudeza con la que lo dice me eriza la piel—. Ahí fuera se está gestando algo gordo.

Aferro un poco más fuerte los cubiertos y empiezo a comer sin levantar la cabeza del plato. Me siento culpable. Como si me encontrara en un interrogatorio en el que todos saben que yo he cometido el crimen.

—¿Crees que va a haber problemas en los próximos días? —La pregunta de mi madre es la mecha prendida para que Ziramyo se marque su discurso estrella.

—Ya los está habiendo... Esos malditos goblins no paran de tocarnos los cojones. Están entre nosotros, cada vez con más frecuencia. Roban en las tiendas del centro y huyen al sur a esconderse como alimañas.

—¿Por qué no vais a por ellos directamente? —propone mi padre—. Son una plaga. Cuanto antes se les erradique, mejor.

—Si conociéramos el agujero en el que se meten, te aseguro que le habríamos prendido fuego hace mucho tiempo. Hemos rastreado todo el Distrito Sur y lo único que hemos conseguido ha sido llevarnos a ataques furtivos.

Mi corazón se acelera al escuchar sus palabras. Están buscando Kürow. Cada día están más cerca de dar con el escondite de los goblins. Mientras yo paso las noches en esa ciudad bajo la tierra, mi hermanastro la está buscando. Quiere eliminar a los goblins, hacer que paguen por sus *crímenes*. La tregua entre elfos y goblins no es más que un telón que está a punto de caerse.

—¡Es una vergüenza! Somos elfos. Deberíamos darles una lección a esas malditas criaturas inferiores para que aprendan de una vez que Ciudad Libre, al igual que el resto de Heros, nos pertenece —sentencia mi padre.

—Los goblins son personas, igual que los oïds y los elfos. Nada nos diferencia tanto —digo intentando alzar la voz, pero siento que se me desmorona al tiempo que hablo.

Me levanto de la mesa y recojo mi plato y mis cubiertos. No me gustan las conversaciones sobre política, menos cuando son con mi familia. Siempre pierden los modales y se ponen agresivos. El fanatismo nunca me ha gustado, y menos cuando se decora con extremismo.

—Voy a dormir —anuncio—. Mañana va a ser un día largo.

—Descansa, cariño —dice mi madre.

Mi hermanastro y mi padre me miran con recelo.

Nunca seré como ellos. Hace tiempo que lo tengo asumido.

Regresar a Kürow se me hace extraño. Recorrer sus calles consigue que me sienta como en casa. No conozco del todo este mundo ni su cultura. Apenas llevo unos días vagando de la mano de Göh Bel por cada uno de estos rincones. Sin embargo, es como si poco a poco estuviera arraigando en mí un sentimiento de pertenencia que sé que no es real.

Supongo que es algo parecido a cuando Daniel se marchaba con sus padres a recorrer nuevas ciudades y volvía fascinado con lo que había conocido. Siempre hablaba de esos sitios como si fueran parajes de ensueño. Aseguraba sentirse más vinculado a cualquiera de ellos que a Ciudad Libre. Y a mí me está pasando lo mismo.

La vida en Kürow es nocturna, lo que me ayuda a compatibilizar la socialización con mi horario de trabajo, aunque por las mañanas llegue a la librería sin energía. Los goblins tienen una ventaja muy grande: no dependen de la luz del sol para subsistir. Sus calles son seguras de día y de noche porque siempre permanecen iluminadas. Además, hay una sensación de hermandad entre todos ellos que hace imposible pensar en que puedan traicionarse.

—¿Te apetece conocer a unos amigos? —me pregunta Göh Bel cuando llevamos un rato paseando por el centro de Kürow, visitando un mercadillo de antigüedades—. Si no te sientes cómoda, no quiero presionarte.

Debo decir que, aunque los goblins me miraban extrañados al principio, no tardaron en acostumbrarse a mi presencia. Creo que han visto que soy una chica normal y que nada nos diferencia tanto como para no poder coexistir en un mismo espacio. Ojalá los elfos de la superficie también lo comprendieran, pero cada día me parece más imposible.

—Sí, claro que quiero conocerlos. Me has hablado mucho de… ¿Mai Di?

La mayoría de los múltiples nombres que he conocido en las últimas noches se me apelotonan en la cabeza y acabo mezclando las sílabas de unos con otros. Acostumbrada a los nombres élficos, estos me parecen un absoluto rompecabezas.

—Mai Di, sí. Es mi mejor amiga. Tiene un carácter peculiar, pero estoy convencido de que os llevaréis bien.

—¿Y vendrá también el camarero del otro día? —pregunto. No menciono el nombre porque no creo que pueda decirlo bien.

—Lub Nee está trabajando. Iremos a su taberna y así estamos con él. ¿Te parece bien?

Asiento agradecida por que Göh Bel quiera que forme parte de su mundo. Me agarro a su abrazo y siento que todos nos miran. Entiendo que para ellos es rara la relación entre una elfa y un goblin. Naturalmente, siempre hemos sido enemigos, como los perros y los gatos callejeros. Me pregunto cuántos perros se habrán muerto de ganas de conocer el misterioso mundo de los gatos.

—¿En qué piensas? —pregunta Göh Bel, que me mira de reojo.

He debido perder la noción del tiempo mientras recreaba escenas de cánidos y felinos persiguiéndose. Me gusta que Göh Bel respete mi espacio y no me juzgue por mis abstracciones. Que se interese me parece bonito, aunque también me da miedo confesarle las fantasías que cruzan mi mente.

—Pensaba en nosotros —respondo, mirándole a los ojos. ¿Verá él el mismo brillo que yo?—. En que nunca deberíamos separarnos.

Göh Bel me besa en mitad de la calle y para mí eso supone un acto de amor público mayor que regalar una luna. Él me está besando delante de todos. Delante de su pueblo, de su gente. No se avergüenza de mí ni de lo que soy.

El corazón me late un poco más fuerte y el alma se me funde con los sentimientos. Göh Bel está causando estragos en mí que algún día podrían ser letales.

Mientras tanto, me contentaré con disfrutarlo y desear que nunca termine.

He leído suficientes historias de amor como para saber que nunca es eterno. Y también para ser consciente de que el verdadero amor jamás termina.

17

El miedo a perder

La gastronomía de Kürow se basa en la mezcla de verduras de todo tipo con champiñones, que es el ingrediente principal de casi todas las comidas.

Cuando Lub Nee aparece con un plato de sopa para cada uno, me cambia la cara por completo. La pinta que tiene es terrible, digna de cuento de terror, aunque huele tan bien como cualquier plato que prepararían mis padres.

—¿Alguna vez has probado la comida de aquí? —me pregunta Mai Di, la mejor amiga de Göh Bel. Tiene un aspecto rudo que la hace parecer más intimidante de lo que en realidad es.

No llevamos mucho tiempo en la taberna, pero hasta el momento ha sido agradable conmigo y me ha hecho sentir como en casa. Tiene un tono de voz grave y le gusta quejarse de casi todo. Además, reacciona con mal carácter cuando alguien la ofende. Por lo demás, hablar con ella no es diferente a hacerlo con cualquier elfa de la superficie.

—Algún aperitivo en los puestos de la plaza, pero nada más. Suelo comer en el trabajo y cenar en casa. Creo que la dieta de un elfo incluye más carne.

Juraría que no he visto ni un solo animal en todo Kürow. Göh Bel y Mai Di se ríen.

—Aquí no tenemos muchos animales que podamos cazar, y los de la superficie están vetados por los elfos —me explica Göh Bel.

—Igualmente, llevamos tantos años alimentándonos a base de plantas que creo que nos hemos convertido en herbívoros —bromea Mai Di, no sé hasta qué punto.

—¿Cómo es vivir aquí? ¿No echáis de menos el mundo exterior? —pregunto convencida de que, por mucho que ames un lugar, al final acabas extrañando la antigua vida que tenías.

Mai Di y Göh Bel se miran como si entre los dos intentaran buscar la respuesta acertada.

—Es diferente —dice Mai Di—. Claro que echo de menos el exterior, el aire puro y los rayos del sol. Pero, por encima de todo, priorizo mi bienestar. Hacía tiempo que la seguridad de los goblins estaba comprometida ahí fuera.

—¿No os da miedo que puedan encontraros aquí?

—Kürow está bien escondido —asegura Göh Bel—. Tenemos buenas defensas y, aunque parezcamos un poco salvajes, somos organizados. Nos entendemos en el campo de batalla y conocemos las profundidades. Un ataque de los elfos podría suponernos un problema, pero no sería nuestra perdición.

—Además, con Göh Bel a la cabeza del grupo de estrategias y planificación de ataques, nada puede salir mal.

Me siento una extraña en mitad de una guerra entre dos bandos de los que formo parte. Por un lado, mi familia, mi especie, todo lo que yo siempre he sido; por el otro, la persona a la que amo y quienes me han acogido como a una más.

Cada día estoy más convencida de que podríamos entendernos. Con un poco de esfuerzo colectivo sería posible. Sin embargo, ni siquiera me planteo el decirle a mis padres y a Ziramyo la verdad sobre mi paradero cada noche. Sé que no se lo tomarían bien, que me tratarían como una traidora. Tal vez en parte lo sea.

¡Podríamos haber eliminado a esa escoria!, gritaría Ziramyo a viva voz, estaba convencida.

No me gusta pensar demasiado en el papel que desempeño en este juego. No quiero ser enemiga de nadie, pero sé que apoyar a los goblins no me crearía una buena opinión ante los elfos.

Espero que nunca deba conocerse esta realidad... Aunque cada día soy más consciente de que me gustaría presentar a Göh Bel en casa. Ojalá pasear con él por el Distrito Norte con la misma tranquilidad con la que lo hacemos por Kürow.

Algún día, me digo.

Algún día.

Las noches que duermo con Göh Bel me percato de que respira entrecortado y se despierta por las pesadillas. El sudor le recorre la espalda y la frente. Con cuidado, intento secárselo con un paño. Le beso la mejilla y le acaricio para ahuyentar sus malos sueños. A veces parece que no hay remedio para los tormentos internos.

Hay tanta paz en el ambiente que casi puedo escuchar mis propios pensamientos. Me sorprendo a mí misma porque todos me llevan a Göh Bel una y otra vez. A él y a su forma de caminar a mi lado. A él y a su forma de mirarme. A él y su forma de quererme, de besarme, de arroparme, de escucharme, de cuidarme.

Me resulta devastador pensar que alguien que hasta hace bien poco no formaba parte de mi vida sea el responsable de anclarme a ella. ¿Cómo vivía antes de que Göh Bel apareciera en mi camino? Parece algo tan lejano.

Le doy demasiadas vueltas a la cabeza, lo que me mantiene en vela muchas noches. Nunca encuentro respuesta a mis dudas. ¿Qué pasaría si esto se acabara? ¿Qué sería de nosotros si una guerra entre goblins y elfos estalla en Ciudad Libre? ¿En qué bando me posicionaría yo? ¿Qué pensarían mis padres de todo esto? ¿Qué haría Göh Bel?

Siento que nada tiene un camino claro. Me pongo en todas las situaciones posibles y siempre acabo perdiendo algo. O a mi familia o a Göh Bel. A veces, incluso la propia vida.

Nunca había sentido el miedo a perder algo porque nunca había tenido nada. No he sufrido por falta de amor ni por ver a un ser querido marcharse. Lo más parecido que he experimentado lo he encontrado en las novelas, donde vivía aquello que los personajes me contaban. Así sí podía sentir su dolor y su pena.

Siento que vivo mi propio mal sueño en la realidad. Nunca me abandona. Me presiona a menudo el estómago y me aprieta los pulmones arrebatándome el aire.

Cuando eso me pasa, me arrimo a Göh Bel para sentir su piel más cerca, más cálida, más mía. Ojalá pudiéramos fundirnos en uno: sería la única forma de no separarnos nunca. Porque, por mucho que prometamos imposibles, sé que, antes o después, lo nuestro se romperá. Tal vez no por nosotros, sino por las circunstancias, que muchas veces son más fuertes que el propio amor.

Cuando miro a Göh Bel, es él. Sé que es él.

Que quiero que sea él.

Ahora y siempre.

Por eso temo que algún día llegue el momento de decirnos adiós.

Mientras tanto, seguiré acurrucándome a su lado, incapaz de conciliar el sueño, arrancándole unas horas al reloj. Para que el día que todo acabe, al menos seamos conscientes de que hubo un momento en el que nos desvivimos el uno por el otro.

18
Noches de calor en Kürow

Cada tarde, cuando el señor Nadberg se marcha a su casa, aprovecho para pegar una cabezada sobre el mostrador. Mis padres notan mi falta de sueño. Cuestionan una y otra vez mis ojeras, la palidez de mi rostro y lo pronto que me aíslo en mi cuarto.

—Ni siquiera cenas —replica mi madre cuando le digo por decimosexta vez que estoy bien.

—He cenado en el trabajo —miento.

Algunos días quedo con Daniel para escapar de la rutina y no dar tantas explicaciones en casa. Hemos vuelto a acudir al Buitre con Thamara y Eyren. Me dicen que el regalo que preparé ha sido todo un éxito y yo lo agradezco. Pienso en Amaelyon Yessïnberg y en que debería trabajar en sus manuscritos. Mi nueva rutina me tiene alejada de mis intereses. ¿Acaso esto es el amor? ¿Una fuerza sobrenatural que consigue alejarte de todo lo demás? No es eso lo que he leído en los libros.

Por suerte, tiene su lado positivo. He vuelto a escribir. Lo hago a diario. Nunca he tenido tantos textos acabados como ahora. Las ideas aterrizan en mi mente cada hora y yo las plasmo siempre que puedo. Si no tengo papel a mano, las tarareo hasta que consigo un lugar donde guardarlas. La mayoría de mis historias están inspiradas por Göh Bel. A veces son reflexiones, otras poesía; no me considero diestra, pero creo que mis poemas evocan sentimientos bonitos que tengo que manifestar para no explotar. Además, Göh Bel y yo tenemos un trato: siempre y cuando yo le muestre mis escritos, él me dejará formar parte de su mundo de sombras. Ya no me los pide y, aun así, me gusta aparecer con una página nueva cada día para deleitarle.

El tiempo con Göh Bel me parece poco. Cuando me marcho de Kürow, lo que pienso es en volver. Deseo regresar a sus brazos, cálidos y fuertes. Me he acostumbrado al aroma de su piel, a sus comentarios inacabados, a los suspiros cuando me mira y no sabe qué decir. Mis días se conforman de los ratos que veo a Göh Bel y de los ratos que lo pienso. Quizás esta obsesión sea enfermiza, pero no puedo sacármelo de la cabeza.

He pasado tanto tiempo en Kürow que mis sospechas de los primeros días se han vuelto ciertas: Göh Bel es una persona muy importante para los goblins. Lidera una de las facciones claves en la defensa contra los elfos. Aunque al principio me incomodaba, él me ha asegurado que nunca atacan, solo se defienden. Y eso me alivia un poco. Al menos, mientras no se produzca ninguna ofensiva por parte de la guardia del Distrito Norte.

Durante estos días, también me ha presentado, además de a Lub Nee y Mai Di, a Rin Ther, un chico con el que iba a la escuela; y a Shi Shu, una de sus primeras compañeras de trabajo. Gracias a esto también he conocido muchas de las costumbres de los goblins.

—¿Entonces todos vuestros nombres son compuestos por dos palabras de una sola sílaba? —le pregunto, recostada sobre su pecho desnudo.

—Sí. —Me acaricia el pelo y enreda mis mechones en sus dedos—. Es culpa de los elfos.

Frunzo el ceño y me incorporo para mirarle a la cara. Él se ríe.

—¿Y esa cara tan seria? Parece que vayas a matarme.

—Todo es culpa de los elfos siempre —refunfuño.

—Por supuesto que sí, ¿no lo sabías? —Se ríe.

Me giro para darle la espalda, pero me atrapa con un brazo y lo impide. Agradezco que lo haga y vuelvo a apoyarme sobre él.

—¿Por qué tenemos la culpa de vuestros nombres? —le pregunto.

—Los elfos medís el valor por vuestro nombre. Antaño, un apellido largo significaba pertenecer a una clase más elevada. La forma de humillarnos era acortar nuestros nombres cuando éramos vuestros esclavos. Solo monosílabos. Las unidades más diminutas.

No se me olvida que tenemos una conversación pendiente acerca de su último dueño elfo. Nunca le he notado cómodo con este tema, así que he preferido no presionarle y dejar que él me lo cuente cuando se sienta preparado.

—¿Por qué no cambiáis vuestros nombres? Aquí sois libres.

—Somos tan libres como un pájaro que vuela en una jaula —replica—. Y no, qué va; no queremos cambiarlos. Son un rasgo de identidad, un recuerdo para no olvidarnos nunca de dónde venimos, de lo que hemos luchado y hacia dónde queremos llegar. Antes me avergonzaba mi nombre, ahora lo muestro con orgullo.

Las conversaciones con Göh Bel en el mirador consiguen que tejamos entre los dos un amor lento y seguro. Cada día que pasa, conozco más de él, de sus inquietudes, de su pasado. Sin embargo, también se acrecientan mis miedos. Cuanto más sé sobre los goblins, más me doy cuenta de lo opuestos que son a los de mi especie. Pertenecemos a mundos tan distintos que me daña la simple idea de pensarlo. Göh Bel, su entorno, sus amigos, sus tradiciones... Es todo cuanto me han enseñado a odiar y temer. Mi familia, mis amigos, mi mundo... Es todo cuanto Göh Bel desearía destruir. Todo lo que le ha dañado me pertenece, corre por mi sangre, es intrínseco a mí.

A veces me pregunto cómo es posible que dos seres tan diferentes puedan convivir en armonía. Nacimos para destruirnos y herirnos, no para coexistir en el mismo espacio, mucho menos en la misma cama. Soy todo lo que Göh Bel detesta, él es todo cuanto yo temo. Y, sin embargo, cuando estamos juntos todo eso se disipa. Es como si las sombras y la luz se esforzaran por estar juntas y se fundieran pese a saber que se están destruyendo mutuamente. Tal vez, estemos condenados a ello, a enemistarnos y separarnos, a desaparecer y volver. Tal vez algún día tengamos que renunciar a todo esto. Pero, de momento, vivo feliz durmiendo en su pecho, acompañando cada beso de caricias y recuerdos que sé que, cuando me falten, nunca podré borrarlos de mi memoria.

—¿Puedo hacerte una pregunta?

Llevo tanto tiempo callada que se sobresalta cuando le hablo.

—Claro, florecilla.

Le doy varias vueltas a la pregunta antes de formularla.

—El día que te conocí, ¿qué fue lo que te pasó? —Solo recibo un silencio inquietante por su parte. Aunque sus ojos se clavan en los míos, desvía la mirada al techo de la cueva, como si allí pudiera encontrar las respuestas escritas sobre el musgo manchado de luz de luna—. Te dieron una paliza —añado en busca de la respuesta que necesito.

Las sombras regresan, lo veo en los iris de Göh Bel, que recuperan la noche y la hacen suya; también en su tacto, que se torna en una gelidez extrema. No me mira, ni siquiera me acaricia como de costumbre. Eso suena a problemas.

—No quiero hablar de ello.

Estoy a punto de increparle, pero me obligo a callar. Tiene derecho a guardar sus miedos, yo también tengo encerrados los míos. Sin embargo, siento que esta conversación es tan necesaria como el propio oxígeno que respiro, como los besos que echo en falta en este momento.

—Si hay algo que te preocupa, sabes que puedes contármelo, ¿verdad? —Me recuesto sobre él para que nuestras miradas conecten—. No voy a marcharme, pase lo que pase.

Göh Bel se ríe y agradezco su alegría. Me la contagia y le beso. La frente, las mejillas, la nariz, la boca. Le beso por todo el cuerpo hasta que me aseguro de borrar cada una de sus cicatrices. Vuelvo a su cara y me acurruco a su lado. Nuestras narices chocan y sonreímos.

—Ziri… —Escuchar mi nombre en un susurro salido de su boca me eriza el vello—. No me abandones nunca.

De entre todas las palabras que puede escoger Göh Bel, estas me destrozan especialmente. Tal vez porque muestran su lado más vulnerable. No es la primera vez que me pide que no me marche, que me quede a su lado. Siempre entiendo que es una forma de decir que disfruta de mi compañía. Por lo general, marcharse implica irse, pero no tiene que significar que no vaya a volver. Que me pida que no lo abandone es serio, tanto que se me contraen los músculos al escucharlo. Le acuno la cara entre las manos para que sea consciente de que estoy con él.

—Ni en mil vidas me separaría de ti.

Göh Bel susurra algo que no consigo escuchar. Un estruendo reverbera en la caverna y eclipsa cualquier sonido. Me acurruco contra su pecho para protegerme, creyendo que el techo caerá sobre nuestras cabezas. Él me protege, sus brazos me arropan; me besa la frente mientras me acuna. Todo tiembla.

Un segundo, dos, tres…

El temblor dura una eternidad. Cuando cesa, Göh Bel y yo nos miramos sobresaltados. No sé quién de los dos se encuentra peor. No comprendo lo que acaba de suceder. Y claramente él tampoco.

—Tenemos que marcharnos —dice incorporándose.

La forma en la que me aparta se me hace violenta y estoy a punto de protestar. Hago una mueca desde el suelo, pero al verlo tan nervioso comprendo que la situación es seria.

—¿Qué sucede?

—No lo sé. Pero no pinta bien.

El miedo se dibuja en las facciones de Göh Bel. Horrorizado, me apremia para que me ponga en pie y me vista. Obedezco. Ni siquiera sé si me he puesto bien los pantalones, la blusa probablemente haya caído del revés. No importa, nada de eso importa. Él me agarra de la mano y tira de mí. Noto su pulso acelerado. Quisiera decirle que se relaje, aunque sé que no serviría de nada.

Al acercarnos a las primeras calles, los gritos se acrecientan. Son gemidos de dolor, de pánico, de histeria colectiva. Esta vez no hay sombras. La escena más horrorosa que nunca haya presenciado se alza ante nuestros ojos. Las llamas se comen tejados, fachadas y personas. Más dolor, más llantos, más gritos. La pena del pueblo libre se clava en mis tímpanos, los desgarra y provocan mi locura. Quiero taparme las orejas para no escuchar esta barbarie. Pero no puedo. Mi mano tiene un papel más importante: agarrar a Göh Bel para mantenerlo atado a la realidad. Sus ojos reflejan el fuego que devora su hogar. No dice nada, tampoco lo expresa.

Entonces, la peor de mis pesadillas se vuelve real. Entre la multitud que corre desesperada, aparecen elfos. Elfos que reconozco, que he visto a diario, que visten la misma ropa que mi hermanastro: la de la guardia. Armaduras de cuero revestidas con metal, ligeras pero resistentes. Materiales de tal calidad que los goblins jamás aspirarían a tener.

Deseo que sea mentira, rezo para que hayan venido a ayudarnos. No es el caso. Los elfos corren tras los goblins con antorchas en las manos, las lanzan contra las casas, los bares y los comercios; derriban a los inocentes que huyen de una muerte segura, los pisotean, los apalean, los humillan…

—Göh Bel, yo… —Estoy decepcionada, abrumada y compungida. Siento que la culpa me pertenece, que mi pueblo ha destrozado al suyo y hemos vuelto a fallar como especie. Sé que no reflejan mis actos, tampoco mi voluntad; sin embargo, formo parte de ello.

—Nos han encontrado… —masculla, las llamas reflejándose en sus ojos—. Tenemos que esconderte.

—No podemos irnos de aquí —reclamo.

—Claro que nos vamos a ir.

—No podemos abandonar a toda esta gente.

—No puedo permitir que te pase nada —solloza, es la primera vez que lo veo llorar—. ¿No lo entiendes? Si te encuentran aquí…

No necesito que termine la frase, sé a lo que se refiere. Le acaricio la mejilla y le beso. Es la primera vez que responde inmóvil a mi muestra de afecto.

—Vámonos juntos —le propongo.

No está convencido, pero asiente.

Göh Bel corre y yo le sigo entre las llamas y el humo. Los pulmones se me llenan de un aire irrespirable que me causa fatiga y malestar. La garganta me arde, los ojos me lloran; me escuecen como si cargara el infierno dentro. La figura de Göh Bel se aleja porque es más rápido, pero me las apaño para seguirle. Esquivamos obstáculos ardientes, restos de los hogares que conformaban Kürow. Intentamos huir, también salvar a todo aquel que encontramos a nuestro paso.

—¡Göh Bel! —grita Lub Nee, que nos localiza en la distancia—. ¡Por aquí! ¡Al viejo ayuntamiento!

Seguimos las indicaciones del tabernero. Con nosotros, una multitud despavorida de goblins corren para salvar sus vidas guiados por los defensores de la ciudad. Algunos tropiezan y caen, nadie vuelve a por ellos; otros se empujan para llegar antes a su salvación. Voces que preguntan por familiares se mezclan con las que claman sangre élfica. Y, en medio de esa catástrofe, solo me preocupo por correr de la mano de Göh Bel.

Una estructura irregular compuesta de rocas se levanta a pocos metros de nuestra posición. Es el ayuntamiento. Unos pasos por delante, una milicia goblin ha levantado barricadas y despliega a un minúsculo ejército dispuesto a defender Kürow de los asaltantes de la superficie. Cuando estamos a punto de entrar al edificio, un aullido de terror hace volverse a Göh Bel. El mundo se detiene. Un elfo ha herido a Lub Nee. El gentío grita despavorido, huye a nuestro alrededor.

Intento tirar del brazo de Göh Bel, pero me aparta. Camina furioso hacia el elfo. Lo que al principio son pasos cortos y violentos se convierten en zancadas veloces.

—¡Göh Bel, no!

No puedo pararle.

Es una tormenta huracanada que desciende sobre el elfo que atacó a Lub Nee. Lo aplasta, lo golpea, una y otra y otra y otra vez. Los huesos del elfo crujen contra los nudillos del goblin. Contemplo la escena horrorizada. Mis pies clavados en la tierra, incapaces de responder. Una lágrima cae por mi mejilla. Cuando ha acabado con la vida de su víctima, se gira hacia mí. Me mira con lástima, con el rostro salpicado por la sangre. La sangre de uno de los míos.

Göh Bel ha matado. Ha matado a un elfo. Nada peor que contemplar eso con mis ojos. Nada peor que no poder borrar la imagen de Göh Bel teñida del rojo de mi sangre.

Ese elfo podría haber sido mi hermanastro o mi padre. Ese elfo podría haber sido yo. La violencia del acto me revuelve el estómago y tengo que aguantarme las ganas de vomitar. Nunca he pensado que una persona pueda cambiar tanto en una fracción de segundo, pero bajo el resplandor de las llamas y el ruido de la guerra, las sombras de Göh Bel se hacen más grandes.

—Vamos —dice con la voz consumida por el odio—. Tenemos que refugiarnos antes de que tengamos que lamentar más pérdidas.

Callo y asiento, aunque desearía gritarle. Las palabras se me atragantan en la garganta, no soy capaz de expresar lo que siento.

Siento los ojos sin vida del elfo clavados en mi nuca mientras me alejo con Göh Bel. Me llaman «traidora», y esta vez no tengo argumentos para negarlo.

19
La muerte es piadosa de lejos

—¡Has matado a un elfo! —sentencio cuando nos hemos alejado del campo de batalla.

Cruzo los brazos y le aparto la cara a Göh Bel. No quiero que me mire. Debería de pedir permiso antes de atreverse a respirar el mismo aire que yo, antes siquiera de apoyar su mano en mi hombro en un acto compasivo que solo me causa rechazo.

—¡Fue en defensa propia! —replica él—. Ese elfo había matado a Lub Nee, ¿acaso crees que no hubiera hecho lo mismo con cualquiera de nosotros si nos hubiéramos interpuesto en su camino?

—¿Y tú hubieras hecho lo mismo con cualquier elfo que se hubiera cruzado en el tuyo? —replico.

Cada excusa con la que intenta ganarse mi confianza me duele más que la anterior. Las justificaciones no me sirven. No es que no crea a Göh Bel. Vi con mis propios ojos cómo ese elfo acababa con la vida de Lub Nee. Tan solo que una explicación no borra las imágenes que se repiten en mi cabeza. Göh Bel abalanzándose sobre un elfo, golpeándolo hasta acabar con su vida; su rostro salpicado por la sangre élfica. Podría haber sido yo.

—¿Qué otra opción tenía, Zirandell? —Que pronuncie mi nombre me asquea por primera vez. Me remueve el estómago y tengo que esforzarme para que mis piernas no cedan bajo mi peso.

—Era una vida, Göh Bel. No tenías ningún derecho sobre ella.

Estamos dentro del ayuntamiento viejo. Nuestra discusión ha conseguido que obviemos la tempestad que se cierne sobre Kürow. Los soldados de la milicia goblin indican a las familias zonas donde resguardarse. Todas las salas del ayuntamiento son ocupadas. Aquellos que se encuentran en condiciones de luchar son llamados a las armas para frenar el ataque enemigo. Miro a través de los ventanales que dan al exterior. Mi visión solo alcanza a ver columnas de fuego y humo, destrucción, cuerpos sin vida… Las barricadas de la milicia goblin defienden el edificio.

—¿Qué vamos a hacer ahora? —le pregunto, aunque no recibo respuesta—. ¿Me escuchas?

Göh Bel me agarra del brazo. No es como otras veces, no es un gesto de ternura, tampoco suave. Me duele la presión que ejerce sobre mi codo y me quejo, pero me ignora. Me arrastra hasta una sala custodiada por dos guardias.

—Que se quede aquí hasta que vuelva —le indica a uno de los soldados, que le toma el relevo y me agarra más fuerte del brazo.

—¿Adónde vas? ¿Acaso piensas abandonarme? —Gira sobre sus talones, por un momento creo que va a largarse sin siquiera mirarme a la cara—. ¿Es eso lo que vas a hacer?

—No quiero ponerte en peligro, Zirandell. Sabes quién soy aquí, lo que debo hacer. No puedo alejarme de las obligaciones que tengo con mi pueblo. Ellos me necesitan.

Yo también te necesito.

Me siento estúpida por pensar que Göh Bel elegiría lo nuestro por encima de su especie. Sin embargo, ¿qué queda del Göh Bel que conocía? Solo un rastro de sombras que caminan a su espalda mientras el resto de goblins esperan a que su líder tome las riendas de la situación.

Mis ojos se ahogan en lágrimas incapaces de precipitarse al vacío. Balbuceo, no puedo preguntar, responder o quejarme. Solo cuestionarme cómo hemos llegado a esta situación.

—Göh Bel…

—Lleváosla con el resto. Que no salga hasta que todo haya terminado.

—A sus órdenes, señor —dice el goblin que me sujeta.

Me arrastra al interior de la sala y me lanza con indiferencia. Caigo sobre mi trasero. Las puertas se cierran, la figura de Göh Bel se desvanece al otro lado. Siento que el lazo invisible que hasta ahora nos unía se parte en dos, mi alma pende de un hilo.

A sus órdenes, señor, las palabras que le ha dedicado el guardia se repiten en mi cabeza. Más graves, más agudas, se aceleran y se detienen; se reproducen a la inversa, presa de un maleficio. Todo se distorsiona. El rostro de Göh Bel aparece y desaparece en mis recuerdos, se difumina y se borra. Reaparece, pero el viento se lo lleva como si estuviera compuesto por granos de arena. Y en mitad de esa tempestad de emociones que soy incapaz de frenar, solo yo. Me agarro las piernas y me hago una bola sobre el frío suelo. Las miradas del resto de goblins que están allí conmigo son de odio y asco. Escucho cómo murmuran y se alejan de mí: «Ella es la culpable», asegura uno. «Los ha traído hasta nosotros», comenta otro. «Nunca debimos dejar que una elfa entrara en Kürow».

—¡Asesina! —se atreve a increparme un goblin, que me escupe en la cara—. ¡Pagarás por los crímenes de los tuyos!

Los guardias que están fuera entran al escuchar el escándalo y los alejan de mí.

—Göh Bel ha insistido en que no le pase nada mientras está fuera —dice el soldado—. Se la juzgará más adelante.

He perdido la cabeza durante las horas que llevo encerrada en una habitación tan gélida que ni mi furia consigue calentarla. Los tonos grises de las paredes contrastan con el resplandor de las llamas que se cuela a través de las ventanas. Los goblins se han calmado, ya no me increpan. Aun así, noto sus miradas de odio desde el otro extremo de la sala. Tirada sobre una esquina, a la espera de que la puerta se abra y Göh Bel regrese, me dejan de lado como si portara alguna enfermedad. No les juzgo, lo entiendo. Creen que yo he guiado a los elfos hasta aquí. Yo tampoco querría simpatizar con un enemigo.

Me llevo las manos a la cabeza, hundo los dedos en mi pelo —el único pasatiempo con el que he contado durante las últimas horas—. Estiro las piernas de vez en cuando y juego a dibujar figuras invisibles sobre las baldosas.

En el pasillo se escuchan pasos que me alertan. La esperanza vuelve a mí. Unos segundos después, las puertas se abren. La figura de Göh Bel allí, de pie. No puedo ver su rostro por culpa del contraluz, no puedo decirle nada porque las palabras no me salen de la boca. Me incorporo, trastabillo y corro hasta alcanzarlo. Casi caigo de rodillas ante él, pero me sujeta. En sus ojos descubro las sombras más oscuras que he visto jamás. Aun así, puedo calar su interior. Veo una luz, una que brilla en la profundidad de sus iris, atrapada entre las tinieblas de la guerra.

—Los elfos llevan años detrás de los líderes de la revolución goblin. Querían eliminarnos, a mí el primero. Querían encontrar nuestro escondite y destruirlo desde dentro.

Cada palabra de Göh Bel se clava en mí como un puñal que extrae lágrimas en lugar de sangre. La cadencia con la que dispara cada una de esas palabras me desgarra por dentro hasta tal punto que no sé si voy a soportar que me siga.

—Nos han encontrado... Creen que la culpable de que estén aquí eres tú. Espero que lo entiendas.

—No... sabes que yo no haría algo así. Nunca os traicionaría —consigo decir entre lágrimas—. ¿Cómo puedo ayudar? ¿Cómo puedo volver a ganarme su favor?

Él niega con la cabeza.

—Esta no es tu guerra, Zirandell.

Mi dichoso nombre colocado otra vez entre sus labios, veneno lento para la muerte dolorosa de mis sentimientos.

Antes de que se marche, le agarro de la mano. Le miro a los ojos, intento que comprenda que no soy una traidora, que haré todo lo posible para demostrárselo. Prometí que no le abandonaría nunca, no pienso fallar.

Pero no sirve de nada. Me suelta, caigo al suelo de rodillas, incapaz de sostenerme con mi propia fuerza. Las puertas se cierran, otra vez la figura de Göh Bel se desvanece al otro lado. Mi alma ya no pende de un hilo, vaga a la deriva movida por el viento a la espera de perderse en mitad de la oscuridad, encerrada en una fría cárcel de roca a las puertas de una guerra. La peor muerte no es la del cuerpo, sino la del alma. Y la mía ya no tiene motivos para seguir existiendo.

—No creo que tengas malas intenciones —dice Göh Bel antes de que las puertas se cierren—. Pero si ellos están aquí, es por tu culpa.

Comprendo entonces que las personas cambian demasiado cuando conocen el dolor y la guerra, cuando se lo han arrebatado todo.

—¡Jamás os haría esto! —protesto.

No sé si me duele más la indiferencia de Göh Bel o que me acuse sin pararse a escuchar mis palabras.

—Después de lo que hemos pasado, ¿no crees en mí?

—Lo que yo crea ahora da igual. Mi opinión no cambiará la de mi pueblo.

En otro momento, las lágrimas habrían escapado de mis ojos sin que pudiera contenerlas, pero a estas alturas estoy demasiado cansada incluso para llorar.

—¿Qué va a pasar, Göh Bel?

—No lo sé… —Solo un fino hilo de su voz traspasa la apertura que ha dejado en la puerta. Su sombra es lo único que se cuela en la sala—. Quieren juzgarte cuando la guerra acabe…

—¿Vas a permitírselo? —pregunto. Él permanece en silencio—. ¡Respóndeme! ¿Vas a permitírselo?

Los pasos de Göh Bel alejándose son la única respuesta que recibo.

20

Sus ojos se volvieron de cristal

Es increíble cómo la mente juega con los sentidos. Las incógnitas se convierten en posibilidades. Lo que no se ve, la oscuridad, los gritos... todo puede ser concebido de una forma u otra. Los pasos que se escuchan al otro lado de la puerta pueden ser de un oficial que monta guardia, pero también podrían pertenecer a un elfo que ha logrado sortear las líneas enemigas y viene a rescatarme. A veces, imagino que las balas de cañón que suenan al otro lado de las ventanas son criaturas mitológicas que renacen en las entrañas de la tierra.

Escribo estas ideas en mi mente, con los ojos cerrados. Odio no tener un soporte físico para plasmarlas. Confío en que las recordaré cuando tenga un papel delante.

La puerta se abre de improviso. Abro los ojos, la esperanza de que Göh Bel haya regresado me anima. No es él, la decepción me invade. Tampoco es un héroe élfico, sino otro pobre goblin. Entra en la sala y nos examina a todos con la mirada. Lleva un parche en el ojo y una espada en la cintura que gotea sangre. Sangre de elfo.

—Venid un momento, por favor —dice. Las familias se ponen en pie. Yo no, prefiero quedarme sentada en mi esquina—. Los elfos siguen sitiando la zona. No nos están atacando desde hace horas, pero cada vez llegan más. Han adoptado una táctica defensiva. —Me sorprende la estrategia élfica, no suelen ser pacientes—. Nuestros recursos escasean, saben que tienen las de ganar. Cuando la comida y la bebida se nos acaben, estaremos perdidos.

Por una vez, la milicia élfica ha actuado con inteligencia. Un mayor número de soldados y una formación defensiva que permite castigar al enemigo sin contar bajas, sin duda la mejor de las estrategias. ¿Qué salida tienen los goblins?

—Ella —dice uno de los padres de familia reunidos en la sala.

Su dedo me señala, todas las miradas se clavan en mí. Me siento pequeña, acurrucada en mi esquina. Sin embargo, no me importa. Supongo que cuando has perdido todo por lo que luchar, no tiene sentido resistirse.

—Ella es la clave para negociar —recalca el goblin—. Podemos pedirles tiempo, comida, recursos… a cambio de una rehén.

No sé quién se han pensado que soy, pero dudo mucho de que la milicia élfica regale esta oportunidad a cambio de mi vida. Soy prescindible, como casi todos los que formamos Ciudad Libre, un pequeño eslabón de una cadena oxidada a la que le falta poco para resquebrajarse.

El soldado se deja convencer con pocas palabras. Antes de que pueda darme cuenta, me ha obligado a levantarme y me ha atado las manos a la espalda. La soga me aprieta las muñecas, el agarre que ejerce él sobre mí también me duele. No me quejo, sé que no merece la pena.

—Camina —me ordena—. ¡Ya!

Camino con desgana hacia la puerta, guiada por el soldado, que no aparta la mano de mi espalda. Salimos al pasillo y recorremos el mismo camino que un día atrás hacía con Göh Bel. Quién me iba a decir que en tan solo veinticuatro horas las cosas podrían cambiar tanto. Subimos unas escaleras que llevan al recibidor del viejo ayuntamiento. Allí, dando instrucciones, se encuentra Göh Bel, de brazos cruzados y con la mirada perdida. Mi corazón se acelera al verlo, es la primera vez que lo siento latir desde que me abandonó en aquella fría sala.

—¡Göh Bel! —le llamo. El soldado me empuja y trastabillo. Caigo al suelo y me siento humillada. Me he raspado la cara, que me arde como si la hubiera restregado en brasas.

—¿Qué crees que haces? —dice Göh Bel viniendo hacia mí. El soldado me levanta, me quejo por el daño que me provoca en el hombro—. ¡Os dije que no se moviera de la sala hasta que el conflicto acabara! ¡Es mi protegida!

—*Era* —le corrige el soldado, que con un empujón me apremia para que camine—. Los recursos vuelan, Göh Bel. Tenemos que negociar con los elfos. Ella es la clave. ¿Acaso vas a poner en peligro a toda la comunidad? Lo más importante es nuestro pueblo, ¿o ya no recuerdas en qué lado estás? Por mucho que te duela, es necesario para lograr nuestros objetivos.

El soldado tira de mí y me lleva hacia el exterior del edificio. Göh Bel, retenido por otros cuatro miembros del ejército goblin, se mantiene impasible. Su rostro parece congelado, petrificado por la misma desgana con la que me ve marchar. Desearía que por dentro se maldijera a sí mismo una y otra vez por lo que está sucediendo. Prometió protegerme y no ha cumplido con su palabra.

Prometió que nunca nos separaríamos y ahora me está dejando marchar a una muerte segura. Espero que la decepción lo inunde tanto como a mí. Aunque ya sea demasiado tarde. Cuando juegas con fuego, te quemas. Göh Bel decidió prender una hoguera sobre una cima de huesos y saltar sobre ellos, como si eso no fuera como cavar su propia tumba.

En el exterior todo es caos y destrucción. Los goblins que se cubren tras las barricadas están hambrientos, heridos y hastiados. Todos me dirigen miradas cargadas de pena y odio; incluso los que me conocen han perdido la fe en mí y me juzgan como si fuera un enemigo más. Ojalá la especie no fuera un motivo para enemistarnos.

Al otro lado, los elfos han montado su propia barricada. Cuando me ven aparecer, sus cabezas se alzan por encima de ellas. Escucho gritos anunciando que se acerca una elfa. Avanzo por el campo de batalla. Cuerpos sin vida inundan la tierra y se hacen uno con ella.

—Camina un metro más y detente. No intentes correr hacia ellos. Tenemos arqueros apuntándote —me indica el soldado en un susurro.

Asiento con un movimiento de cabeza. Corta las cuerdas que atan mis manos y añade un «a mi señal». Levanta su arma al cielo antes de gritar:

—¡Tenemos una rehén! —No hay respuesta—. ¡Os la entregaremos a cambio de una tregua! —Me da un golpe por detrás—. Ahora, camina. Muy despacio.

Las piernas me tiemblan tanto que soy incapaz de dar un paso certero. Cada vez que mi pie se apoya sobre la tierra roja, me da la sensación de que no seré capaz de poner el siguiente sin caer en el intento. A mi espalda siento las miradas de los tiradores goblin. Un solo movimiento en falso supondría una flecha atravesada en mi garganta, una muerte dolorosa y poco recomendable. Entonces, de entre las líneas élficas sale un cabecilla con una bandera blanca atada a una lanza. Tardo en reconocerlo desde la distancia, pero pronto me doy cuenta de que se trata de Ziramyo.

—Tomaremos a la rehén y nos marcharemos —responde Ziramyo—. Os ofreceremos cuatro días completos de tregua, sin artimañas. Se os proveerá de alimento y bebida, si así lo requerís. —La voz de Ziramyo titubea—. Pero dejad que ella vuelva a casa.

Incluso desde la distancia se escuchan los murmullos de los elfos cuestionando la decisión. Me los imagino diciendo «era una batalla ganada», «¿por qué ofrecemos una tregua por ella». Sin embargo, mi hermanastro no titubea con su decisión. Alza la bandera blanca con orgullo, aunque las piernas le tiemblan de la misma forma que a mí.

—Trato hecho.

Ziramyo corre hacia mí,. La angustia se refleja en su rostro y juro que nunca lo he visto tan afligido, mucho menos por mí.

—Cuando se acerque... —masculla el goblin a mi espalda.

No, no me lo puedo creer. Es una trampa. Debí haberlo supuesto.

—¡Ziramyo! ¡Detente! —le grito, pero él no frena. Sigue corriendo con más fuerza si cabe.

Entonces, decido ir hacia él. Desobedecer las órdenes del goblin e ir a su encuentro para protegerlo.

—¡Detente, Ziramyo! ¡Es una trampa!

—¡Voy a salvarte, Zirandell! —asegura, la convicción dibujada en sus ojos como fuego que se escapa de su interior.

Nos reunimos en mitad del campo de batalla y nos abrazamos. No recuerdo cuándo fue la última vez que lo hicimos, ni siquiera recuerdo si alguna vez nos hemos abrazado con un sentimiento tan puro y verdadero. Me desplomo entre sus brazos y lloro. Nos arrodillamos sobre la tierra, los ojos sin alma de los muertos nos juzgan. Ziramyo agarra mi cara entre sus manos, él también llora.

—Lo siento —le digo cabizbaja.

—Eres más importante que una guerra —me dice y apoya su frente sobre la mía.

Nunca le he agradecido tanto que sea mi hermano, tampoco lo he sentido nunca tan cerca. Me he pasado media vida odiando a una persona que ha relegado los intereses de todo nuestro pueblo por mí. Algo que ni el propio Göh Bel fue capaz de hacer. Me siento estúpida, una niñata insolente que no ha sabido valorar lo que tiene.

Y cuando todo estalla, cada uno elige su bando. En la guerra, algunos escogen por amor y otros, por sangre. ¿De qué parte estarás tú?, había leído en una de mis novelas favoritas hace mucho tiempo. Antes no entendía esa frase, ahora sí. Göh Bel había escogido a los suyos por encima de nuestro amor. Pese a prometer infinitos, el cielo y las estrellas, me había dejado a merced de los guerreros. Ziramyo, pese a todo, había arriesgado su vida para salvarme.

Porque eso es lo que haría un hermano.

Me separo de él para decirle las únicas tres palabras que he callado toda mi vida porque nunca las he sentido verdaderas en mi boca.

—Te quiero, hermano.

Entonces, antes de que su respuesta llegue, mis ojos se abren. De refilón, veo que por mi espalda se acerca el soldado goblin que me retuvo, arco cargado e instinto asesino. Una flecha corta el tiempo, otras dos la siguen de cerca. Las tres impactan contra Ziramyo, lo atraviesan. Él se queja. De su boca emana sangre.

—¡Ziramyo! —grito.

Balbucea, pero no es capaz de hablar. Trato de sostenerlo para que su cuerpo no caiga con fuerza. Acomodo su cabeza sobre la palma de mi mano.

—Tranquilo, tranquilo, tranquilo —le repito. Le acaricio la cara y con ello le lleno la mejilla de sangre—. Todo va a estar bien. No te esfuerces, tranquilo. Te vas a poner bien.

Ni siquiera me percato de que el soldado goblin carga otra flecha. Antes de que la lance, Roohmay Boombarg alcanza mi posición y me levanta para apartarme de Ziramyo. Frena los flechazos con su escudo. Pataleo, no quiero que me lleve. Quiero quedarme al lado de Ziramyo, protegerlo hasta que su alma se marche a las estrellas, hasta que acompañe a los héroes del pasado y vigile desde el firmamento cada paso que doy. Me parece ver cómo sus ojos se vuelven de cristal.

—¡Zirandell! —me grita Roohmay, apenas lo escucho. Siento que mi cabeza se encuentra bajo agua.

Es increíble cómo la mente juega con los sentidos. Ahora me es más fácil escuchar los vítores entre los goblins, su alegría por haber acabado con la vida de mi hermano. Los gritos de los elfos que nos piden que retrocedamos y volvamos a la barricada.

Y entre tanto llanto, yo solo puedo repetir en mi cabeza el eco de un «te quiero» que mi hermano muerto jamás llegó a pronunciar.

21
El inicio de algo más grande

La enfermería de los Forberg cuenta con un par de camas viejas, una vitrina donde guardan los medicamentos y un reloj de cuco que cada hora me devuelve a la realidad. Daniel me mira, apoyado en un escritorio, con los brazos cruzados sin saber qué decir. No he hablado desde que he llegado. Mis ojos siguen inundados en lágrimas. Subida en una cama, muevo las piernas para recordarme que sigo viva.

De la sala de al lado proceden las voces de mis padres y Roohmay Boombarg. Charlan con los padres de Daniel, quienes se han encargado de curarme las heridas. Los escucho mencionar trámites que tendrán que hacer y recomendaciones para llevar a cabo el funeral de mi hermano. No le doy importancia, desde hace un tiempo no se la doy a nada.

—¿Quieres agua? —Otro intento en vano por parte de Daniel de interactuar conmigo. Lleva intentándolo toda la mañana. Desde que entré por la puerta me acogió en sus brazos, se preocupó por mí y yo me he limitado a ignorarlo. No porque no quiera responderle, sino porque las palabras no nacen de mi garganta.

Estoy vacía, ausente. Sigo viviendo en el momento en que la vida de Ziramyo se me escapó entre los dedos. Los gritos de auxilio, la falta de oxígeno por culpa del humo, el dolor en el pecho, sin saber si se trataba de una flecha que me había alcanzado a mí también o de mi corazón pidiendo que mi hermano no se marchara.

Soy culpable. Culpable de todo.

Los gritos de «asesina» que me dedicaron los goblins tenían razón.

Por mi culpa, los elfos destruyeron su hogar. Por mi culpa, Göh Bel perdió a un amigo. Por mi culpa, Ziramyo está muerto.

Por mi culpa, siempre por mi culpa.

La realidad es que me siento traicionada. No puedo explicarlo de otra manera. Un puñal en el pecho me recuerda que no debo confiar en nadie, mucho menos en un goblin. Todo sucedió tan deprisa que tengo los recuerdos borrosos y entrecortados; a veces se aceleran hasta llegar a la tragedia. Otras se ralentizan para que pueda regodearme en mi dolor. Pestañeo, lo hago rápido. Las imágenes de Ziramyo entre mis brazos, sus ojos de cristal, su aliento de hojalata. Los elfos nos defendieron. Roohmay me sacó de allí, otro grupo recuperó el cuerpo de mi hermano. Si no hubiera sido por ellos, yo hubiera corrido la misma suerte.

¿Cómo me he podido dejar engañar por las sombras? Los goblins no son buenos. La mirada del soldado que disparó a Ziramyo se dibuja en mi cabeza como una pesadilla.

No cumplió con su parte del trato. Los goblins celebrando el acierto de su compañero, una oda a la felonía.

—No te culpes —me dice Daniel, que me ofrece un vaso de agua, pese a haberme negado—. Era un guerrero, algo así podía suceder tarde o temprano.

Supongo que tiene razón. En las guerras, todo está destinado a destruirse.

He pasado tanto tiempo creyendo que el amor es la mayor fortaleza que ahora no sé cómo sentirme. El corazón crece cuando se tiene a la persona correcta al lado, pero también se encoge cuando se pierde... Nunca me he sentido tan débil como ahora. Siento que mi energía se ha evaporado, que ya no queda ni un solo ápice de ella en mí. Y nada me apena tanto como verme tan distinta. Durante semanas he soñado despierta, tocado las nubes y saboreado el amor. He vivido creyendo que tenía al lado a la persona correcta con la que compartir mi vida. Sin embargo, él nunca me eligió. No hizo nada por defenderme. Me dejó sola, me traicionó. Mi hermano está muerto por mi culpa, pero también por la suya. Si él hubiera hecho algo por evitarlo... Si no hubiera dejado que me entregaran como rehén... Ziramyo seguiría vivo.

Nada duele tanto como una caída a tanta altura.

Mis padres entran a la enfermería. Daniel se levanta, me da un par de golpecitos y me susurra:

—Estaré fuera por si necesitas algo.

Mis padres se acercan a mí cuando nos quedamos a solas. La mezcla de vergüenza y culpa crea una ponzoña en mi interior que me provoca arcadas. No me atrevo a mirar a la cara a mis propios padres.

—Todo esto es culpa tuya —dice mi padre. A su lado, mi madre agacha la cabeza con los ojos enrojecidos. Aguanta las lágrimas como puede. Me imagino la decepción que la corroe después de haberme defendido siempre.

Sé perfectamente que soy la culpable de esto. No hace falta que nadie me lo repita. El dolor que me recorre por dentro es suficiente como para no olvidar nunca que mi hermano está muerto por mí.

—¿Qué demonios se supone que hacías allí? —El tono de mi padre se eleva—. ¿Acaso nos has engañado todo este tiempo? Cuando nos decías que pasabas las noches en la librería trabajando… ¿estabas ayudando al enemigo?

—Yo no he ayudado a nadie —protesto. No pienso que nadie más me vuelva a tachar de traidora.

—No es lo que parecía. Estabas en su escondite. ¿Cómo llegaste allí? ¿Hace cuánto conocías dónde se escondían?

No sé cómo enfrentarme a sus preguntas. ¿Cómo decirles que me obsesioné con un goblin que amaba el arte y con su mundo de sombras? ¿Cómo decirles que creí que el amor que yo sentía era recíproco y que, si algún día estallaba un conflicto, él me defendería?

Tengo los ojos hinchados por haber llorado durante tantas horas. Deseo que, por una vez, mi padre deje de lado los problemas que tenemos y me abrace, que sus labios pronuncien un «todo va a salir bien», aunque sepa que es mentira.

—No quería que nada de esto pasara —susurro. Ni siquiera sé cómo pedirles perdón. ¿Tiene sentido que lo haga? Un «lo siento» no me devolverá a mi hermano. Nada arreglará el daño que he causado.

Lo que más me duele es sentirme tan confusa respecto a lo que siento dentro. Una parte de mí desea que los actos de los goblins no queden impunes, que la muerte de Ziramyo sea vengada y Göh Bel sufra tanto como yo.

Sin embargo, otra parte de mí lo sigue amando y no puede borrar los momentos que compartimos. Esos recuerdos se tiñen de claroscuros; una mezcla de luces y sombras que lo emborrona todo. ¿Cómo un gesto de odio puede derribar todo un palacio repleto de amor? Solo un sentimiento tan fuerte sería capaz de hacer algo así.

—Nada va a volver a ser como antes —asegura mi padre—. Espero que estés preparada, Zirandell. Esto solo es el inicio de algo más grande.

22
El último dueño elfo

Durante las siguientes semanas, la relación con mis padres alcanza un estado crítico que no puedo soportar. Mi padre no para de recriminarme por mis actos, mientras que mi madre ha dejado de dar la cara por mí. Pasea por la casa cabizbaja, como si a ella también le hubieran arrebatado la vida.

—¡Déjame en paz! —Doy un portazo y me encierro en mi habitación para no escuchar más a mi padre.

Desde que volvimos a casa, no ha parado de perseguirme y preguntarme por los goblins y su escondite. *¿Cuáles son sus planes? ¿Por qué mataron a tu hermano? ¿Cómo encontraste esa ciudad subterránea?*

No he podido decirle la verdad. Me he limitado a mentir una y otra vez. No paro de repetir la misma cadena de errores: mentiras que se acumulan y me arrastran. Por mucho que le diga a mi padre que no he tenido nada que ver, sé que no me creerá. He perdido toda su confianza. Y puede que tuviera razón: nada volverá a ser como antes.

Las calles no son seguras y los hombres dirigidos por Roohmay Boombarg ocupan cada rincón del Distrito Norte. Se ha decretado un toque de queda para que los elfos no abandonen sus hogares durante la noche. Las peleas entre las bandas son más frecuentes que nunca. Ya no solo ocupan el Distrito Sur, sino que se reparten por el centro y parte de los límites del norte. Por mucha seguridad que haya, los elfos de la milicia están demasiado repartidos, demasiado pendientes del caos que estalla en cada punta de Ciudad Libre.

Pese al temor de la gente a salir a la calle, Daniel y yo nos reunimos durante varias mañanas en su casa. Mis padres ya no me preguntan a dónde voy, ni siquiera parece importarles. Creo que si desapareciera, sería mejor para ellos.

—¿No molestaremos a tus padres? —le digo a Daniel cuando me abre la puerta.

—No están aquí. Han llevado nuestras pertenencias más importantes a Lojarasca y volverán mañana.

—¿Os marcháis?

Me quedo petrificada en la entrada de la casa. Suponía que antes o después tenía que pasar, que los Forberg eran una familia demasiado importante como para quedarse en Ciudad Libre durante el conflicto. Sin embargo, no puedo evitar sentirme triste ante la idea de que Daniel se vaya. Durante las últimas semanas, ha sido mi confidente, un lugar seguro en el que refugiarme cuando mi mundo se hundía. No quiero perder lo que nos une.

—Mis padres quieren irse antes de que sea demasiado tarde… En cuanto vuelvan, recogeremos nuestras últimas pertenencias y nos iremos.

Asiento, cabizbaja.

—Vosotros deberíais hacer lo mismo —me aconseja. Echa a andar hacia la planta superior, donde solemos ocupar el despacho de la familia para charlar durante horas—. Thamara y Eyren también se marchan. Han juntado sus ahorros y han partido hacia Zarzarrosa.

Me apena no haberme despedido de ellas, pero me consuela saber que se encontrarán bien. Al final, han cumplido su sueño: vivir juntas, lejos de Ciudad Libre.

—Mi padre es el herrero más importante de la milicia, no puede dejarlos sin armas. Y mi madre no quiere dejar de velar el cuerpo de mi hermano hasta que podamos despedirlo en condiciones.

Daniel camina en silencio. Siento que se aguanta las ganas de decirme que me vaya sola. Tal y como está la situación con mis padres, tampoco pinto nada en casa.

Al entrar en el despacho, me sorprende su estado. Apenas quedan libros en las estanterías que ocupan todas las paredes. Hay hojas por el suelo y el escritorio; el desorden demuestra que los Forberg no tienen esperanza ninguna por recuperar esta casa.

—¿Volveremos a vernos? —pregunto.

Él agarra una flor marchita de un jarrón y se la acerca a la nariz.

—Esta vida está repleta de misterios. La gracia de vivirla es descubrirlos todos. Estoy convencido de que las estrellas nos deparan algo grande, Ziri.

No sé cómo tomarme su respuesta. La idea de no verlo me forma un nudo en la garganta.

—Quiero darte las gracias por lo que has hecho por mí. Siento no haber escuchado más a menudo tus consejos…

Debí hacerte caso. Quizás Göh Bel no era la persona que yo creía.

—Ziri, tengo algo que contarte. —El gesto de Daniel se tuerce y no sé cómo interpretar la ausencia de brillo en sus ojos. Abre uno de los cajones del escritorio y saca una carta. La deposita en mis manos como si pesara una tonelada—. Cuando me empezaste a hablar tanto de Göh Bel y de los misterios que lo rodeaban, no pude evitar indagar en el asunto. Le pregunté a nuestro goblin mayordomo acerca de él...

—¿Qué te contó?

—Me habló del último amo de Göh Bel. —Hace una pausa para que me dé tiempo a asimilarlo—. Lo abandonó, o eso piensa él. La historia de Göh Bel es conocida por casi todos los goblins. Nació en una familia esclava que trabajaba para una casa del Distrito Norte. La familia tuvo un hijo y le regalaron a Göh Bel como sirviente. El amo y él crecieron prácticamente juntos. Su amo le enseñó todo lo que él sabía sobre el arte. Le gustaba que Göh Bel le leyera los pasajes de sus libros favoritos antes de dormir. Y así, poco a poco, entablaron una amistad inquebrantable.

Imagino a Göh Bel recitando a viva voz los pasajes de esos libros con la misma efusividad con la que me narró la leyenda de los héroes de Heros. Así fue como se enamoró del arte. Recordar esa parte de Göh Bel me humedece los ojos.

—¿Por qué lo abandonó entonces?

Daniel se encoge de hombros.

—Lo único que sé es que el amo de Göh Bel lo montó en un carruaje y lo abandonó en el Distrito Sur. Le dijo que no quería volver a saber nada más de él. Poco más tarde, los padres de Göh Bel fueron ejecutados por los señores de la casa.

Me llevo la mano a la boca para silenciar un grito de horror. ¿Cómo pudieron hacerle eso? Pensar en el dolor que tuvo que sufrir Göh Bel me estremece. Yo también perdí a mi familia y a mi mayor apoyo el mismo día, pero al menos contaba con gente como Daniel para permanecer a mi lado. ¿Él qué tenía? Absolutamente nada. Tan solo el recuerdo de un dolor que jamás desaparecería.

—¿Qué es esta carta? —El sobre tiene un sello élfico.

—Acudí al registro para hacer unas comprobaciones sobre Göh Bel... Eso fue lo que me dieron.

Movida por el impulso, abro la carta que tengo entre las manos. Extraigo un papel donde aparece el nombre del elfo que se adueñó de él, un tal Gohlaegar Beltenberg. Es una hoja de empleo, un registro que se entregaba en el Ayuntamiento para nombrar a un goblin como ciudadano libre y otorgarle una identidad en la ciudad. En la parte más baja, aparece el nombre de Göh Bel.

—Le dio la libertad... —mascullo, sin comprender por qué lo abandonó entonces.

—No sé si esta información te habrá servido de algo, pero consideraba que debías saberla antes de despedirnos.

Se lo agradezco con un abrazo. Quizás así pueda comprender mejor las motivaciones de Göh Bel: qué era lo que escondía un goblin tan apasionado por el arte y con tanto temor al abandono. El recuerdo de sus sombras me devuelve a la realidad. No sé cuánto queda del Göh Bel que conocía. Solo deseo que lo poco que quedaba de él no muriera junto con mi hermano en el campo de batalla.

23
La despedida

El frío me despierta; una noche más en la que no me he preocupado de arroparme. Duermo sobre mi cama. No recuerdo cuándo caí dormida. Me maldigo a mí misma por haber desaprovechado de esa manera el día anterior. ¿Qué más da? El tiempo ya no tiene sentido. Trabajaré ahora y ya me preocuparé en otro momento por reajustar mi horario de sueño.

Giro sobre mí y agarro una de las hojas esparcidas en el lecho.

Lloré tinta el día que te marchaste, ahora la plasmo en folios; fruto del castigo de recordarte entre palabras grabadas a fuego sobre la piel.

El inicio del texto me gusta, aunque sigo pensando que puede mejorarse. Normalmente, escribo un par de líneas para plasmar una idea, un sentimiento; en definitiva, un desahogo. Las abandono tan rápido como las escribo. Tal vez sea muy autoexigente conmigo misma.

Un par de golpes en mi ventana me sobresaltan. Me vuelvo a una velocidad de vértigo hacia allí.

No hay nadie.

Vuelvo a girarme hacia la hoja con el corazón acelerado y la respiración entrecortada. La cabeza me duele. Entonces, se repiten los golpes. Esta vez, cuando me volteo, encuentro el rostro de Göh Bel en mi ventana. En el exterior ha empezado a llover.

Me quedo paralizada, no sé cómo se supone que debo reaccionar. La furia me invade, el recuerdo de Ziramyo entre mis brazos vuelve a mí. Göh Bel podría haber evitado todo, su muerte, el conflicto, mi abandono en una fría estancia donde era juzgada por las miradas de los suyos. Pero no lo hizo. No intervino, simplemente escogió otras prioridades. Siento el impulso de echarlo de allí a patadas. Me levanto de la cama y abro la ventana, una ráfaga de viento se cuela, me remueve el pelo y apaga las velas sobre el escritorio. Él me tiende la mano, yo la rechazo y salgo. La lluvia me empapa, el cabello se me pega a la cara. La fuerza de mil tormentas alimenta mi rabia.

—Zirandell…

—¿Cómo te atreves a presentarte en mi casa? —le reprocho, le doy un golpe en el pecho que apenas lo mueve—. ¿Cómo osas siquiera tocar a mi ventana y llamarme por mi nombre como si nada hubiera pasado? ¡Mi hermano ha muerto! He perdido mi trabajo, mi familia, mi vida… He perdido todo cuanto quería por una causa que lleva separando a los nuestros durante generaciones. ¡Y tú, que has dormido abrazándome cada noche, prometiéndome estrellas y mentiras que solo yo creía, te atreves a venir a mi casa después de todo! ¿Para qué, Göh Bel? ¿Qué es lo que quieres arrebatarme ahora? Ya no me queda nada… Al final todos tenían razón sobre vosotros los goblins.

Un rayo cruza el cielo, Göh Bel se dibuja al contraluz del resplandor. Su rostro, relleno de sombras, mira al suelo, incapaz de hacer frente a mi mirada. La lluvia le cala la ropa, las gotas recorren sus mejillas, lo que hace que no pueda diferenciar si son lágrimas.

—Deja que me explique —me pide en un susurro.

—No quiero escucharlo. No intentes excusarte, solo traerá más desgracia sobre nosotros. Habéis matado a mi hermano, Göh Bel.

—Yo no…

—Sí, tú sí. Porque contigo comenzó todo esto. No tendría que haber estado ahí, no tendría que haberme dejado seducir por tus mentiras. Pudiste cambiarlo, tenías el poder para tomar decisiones y no actuaste. Me encerraste, me abandonaste y luego dejaste que esos asesinos se salieran con la suya. No tienes ningún perdón, Göh Bel, ni ante mis ojos ni ante los héroes de las estrellas. Los dioses nunca te perdonarán. Tus tinieblas te consumen y te convierten en un monstruo.

Las lágrimas brotan de mis ojos, agradezco a la lluvia por disimularlo. En la garganta, un nudo amenaza con partirme las cuerdas vocales. Las palabras ya no me salen, cada vez que intento hablar siento que me resquebrajo como un jarrón de porcelana. ¿Acaso queda algo dentro de mí que no esté roto?

—¿Has terminado? —me pregunta. Noto la rabia en su mirada, en sus labios fruncidos y su respiración acelerada.

Quiere marcharse de allí, no tiene intención de seguir hablando conmigo después de todo lo que le he dicho. Asiento—. Venía a despedirme… y a aconsejarte que te vayas.

Frunzo el ceño. La duda inunda mi mirada.

—Los goblins me han elegido para dirigirlos en la batalla. Mañana estallará la revolución —me explica. El corazón se me detiene—. Ciudad Libre no va a ser un lugar seguro para nadie.

No puedo creer que Göh Bel hable en serio, que después de todo lo que le he dicho sea capaz de obviar cualquier acto de bondad. Después de todo quiere continuar con su caprichosa revolución.

—Vas a destruir mi hogar —digo en un fino hilo de voz.

—Ciudad Libre no es un hogar para nadie, es una trinchera. Un sitio donde las clases bajas sobreviven sometidos a los poderosos, donde el Consejo hace la vista gorda a la delincuencia y los males ajenos; es un lugar sin leyes ni gobierno, sin administración ni futuro. Ciudad Libre es un pozo de pena, un agujero lleno de ratas destinado a destruirse.

—Ciudad Libre es mi hogar, donde he crecido, igual que toda mi familia. Generaciones de los nuestros han hecho su vida aquí, han intentado prosperar, han luchado para forjar una buena vida. Puede que existan lugares mejores, que este no se parezca en nada a un paraíso, pero gracias a esta ciudad he aprendido a crecer y valerme por mí misma. No puedes destruirlo.

Göh Bel da un paso hacia mí, yo me alejo del mismo modo.

—Por mucho que un árbol arraigue, sus semillas siempre podrán buscar un nuevo lugar donde germinar —dice. Escupiría sobre sus palabras repletas de indiferencia.

—No puedo marcharme de aquí. Mi familia, mis amigos, mi trabajo... Todo lo tengo aquí. ¿Dónde iré si Ciudad Libre se destruye? No tengo escapatoria.

—Ciudad Libre tampoco. Ven conmigo, Zirandell. Ambos hemos hecho cosas mal, pero estamos a tiempo de remediarlas. Convenceremos a los goblins de que no eres una traidora, juzgaremos a quien mató a tu hermano. De las cenizas de este sitio, crearemos un reino para nosotros construido sobre ruinas y sombras.

Tengo que esforzarme para reprimir el llanto que me ahoga. He soñado tantas veces con una propuesta como esa que me duele como un infierno que me la haga ahora. En cualquier otro universo, agarraría la mano de Göh Bel e iría con él donde me pidiera. Pero no ahora. Ahora no puedo ni siquiera mirarle a la cara. Siento vergüenza y rabia, el odio que recorre mis venas es mayor que cualquier tipo de amor que haya sentido antes.

—No hay tiempo de remediar nada. No desde que Ziramyo murió. La muerte de un goblin no me devolverá a mi hermano. Y yo jamás podría confiar en la persona que traicionó todas nuestras promesas... que me abandonó.

Göh Bel asiente, se aleja de mí. Apenas da dos pasos. La decepción dibujada en sus ojos no me apena; sé que le duele escuchar esas palabras, saber que me siento tan abandonada como él se sintió en su día con su último dueño. Tiemblo, no sé si por la lluvia o porque mi corazón ha terminado por congelarse. Un último rayo cruza el firmamento, un trueno se anuncia poco después, como un tambor de guerra que presagia la caída del cielo. Nada rompe tanto como despedirse de un amor sabiendo que es la única decisión posible. Me pregunto si Göh Bel se sentirá tan abandonado y solo como yo, si recordará cada uno de los momentos que compartimos antes de tomar lo que quede de mi hogar. ¿El odio y la decepción controlarán sus decisiones del mismo modo que a mí?

—Cuando el sol se ponga, los elfos caerán. Mucha suerte, Zirandell. Hasta nunca.

Cuando Göh Bel desaparece, caigo de rodillas. Lloro, desconsolada, rota por dentro. Incapaz de contener el llanto, dejo que las lágrimas se derramen sobre las tejas mojadas, que desagüen a la calle y desaparezcan entre las sombras que un día me unieron a Göh Bel. No sé cuánto tiempo podré soportar esta carga.

Quiero pensar que sus amenazas no van en serio, que tan solo trataba de que volviera a su lado. Pero, si esas palabras guardaban algo de verdad, mañana será el último día para Ciudad Libre. Mi familia, mis amigos, todo cuanto tengo acabará reducido a cenizas.

Entonces, solo viviré en las estrellas.

24
Campanas de revolución

Qué difícil es amar a una persona y odiarla al mismo tiempo.

Göh Bel despierta sentimientos encontrados en mí, unos que me atemorizan por su forma de manifestarse. Aparece en mis sueños y en mis pesadillas, en mis alegrías y mis tristezas; su recuerdo se dibuja en mis pensamientos con claroscuros. A veces, los momentos buenos me duelen, me apuñalan en un recordatorio de lo feliz que fui antes de caer en esta miseria. Otras veces, en cambio, la tristeza me inunda; las imágenes de Göh Bel se repiten, el mismo eco de siempre: su indiferencia, el encierro en el viejo ayuntamiento, la muerte de Ziramyo, la advertencia de que Ciudad Libre caería.

¿Por qué tiene que ser así? Me pregunto si en otra vida tendríamos derecho a ser libres, sin temores. Quiero pensar que él no es malo, que solo está motivado por el dolor de su pasado. Uno que los incita a perseguir un objetivo que los aleja de la realidad. La revolución de los goblins podría evitarse, todo esto podría haber sido prescindible.

El sol se oculta al otro lado de mi ventana. El tiempo se acaba. Cuando la noche caiga, los goblins se alzarán. Tras sopesar durante todo el día qué debo hacer y las opciones que tengo, me doy cuenta de que huir es mi única salida. Ciudad Libre será pasto de las llamas, de la furia y la venganza. Cuando los goblins tomen las calles, no habrá ningún alma de la que se apiaden.

He intentado advertir a mis padres, hacerles ver que debíamos marcharnos de casa, que la guerra estallaría pronto. Se niegan a escucharme.

—No nos iremos hasta que esos goblins estén bajo tierra —afirma mi padre.

—Debemos velar el cuerpo de tu hermano hasta que podamos entregarlo a las estrellas —añade mi madre.

El cuerpo de Ziramyo yace en su habitación, envuelto entre sábanas que lo recubren de pies a cabeza. Mantenemos la puerta cerrada para que el olor no inunde al resto de la casa. Dentro de poco, no importará. La guerra obstaculiza los preparativos para el rito funerario.

—Los goblins van a tomar Ciudad Libre.

—Los goblins no podrán con la milicia élfica —replica mi padre.

—Son organizados y les empuja la sed de venganza. Les sobran motivos para querer acabar con nosotros.

—¿Y tú cómo sabes todo eso? ¿No decías que no tenías nada que ver con ellos?

Las mentiras acaban por descubrirse tarde o temprano. Con el paso del tiempo, se hacen inconsistentes y caen por su propio peso. Por mucho que les hubiera dicho a mis padres que no había mantenido ningún trato con los goblins y que no sabía nada acerca de sus costumbres, he metido la pata.

—¿Acaso crees que somos idiotas? —replica mi padre cruzándose de brazos—. ¿No tienes suficiente con haber provocado la muerte de tu hermano que también tienes que mentirnos a la cara?

—¡No os he mentido! —Más mentiras.

—Deja de actuar como una cría y empieza a ser consciente de tus actos, Zirandell.

Mi madre da un paso atrás, no quiere formar parte de la conversación.

—¡No soy una cría! Deja de tratarme como tal.

—Te dejaremos de tratar así el día que demuestres que has dejado de serlo. Todas tus decisiones han sido un error desde que empezaste en ese maldito trabajo. Cada paso que has dado ha conducido a la muerte de tu hermano, al declive de nuestra familia, a la destrucción de Ciudad Libre.

—Ziralyon —replica mi madre, consternada por las palabras tan duras que me ha dedicado—, basta, por favor.

—No, no es suficiente. ¿Sabes la vergüenza que siento al mirar a mi propia hija a la cara y ver el rostro de la asesina de mi hijo?

La presión que siento en el pecho me impide gritar a viva voz lo que desearía. Me gustaría decirles lo alejados que estamos desde mucho antes de la muerte de Ziramyo, la poca libertad que me han dado siempre y me ha llevado a mentirles.

—¡Eres un insensible! —Me alejo de ellos y mi madre intenta detenerme, pero me zafo—. ¡No quiero que vuelvas a dirigirme la palabra nunca más! ¡Quédate con la milicia de elfos y tu odio extremo hacia los goblins, a ver si te devuelven a tu hijo!

Doy un portazo y me alejo lo más rápido que puedo de mi casa. El calor de la discusión abrasa mi piel y se me acumula en las mejillas. Apenas puedo tomar aire sin jadear en el intento. He intentado hacer todo lo que he podido por ellos, pero mi padre no me ha dejado otra opción.

Mientras me alejo de casa, una parte de mí desea que ellos sigan mis pasos para huir de la guerra, aunque sea movidos por perseguirme, que eso les aleje lo suficiente del foco del conflicto. Podríamos empezar una vida lejos de allí hasta que los elfos venzan, pero ¿qué lugar nos queda a personas como nosotros?

Las calles de Ciudad Libre me reciben silenciosas, apagadas como una vela que humea sobre sus restos. El cielo se tiñe de un gris ceniza.

Ni una sola alma transita este espacio, ni un solo ruido interrumpe la calma.

Atemorizada por el silencio, ruedo hasta los callejones para fundirme con los secretos de la ciudad. Nadie puede localizarme, no pueden enterarse de que estoy fuera de casa. Si la milicia me atrapara, me devolvería con mis padres o me encerraría en un calabozo hasta que vinieran a recogerme. Eso sería horrible, jamás podría escapar a tiempo.

Me sorprende la quietud del ambiente: incluso los pájaros han desaparecido. ¿Conscientes de la cercanía de la guerra? Puede ser. Los animales son más inteligentes que las personas. Atravieso la calle Mercaderes y la plaza del Gobernador; los comercios se han extinguido. Lo que una semana atrás eran voces y ofertas, se ha sustituido por la quietud de una calle vacía.

La muralla cada vez está más cerca. Mi objetivo es la Puerta Oeste, la que lleva directamente al bosque más frondoso de Heros y, más allá, al Pilar del Sol. Llegar hasta la capital yo sola sería una hazaña. Cuanto más lo pienso, se van desdibujando las posibilidades con cada paso que doy. El bosque guarda peligros, nunca conseguiré atravesarlo por mi cuenta. ¿Pero qué otro camino tengo? Göh Bel me lo advirtió: quedarme en Ciudad Libre no es una opción. Quisiera no darle el gusto de llevar la razón, ojalá.

Las campanas de la ciudad suenan, anuncian la caída del sol y la llegada de la noche. ¿Cuánto tardarán los goblins en salir a la superficie? El tiempo se me escurre entre las manos como granos de arena de un reloj. La idea de que Ciudad Libre desaparezca me aterra. Pienso en Göh Bel alzándose por encima de los huesos de miles de elfos, de mi propia familia. ¿Qué pasará cuando los encuentre? ¿Tendrá piedad con ellos? ¿Acaso los reconocerá? Dudo de que tenga escrúpulos; incluso dudo de que los tuviera si fuera yo la que se cruzara en su camino.

Para mi sorpresa, las puertas de la ciudad están controladas por la guardia de Heros. Un control fronterizo formado por una docena de guardias impide que la gente entre o salga, sobre todo lo segundo. Al Consejo de la capital les interesa mantenernos aquí, pobres, sumisos, indefensos. Göh Bel, en cierta medida, tiene razón: esto es una trampa para ratones, un pozo donde los de arriba escupen y se aseguran de que nadie salga a no ser que cumplan sus condiciones. Ciudad Libre es una jaula. Los soldados enviados por el Consejo se apostan en la muralla, lo que dice bastante de la sociedad en la que vivimos.

Las puertas que me alejan de mi libertad son altas, de madera reforzada por acero. Un par de guardias flanquean desde lo alto cualquier movimiento extraño en el exterior, mientras que una decena charla en corrillo en el interior. Van armados con espadas y escudos, llevan la armadura de la Guardia de Heros, tan dorada como el sol y con una runa que significa «grandeza» sobre el pecho, que les protege de cualquier ataque. Si mi hermano hubiera tenido una de esas, probablemente aún viviría.

Me escondo lo mejor que puedo tras una casa cercana para evitar que me vean. ¿Cómo se supone que voy a salir de la ciudad? Tal vez podría buscar otra salida. A lo mejor saltar la muralla por un lugar menos defendido. Cualquier opción de huida se me hace válida, aunque no me queda tiempo.

El traqueteo de un carro me saca de mis pensamientos. Un comerciante se acerca en un magnífico vehículo dedicado al comercio, de esos que llevan la parte trasera cubierta por una lona que impide que se vea lo que se transporta en su interior. Los ojos se me iluminan al darme cuenta de que mi vía de escape se aproxima a mí, tirada por un caballo blanco con una mancha negra en el ojo.

Los dioses iluminan mi senda cuando la guardia fronteriza ordena que el carro se detenga a pocos pasos de mi escondite. El comerciante frena y yo aprovecho la ocasión para escurrirme como una lagartija y precipitarme dentro de la parte trasera del carro. Tapo enseguida la apertura por donde me he colado y me escondo entre la mercancía.

No sé qué me rodea, pero el tacto es frío, metálico. Presagio que carga armas o, en su defecto, herramientas. Aprovecho las sombras para cubrirme con un escudo.

—En nombre de la Guardia de Heros, defensora del Consejo, del Rey y de las cinco provincias de Heros. ¿Tiene permiso de comercio? ¿Qué es lo que transporta?

Imagino que el mercader busca los papeles que acrediten su licencia, por eso tarda unos segundos en contestar.

—Armas, señor. Las llevo a la capital para abastecer precisamente a la Guardia.

En la oscuridad, toco con la yema de los dedos las armas que me rodean. El filo me eriza la piel. Nunca he estado en posesión de una, salvo de la que me regaló Ziramyo para defenderme en los callejones nocturnos. Nunca la he usado, aunque siempre la llevo encima desde la muerte de mi hermano. He confiado demasiado en el buen hacer de las personas. La última vez que tuve un arma cerca, me encontraba presa de los goblins en Kürow.

—Todo en orden. Puede continuar.

El carro echa a andar. Los baches del camino provocan que tenga que agarrar con fuerza las armas de mi alrededor para que ninguna me hiera por accidente. Me imagino atravesando la puerta, llegando por fin al exterior. Entonces, una mano abre la lona de la parte trasera. Yo me refugio tras mi escudo. A pesar de lo que pensaba, no cubre tanto. Los pies me asoman por debajo, el pelo platino brilla entre la oscuridad.

—¡Eh! ¡Aquí hay alguien! ¡Lleva a alguien escondido en el carro! —grita el guardia.

Las armaduras del resto resuenan, corren hasta el carro. Van a vaciarlo.

—¡Es imposible, señor! ¡Yo no transporto a...! —La frase queda en el aire. El chillido del guantelete al impactar contra su cráneo me estremece. Soy la siguiente.

Cierro los ojos presa del pánico. Me aferro al escudo con más fuerza, creyendo que así no lograrán herirme.

—¡Cuidado! —oigo que gritan.

A eso le sigue una explosión ensordecedora a pocos metros.

—¡Proyectiles!

Un impacto sucede a otro. La polvareda que se levanta me impide ver nada del exterior. Los guardias chillan, sus rugidos se ahogan en el dolor. Entonces algo hace temblar mi mundo. El carro vuela, gira sobre sí mismo en el aire. El filo de las armas me corta, pero no me percato de ello en ese momento. Pocos segundos después, el vehículo impacta contra el suelo. El peso del acero recae sobre mi espalda, todo gira a mi alrededor. Estamos del revés. Quiero escapar, aunque las fuerzas no acuden a mí. Mis ojos se cierran poco a poco, incapaces de mantenerse ni un segundo más.

Cuando despierto, las campanas suenan sin cesar. No anuncian una hora en concreto, sino la llegada de la guerra. El estruendo constante me alborota, me enloquece, pero también consigue reanimarme. Dudo de que pueda arrastrarme al exterior. El cuerpo me duele como si me hubieran pegado una paliza. El peso de las armas ha caído sobre mí. Con más esperanza que fuerza, consigo escabullirme. Me arrastro, el frío del metal lo noto contra la piel, en la espalda, en el vientre y en las costillas. Siento que mil espadas me cortan al mismo tiempo. Aun así, avanzo. Necesito llegar al exterior.

Al arrastrarme fuera del carro, caigo sobre la tierra. Me giro y miro al cielo, respiro. El aire entra en mis pulmones agradecidos. La noche se ha apoderado de todo, las nubes de tormenta lo adornan e impiden que las lunas iluminen el caos en el que se ha sumido la ciudad. Estiro un brazo; toco algo, no se mueve. El cuerpo de un soldado de Heros sin vida; tiene la mirada cristalizada, justo como la de Ziramyo antes de morir.

En otra ocasión hubiera chillado. Ya no. No sé en qué momento me he acostumbrado a esta vida. Me incorporo y me sacudo la tierra. En el horizonte, Ciudad Libre arde. Presa de las llamas, las columnas de humo se funden con las nubes. En el campanario tañen las campanas, el único edificio que aún no ha sido alcanzado por las lenguas de fuego.

A mi alrededor, la docena de soldados que custodiaban la salida han caído. Algunos, aplastados por rocas gigantes. La muralla también se ha derruido. Intento huir, saltar al otro lado, pero los escombros me lo impiden. Han sepultado el único camino que puede brindarme una esperanza. Cuando vuelvo la vista atrás, entiendo que solo tengo una opción. Regresar y luchar con el resto.

Un primer impulso me incita a quitarle la espada a uno de los guardias de Heros. Desisto en cuanto agarro el mango. Estos mandobles son pesados como una casa; me sería más fácil levantar la muralla piedra a piedra. Dejo caer el acero contra la tierra, levanta una polvareda que me provoca tos. Busco otras opciones entre las armas del carro.

Entre ellas, hallo una espada más fina que tampoco me permite un rango de movimiento aceptable. Si me encontrara con un enemigo, no tendría ninguna opción. Finalmente, me decanto por la daga que Ziramyo me regaló en su momento y que llevo guardada en el fajín. La hoja tiene runas grabadas, tan antiguas que muchas de ellas ni las he estudiado. Por las pocas que entiendo, debe de ser un canto a los dioses. Entretanto, agarro del suelo otro puñal que puedo esconder en una bota. Me planteo la posibilidad de llevarme un escudo, pero pesan demasiado.

Armada de valor —y en todos los sentidos posibles—, estudio lo que hay a mi alrededor, el Distrito Norte de Ciudad Libre. El caos se concentra en las calles que gobiernan los elfos. El fuego lo consume todo con audacia, los gritos de guerra y pánico se escuchan por toda la ciudad. Los dioses han dictaminado que huir no es una opción, así que tan solo me queda regresar a casa y luchar para salvar a mi familia.

Lanzo un último juramento al cielo, uno que habla de hallar la paz con la venganza. Por primera vez en mi vida, mi arma no será una pluma. El campo de batalla dejará de ser un folio para convertirse en las calles de mi ciudad natal. Tal vez las palabras no me ayuden a ganar esta guerra, pero estoy segura de que me acompañarán allá donde vaya, sea cual fuere mi destino.

—Que la guerra nos una o nos separe, Ziramyo —susurro—. Pronto habré vengado tu muerte o nos encontraremos.

25
Cenizas de amor

En cada callejón de Ciudad Libre se suceden las revueltas. Elfos y goblins pelean sin piedad. He visto la furia teñir los ojos de los míos, la vida abandonar los de mis enemigos, y viceversa. Tantos caídos en una guerra tan evitable. Compañeros de una ciudad que arde por culpa del odio.

Cada paso que doy me acerca a una posible muerte. Evito las avenidas, donde los combates son más frecuentes. Prefiero avanzar por los callejones. Göh Bel me enseñó que no hay nada de malo en ellos si sabes cómo moverte. De hecho, encuentro la vía más rápida gracias a la protección que me brindan sus rincones oscuros.

Avanzo con cuidado para no toparme con nadie, con el aliento pidiéndome un respiro, el sudor perlando mi frente y las piernas rogándome que descanse. No puedo pararme, se lo hago saber a mi propio cuerpo, a cada uno de mis músculos, a la saliva que se me acumula en la boca y que tengo que escupir cada pocos pasos para seguir corriendo hacia mi casa. No me queda mucho para llegar, no puedo rendirme.

Salto un muro de piedra que separa dos callejones y avanzo por él hasta llegar al final. Me agacho y me asomo con cuidado para comprobar que la siguiente callejuela está igual de vacía. Me arrastro y continúo mi paso. Intento ser fugaz, grácil; tan pasajera como el silbido del viento, una mera sombra que se desliza por los muros sin que nadie pueda atraparla.

Pero me atrapan a mí.

Unos brazos rodean con fuerza mi cintura y me lanzan hacia atrás. Intento patalear, no sirve de nada. Me estrellan contra una pared. El rostro del goblin no lo reconozco, le falta un ojo y está tan cansado como yo. A diferencia de mí y mis cortes fortuitos por las espadas del carromato, este tiene pinta de haber escapado de un enfrentamiento gracias a la suerte divina. La boca le gotea sangre; los colmillos que muestra me advierten del peligro.

—¿Qué tenemos aquí? —Saborea cada una de las palabras, que se mezclan con el sabor a metal de su saliva—. Una mocosa. ¿No deberías estar en casa con papá y mamá?

Aprovecho que se relaja para patearle el vientre. Es fuerte, pero el golpe lo hace retroceder hasta que choca con la pared a su espalda. Antes de que pueda recuperarse, corro al interior de una casa. No miro hacia atrás, pero sé que él me persigue. Oigo los golpes que a mi espalda destrozan lo poco que sigue en pie dentro de ese hogar deshabitado.

Subo al piso de arriba, las paredes agrietadas me reciben, saben que no pertenezco a su familia. Me pregunto qué habrá pasado con quienes vivían aquí. Tal vez pudieron huir de la guerra, o tal vez hayan perecido en ella.

Me escondo en el armario de la habitación más grande. A través de una pequeña rendija consigo ver qué pasa fuera. Durante unos segundos, nada ocurre al otro lado.

Los minutos se suceden, intento calmar mi respiración que, entrecortada, podría alertar de mi ubicación. Me tapo la boca, me enfado conmigo misma por no ser capaz de controlarme. Al otro lado, nada. Solo un vacío opresivo, una habitación repleta de recuerdos rotos. Hasta que el goblin pone un pie en la planta superior. Jadea, agotado.

—¿Dónde estás, niñita? —pronuncia con una voz ronca que estremece cada partícula de mi cuerpo.

Se acerca. Primero un paso, luego dos. Mira a su alrededor. La habitación no da lugar a la imaginación, los escondites no sobran. Revisa debajo de la cama. Aparta el escritorio de un empujón, lo lanza por el aire. Desde que ha entrado, sabe que estoy en el armario. Se recrea porque se cree vencedor, porque sabe que tiene las de ganar. Soy una presa acorralada ante una bestia que juega con ella. Mi destino está sellado desde que me ha encontrado en el callejón.

Intento echarme hacia atrás, esconderme entre las prendas que cuelgan del armario. Aunque me sumerjo entre la tela, no tardo en chocar con el fondo. La luz me sorprende poco después, cuando el goblin abre las puertas de par en par y me agarra para sacarme al exterior. Sus garras se me clavan en los brazos, me levanta en el aire con fuerza, sin cuidado, haciéndome daño.

—Eres mía.

Son las últimas palabras que pronuncia antes de que le hunda la daga en el cuello. Solo emite un gruñido espantoso, se ahoga en su propia sangre. Yo aprieto con más fuerza. Los ojos de la criatura me miran, horrorizada. La vida lo abandona. Cae al suelo y caigo sobre él. No respondo, tampoco me muevo. Mi mano sigue aferrada a la daga; tardo unos segundos en extraerla. Cuando lo hago, un reguero de sangre brota de la garganta, me salpica, me mancha las manos, la cara, la ropa...

Es la primera vez que mato a una persona. Nunca pensé que lo haría. Lloro desconsolada. Lo hago mientras pienso en la muerte, en la facilidad con la que se quita una vida. La conciencia me pesa por el recuerdo de todas las veces que me quejé a Göh Bel por arrebatar algo que no le pertenecía. Lloro por la maldad que corrompe mi mundo y por la persona en la que me he convertido. Sobre todo, lloro porque sé que jamás volveré a limpiarme del todo las manos, que siempre permanecerán manchadas.

Al levantarme, trato de olvidar mis miedos. Limpio el filo de la daga con su propia camisa y salgo de la casa. Desde el callejón, veo la vivienda de mis padres al fondo de la calle. No queda mucho para llegar. Ningún obstáculo me separa de ellos. Corro, sollozando aún por el recuerdo de los actos que acabo de cometer. Mi casa no arde, pero la puerta está abierta de par en par. Agarro con más fuerza la empuñadura.

—¿Madre? —pregunto al entrar—. ¿Padre?

Avanzo con la daga en alto, el brazo en tensión. Todos mis sentidos pendientes de lo que pueda suceder. Inspecciono la planta baja, habitación por habitación, no queda nadie. El despacho de mi padre, tan desordenado como de costumbre, demuestra que alguien ha rebuscado entre sus cosas. En la cocina no quedan alimentos y en el salón las fotos familiares han caído al suelo, probablemente por los temblores.

Subo a la planta superior. Cada escalón se queja bajo el peso de mis piernas temblorosas como si anunciaran la muerte de un ser querido. Arriba tampoco hay rastro de ellos. En la habitación de Ziramyo, el cuerpo sin vida de mi hermano continúa embalsamado, a la espera de un ritual que nunca llegará a celebrarse. Huele a pena y rencor.

Por último, me deslizo hasta mi habitación. Abro la puerta. La figura reconocible de Göh Bel me sorprende al contraluz de la ventana. Por un momento, pienso que es mi imaginación la que me juega una mala pasada. Quiero pensar que está fuera, que no se ha atrevido a presentarse en mi casa de nuevo, como si nada, en mitad de la guerra. Pero allí está, de pie, frente a mi escritorio, hojeando cada uno de mis cuadernos, releyendo los poemas que un día le dediqué.

—¿Qué les has hecho a mis padres? —pregunto apuntándole con la daga.

Cierra el libro que tiene entre las manos, me sonríe. ¿Cómo osa sonreír en mi presencia como si la vida le diera motivos para ello?

—Nada —me responde. Da un paso hacia mí, pero le amenazo con la daga. Se detiene y alza las manos en señal de paz—. He venido a buscarte para sacarte de aquí.

—Te dije que no volvieras.

—Sabía que serías tan cabezota como para no irte.

Podría decirle que lo he intentado, que la revolución ha frustrado mis planes de huida, que me encontraba rozando la libertad con los dedos hace tan solo unas horas.

—Mientes —le digo. Imagino que le cuesta entender muchas cosas, entre ellas que por qué he aparecido en casa de mis padres armada, con varios cortes por todo el cuerpo y salpicada de sangre—. Dijiste que todos los elfos caerían. Eso también me incluye a mí, a mi familia... Eres igual que el resto.

Göh Bel niega. Me tiende la mano.

—Zirandell...

—No pronuncies mi nombre, por favor —le ruego. Esta vez soy yo la que se adelanta un paso con la daga en alto—. No quiero que vuelvas a mencionarlo. Bórralo de tus pensamientos como yo te he borrado a ti.

—No seas absurda, no puedes apartar lo que hemos vivido así como así.

Esta vez soy yo la que niega con la cabeza.

—Tienes razón, pero desearía hacerlo. Me arrepiento de todo, Göh Bel. Borraría absolutamente cada rastro de lo nuestro. Ojalá no hubiera compartido mi vida y mis noches contigo. Ojalá no hubieras leído nunca ninguno de mis escritos. Compartir mi arte contigo ha sido compartir mi alma, y eso no lo merece una persona que no tiene una propia.

Sé que mis palabras le duelen por cómo parpadea varias veces antes de intentar abrir la boca para replicar. No lo hace, calla, porque las palabras no le brotan como deberían. Algo se ha roto en su interior, lo veo. Pero no importa, ¿cómo podría importarme el dolor que siente una persona que ha amenazado con arrebatármelo todo?

—Te entiendo —susurra—. Estás frustrada, yo también lo estaría en tu lugar. Has perdido a tu hermano, a tus padres, tu trabajo y tus amigos. Has perdido tu hogar. Me culpas por ello. Es normal. Crees que soy el responsable de tus males, pero no es así. Yo no soy tu enemigo, Zirandell.

—Creo que tenemos visiones diferentes sobre lo que es un enemigo.

Sin darme cuenta, nos hemos acercado más de lo que pensaba. Apenas estamos a un brazo de distancia. Con mi daga, continúo amenazando cualquier movimiento imprevisto que pudiera hacer. Él me tiende la mano.

—Aún tenemos una oportunidad de marcharnos juntos. De dejar la guerra atrás, de empezar una nueva vida lejos de aquí; tal vez en el propio Pilar del Sol.

Doy un paso más para borrar la poca distancia que nos separa. Le agarro del brazo para acercarme hasta su oído.

—Jamás podría hacer como si nada hubiera pasado. Eres un monstruo. —Le coloco la daga en el cuello, el pulso me tiembla. Göh Bel traga saliva, pero no se mueve—. No te mato porque las cenizas de nuestro amor me lo impiden. Aprovecha el poco cariño que me queda por ti y escapa lejos de aquí.

Él no reacciona, no sé a qué espera. Ceso mi esfuerzo y aparto la daga de su cuello; retrocedo un par de pasos. En su rostro se dibuja una decepción que soy incapaz de descifrar. Camina hacia atrás, despacio, hasta que choca con la pared.

—Si volvemos a cruzarnos, acabaré contigo del mismo modo que tú acabaste con todo aquello que quería —le advierto.

Asiente y sale por la ventana. Antes de marcharse, mira atrás.

—Ojalá nos reencontremos algún día, Ziri.

—Ojalá sea en tu lecho de muerte, Göh Bel.

Cuando Göh Bel se marcha, caigo de rodillas al suelo. La daga se me escapa de las manos y cae junto a uno de los libros que se esparcen por la sala. Esta vez, no dejo que mi llanto me venza. Lucho contra mí misma, contra mis ganas y mis penas. Algo me desgarra el intestino, una sombra que se cierne sobre mí y amenaza con comerme.

Entonces, escucho voces que proceden de la parte de abajo. ¿Goblins? ¿Acaso han llegado ordenados por Göh Bel?

—¡Zirandell! —Es la voz de mi madre.

Termino por romperme en pedazos y lloro sin poder evitarlo. Mis padres aparecen en la habitación. Mi padre se mantiene impasible, apoyado sobre el marco de la puerta. En cambio, mi madre me abraza, me acurruca sobre su pecho y me limpia las lágrimas como si la discusión que tuvimos hace unas horas nunca hubiera existido. Me demuestra que la familia es familia pese a todo y que permanece unida ante lo peor.

—No tenemos tiempo —dice mi padre, que parece lamentar no haberme escuchado desde un principio.

—Tenemos que marcharnos —asegura mi madre.

—Hay un carruaje preparado que nos llevará lejos de aquí. El Consejo del Pilar del Sol está dando refugio a los elfos de Ciudad Libre.

Aunque no creo en las palabras de mi padre, no queda ninguna esperanza a la que pueda agarrarme. No tengo fuerza ni ánimo, soy más llanto que persona. Como una hoja movida por el viento, me dejo arrastrar por ellos. Con nosotros llevamos muy pocas pertenencias. Ni siquiera recupero mi daga, ni siquiera podemos recuperar el cuerpo de Ziramyo.

26
El Pilar del Sol

Una docena de carros cargados con supervivientes salieron de Ciudad Libre hace una semana; casi una centena de los nuestros han logrado escapar. No todos caben en los carros, algunos acompañan la marcha a pie. Hay quienes ven esperanzadora nuestra partida, para mí es desolador contemplar a todo un pueblo sin hogar. Muchos de los nuestros han muerto en el camino, por las condiciones, las heridas que traían de la guerra o el hambre. El racionamiento de comida favorece a los más jóvenes, por esa parte yo no tengo problema. Aprovecho mis raciones para compartirlas con mis padres.

Mientras buscamos un futuro mejor, la milicia continúa luchando en Ciudad Libre para recuperar nuestro pueblo. Es curioso cómo todos detestaban esa ciudad, pero nadie quería marcharse obligado. Me apena pensar en la cantidad de vidas que se perderán durante los próximos días. Si el Consejo no envía tropas de la capital para ayudar, será una guerra perdida. Nunca podremos vencer al ejército goblin, lo cual me hace pensar que el destino de Ziramyo hubiera estado ligado a la muerte de una u otra forma.

Desde el bosque, se aprecia a la lejanía la grandeza del Pilar del Sol. No sé cuánto falta para llegar, pero no debe de quedar mucho. A lo sumo un día más de viaje, quizás horas si no nos detenemos mucho. El tiempo apremia. Dormimos en los carros por turnos. Algunos se han acostumbrado a hacerlo incluso sentados.

—Por fin vas a poder ver el Pilar del Sol —dice mi madre mientras caminamos juntas. Mi padre duerme dentro del carro.

—Sí…

No me muestro animada. Formar una nueva vida lejos de casa, de nuestro hogar, del trabajo, de todo cuanto hemos tenido… Siempre he querido esto, pero no de este modo. Supongo que el destino, a veces, se torna caprichoso.

Mi equipaje, repleto de libros y escritos que mis padres consiguieron rescatar, apenas supone una ínfima parte de todo cuanto tenía. La pena me inunda al pensarlo. No me importa la pérdida de material. En la capital tendré cientos de comercios en los que adquirir nueva ropa y herramientas, pero mis escritos… ¿Qué hay más valioso que el arte que durante tantos años he creado? Extraño todos los textos que escribí. Ojalá hubiera podido traerlos conmigo.

—Zirandell, Zirandell… Despierta.

No sé cuántas horas he dormido, por el pesar de mis párpados adivino que unas cien. La espalda se me resiente por la dureza del carro, pero los brazos de mi madre me amparan con dulzura cuando me recuesto.

—¿Qué sucede?

—Hemos llegado al Pilar del Sol —me informa con una sonrisa.

Incrédula, me arrastro hasta el exterior. Tengo que frotarme los ojos para creerlo. La gigantesca torre que se eleva hasta el cielo y se pierde más allá de las nubes no es parte de un sueño. Ante nosotros, las murallas del Pilar del Sol nos reciben como gigantes de roca. A diferencia de Ciudad Libre, cada pieza se levanta de forma regular sobre otra, con un orden digno de un arquitecto de obra que sabía lo que se hacía. Cada parte de la estructura parece no solo tener un sentido defensivo, sino también estilístico, y eso me estremece.

Tan solo un puente nos separa de las puertas de la capital; está custodiado por la guardia de Heros. Para muchos, será la primera vez que vean las armaduras doradas que portan. Nuestros carros aguardan a la espera de una señal.

—Buenos días a todos —dice un sargento, que se distingue del resto por llevar capa y una pluma dorada sobre el casco—. Es un placer saber que habéis llegado sanos y salvos desde unas tierras tan lejanas. El Consejo desea que os encontréis como en vuestra casa. Hemos preparado campamentos a las afueras de la muralla para acogeros. Nuestros curanderos se encargarán de revisar a todos y cada uno de vosotros para tratar vuestras heridas. Se os abastecerá con comida y agua. A lo largo de la semana, se os intentará buscar alojamiento en casas de la ciudad para que podáis instalaros y rehacer vuestras vidas.

Mi padre da un paso al frente.

—¿El Consejo tiene pensado mandar huestes a Ciudad Libre para recuperar nuestro hogar?

El soldado frunce el ceño.

—Me encantaría responderos, pero no tenemos esa información. El Consejo se encuentra deliberando sobre la situación que se extiende por todo Heros. Como siempre, compartirá sus conclusiones con el rey y juntos tomarán la decisión más beneficiosa para el reino.

Mi padre asiente, resentido. Sabe que el Consejo no actuará en nuestro favor. A partir de ahora, tendremos que acostumbrarnos a esta nueva vida. Viviremos en un campamento, un poco más cerca de los grandes sueños, aunque sigamos siendo los marginados de las altas élites. Con un poco de suerte, en unas semanas, tal vez meses, formemos parte de la ciudadanía del Pilar del Sol. Por el momento, solo podemos acostumbrarnos a nuestra nueva realidad y a lo diferente que será todo a partir de ahora.

Echo de menos mi casa, mi ciudad sin normas, el caos en el que vivía antes de que todo se sumiera entre ruinas y sombras. He pasado tanto tiempo soñando con visitar el Pilar del Sol que siento como un castigo el verlo como una pesadilla.

Esta es mi nueva vida. Ni yo la he elegido ni ella me ha elegido a mí. Sin embargo, es la que me ha tocado. Supongo que todos tenemos un sinfín de aspiraciones, una meta que nos gustaría cumplir al final de nuestro camino. A veces, tenemos la suerte de alcanzarla, y otras muchas nos desviamos por senderos que nunca imaginamos recorrer.

Suspiro.

No me queda otra, tendré que acostumbrarme a ella.

PARTE II
SOMBRAS

27
De dos mundos

Las flores, el sol y los insectos han sustituido a las cortinas de nubes grises cargadas de lluvias torrenciales. Más allá de las copas de los árboles, los pájaros danzan con el viento, acompañan las mañanas con su cantar, dulce melodía para los oídos de quienes madrugamos.

Me despido de mis padres con un beso en la mejilla de cada uno antes de que se marchen al trabajo. Gracias al Consejo, mi padre consiguió trabajo en una herrería de la capital, donde trabaja sin descanso por la demanda de armas; y mi madre empezó a trabajar en una librería. El cambio de vida que ha supuesto Ciudad Libre nos ha unido más que nunca.

—¿Pasarás hoy por la librería? —me pregunta mi madre antes de que salga por la puerta.

—Hoy no creo que pueda. Tengo que llevar esto a una editorial —digo mostrándole el manuscrito.

Las buenas noticias no han dejado de repetirse desde que llegamos al Pilar del Sol. La adaptación no fue rápida ni cómoda, pero al menos no tardamos en encontrar un hogar donde empezar nuestra nueva vida. Eso, sumado a los trabajos de mis padres, me ha permitido no tener que preocuparme por buscar un empleo de inmediato, por lo que he podido dedicarme a escribir y escribir. De alguna manera, he conseguido hacerme un hueco en la capital.

Nada más llegar, pregunté en todas las librerías de la zona y me recomendaron varias editoriales en las que podía probar fortuna. Ninguna de ellas ha decidido apostar por mi talento como tal, pero sí que me permiten copiar mis ejemplares para distribuirlos en la ciudad. No son ediciones muy grandes, apenas llegan a diez o quince ejemplares. El trabajo artesanal que realizan los escribas es tan grande que lo considero impagable. Gracias a ellos, algunos de mis ejemplares se pueden encontrar en la biblioteca de Heros o en comercios pequeños de la zona.

Pese a los cambios positivos en mi vida, el conflicto en Ciudad Libre no ha mejorado en las últimas semanas. Los enfrentamientos en las calles siguen, cada día con más ímpetu. Las nuevas que llegan no son optimistas para nuestro bando. El Consejo de Elfos, de acuerdo con la opinión del rey, decidió mandar tropas que ayudaran a los nuestros, pero no tardaron en darse cuenta de que era una causa perdida. Salvar Ciudad Libre no les reportaría ningún beneficio. De hecho, desde hace tiempo nuestra ciudad era para ellos un incordio que no sabían cómo tratar. Si pasara a manos de los goblins, no tendrían que volver a preocuparse por esas tierras.

Las calles del Pilar del Sol lucen distintas a todo lo que he conocido hasta ahora. Aquí no hay espacio para las callejuelas estrechas y oscuras, el lujo engalana las avenidas, tan anchas que varios carros pueden circular simultáneamente por ellas. Las casas se elevan hacia el cielo con varios pisos de altura de buenos materiales, adornados con balcones donde los elfos desayunan, leen y toman el sol.

Otra de las grandes diferencias con todo lo que conocía de nuestra raza es que en la capital la vida nocturna es tan imprescindible como el aire que respiramos. Cuando cae la noche, la gente no acude a sus casas, sino todo lo contrario. A veces, la costumbre les hace salir ataviados con disfraces y máscaras, otras tan solo con sus mejores galas. Los nobles celebran fiestas en sus mansiones, parcelas enormes con jardines donde cabría, sin ninguna duda, toda la población de Ciudad Libre.

A decir verdad, en la capital todo se reviste de alboroto, estruendos en las calles que rebosan de personas de día y de noche, lo que hace parecer que la ciudadanía nunca duerme. Pero también se siente paz porque uno siempre se rodea de iguales y no hay conflictos sociales. Los ciudadanos tienen todo cuanto pueden desear. Dinero, comida, techo, diversión... No conocen la guerra ni los conflictos, viven dentro de una burbuja. Una protegida por los guardias. Aquí las noticias que llegan de los territorios más lejanos, como Ciudad Libre, parecen pasatiempos que si acaso consiguen que la gente cuchichee.

Antes de llegar a la editorial, subo unas escaleras que se elevan hasta el cielo. El Pilar del Sol se conforma por niveles verticales. Desde lejos, casi parece que sean anillos que rodean la estructura del pilar. Sin embargo, nada más lejos de la realidad. Agradezco que el pilar esté tan cerca de casa; de otro modo, solo podría acudir con la ayuda de un transporte, y el alquiler de carros cuesta casi tanto como toda una tirada de mis libros.

¿Qué será de Göh Bel? A veces me maldigo por encontrarme a mí misma pensando en él. ¿Habrá escapado de Ciudad Libre? ¿Seguirá con vida? No le deseo la muerte, solo la mayor de las torturas, un sufrimiento agónico por todo lo que me hizo pasar. Sin embargo, me apena que todo terminara así. Tal vez en otra vida pueda ser diferente: él un hombre reformado, con prioridades nuevas, alejadas del campo de batalla; yo, una mujer con un futuro prometedor, dedicada al mundo de las letras.

—Buenos días —saludo al entrar en la editorial.

Escondida detrás del mostrador que me recuerda a mis tiempos en El Folletín Mágico, la dueña del establecimiento —cuyo nombre todavía no conozco— me recibe con las manos juntas y una cálida sonrisa. Debe de tener al menos cuarenta años más que yo; me saca dos cabezas y tres cuerpos, viste elegante y cada día estrena un peinado más extravagante. Aspiro a ser como ella en mi adultez.

Tras ella, una estantería, que ocupa toda la pared y se pierde en un pasillo que se ve infinito desde mi ubicación, alberga los títulos más exitosos que ha publicado su sello.

—Buenos días, querida. ¿Nos traes otro manuscrito para trabajar en él?

Asiento. Tal vez no sea mi mejor obra, aún tengo mucho margen de mejora, pero creo que supera con creces a todo lo anterior.

—Sí, así es. Espero que os guste. Aunque me encanta el trabajo que hacéis; ojalá pueda publicar algún día bajo vuestro sello.

Ella asiente. Me ha rechazado al menos dos historias, pero nuestra relación es exquisita. Confío en su trabajo, sobre todo en su rigor. Si no ha querido firmar ninguno de mis escritos es por una razón: aún puedo mejorar.

—Llegará más pronto que tarde —me responde—. Le echaremos un vistazo y te comentaremos. Pásate la semana que viene. ¿Has pensado algún título?

Mis comisuras se elevan, una sonrisa pese al dolor punzante que necesito exteriorizar en mis historias. Desvío mi mirada para no enfrentarme a los ojos pardos de la señora. Las imágenes de los meses de lluvia anidan en mi mente, tengo que esforzarme por retener las lágrimas.

—*Mundo de sombras*.

—¡Qué título tan poético! ¡Me encanta! Muchas gracias por contar con nosotros, Zirandell.

—Gracias a ti por acoger siempre mis historias.

Salgo a la calle con el pecho apretado por los nervios; la campanita de la entrada me despide con su tintineo. Respiro hondo, a veces siento que se me olvida cómo hacerlo. La mera idea de entregar un manuscrito me eriza la piel, me altera y me mantiene durante la semana en vilo. Tengo que acostumbrarme, tanto a los rechazos como a los aciertos.

La idea de ver mi libro publicado bajo una editorial de la capital me eleva a las nubes, me convierte en un pajarillo más de los que aletea vigoroso creyéndose el rey del mundo. ¿Qué pensarán mis padres si leen la novela? ¿Cómo les explicaría la historia que se esconde detrás de todo? Supongo que da igual. No es probable que en la editorial la escojan. En cualquier caso, todo fue una simple fantasía, un sueño, una mera ilusión que se desvaneció como las nubes con la llegada de la primavera.

Barajo la idea de acudir a la librería de mi madre; he terminado más temprano de lo que pensaba. También podría recorrer la capital, no he tenido la ocasión de conocer sus calles. Ni siquiera he subido al Pilar del Sol.

El sonido de un tambor me sorprende cuando voy a dar mi primer paso hacia el centro de la ciudad. Un juglar ha dejado a un lado su arpa y aporrea el tambor con energía. Solo aprendí dos cosas el día que llegué a la capital: el arpa significa alegría, el tambor siempre trae malas noticias.

—¡Última hora! ¡Última hora! ¡El rey Göh Bel, gobernante de Kürow, se ha apoderado de Ciudad Libre! ¡Ha declarado la guerra a todos los territorios élficos de Heros!

El juglar se aleja, repitiendo una y otra vez el mismo cantar entre los descansos del redoble de tambor. Esto anuncia la mayor de mis sorpresas y el peor de mis temores. Göh Bel sigue vivo y dirige a los goblins; su sed de venganza es infinita, la frustración corroe sus venas, nubla su juicio. Las sombras lo alimentan, gobiernan su mente. Ha cumplido con su promesa, todos los elfos caerán. No parará hasta que nos vea a todos bajo su control.

—El rey Göh Bel… —mascullo, la realidad me golpea—. ¿En qué te has convertido?

Ahora que Göh Bel ha declarado la guerra a todos los territorios élficos, los intereses del Consejo se trastocan. Con el conflicto aislado en Ciudad Libre, se podían permitir hacer la vista gorda. Si el enemigo se planta a las puertas de la capital y amenaza con tomarla, no pueden quedarse de brazos cruzados.

28
El rey Göh Bel

Mis pies bailan con las baldosas que recubren el suelo. Me dejo llevar por la multitud que me arrastra hacia la parte antigua de la ciudad, un barrio con una estructura semejante a Ciudad Libre, aunque con una belleza artística notable.

A ambos lados de la calle, los comercios bullen. La simpatía de los comerciantes que venden sus productos a viva voz me recuerda a la plaza del Gobernador y a los días de mercadillo. La ciudad luce hogareña, cálida. Entre la gente, veo un matojo de pelo que se me hace familiar: una cabellera pelirroja que destaca entre el conglomerado dorado de los elfos.

—¡Daniel! —grito, asomando la cabeza entre una veintena que nos separa—. ¡Daniel, soy yo!

Me abro paso como buenamente puedo; me aprovecho de mis habilidades escurridizas para colarme entre los huecos que dejan los viandantes hasta que alcanzo el hombro de la persona que he creído reconocer.

—¡Daniel! —Le agarro del brazo. Solo deseo no haberme confundido de persona.

Se gira con un escepticismo notorio en la mirada: no esperaba que nadie lo reconociera allí. Sus ojos bicolores se llenan de una inmensa alegría cuando me ve. Aunque no sea propenso al cariño, se lanza a mis brazos.

—¡Ziri! —Su tacto cálido reconforta la gelidez que mi cuerpo soporta desde la marcha de Ciudad Libre—. No sabía que estabas aquí.

—¿Cuándo has llegado? Pensaba que irías a Lojarasca con tus padres.

Daniel me echa hacia un lado para no entorpecer el paso de la gente.

—Y así fue. Estuvimos allí unas semanas. La vida es mucho más apacible que en Ciudad Libre. Sin embargo, cuando vi que el Pilar del Sol daba asilo a los refugiados de Ciudad Libre, no dudé en venir.

—Nada me alegra más que ver a una cara conocida en un lugar tan grande y solitario como este.

—Lo mismo te digo —reconoce—. Aunque ahora entiendo por qué querías vivir aquí. Esta ciudad tiene tus medidas, Ziri. Está construida para ti, ideal para hacer crecer el arte. No dudo de que encontrarás tu lugar.

Aunque el comentario me agrada, la mueca que acompaña mi reacción no puede ser más discordante.

—¿Te has enterado de las últimas noticias? Göh Bel reina en Ciudad Libre y ha declarado la guerra a los territorios élficos.

Espero un comentario que me recuerde que no deberíamos haberle salvado la vida cuando tuvimos ocasión, que todo es culpa mía por fraternizar —por llamarlo de alguna manera— con un goblin.

—Te dije que no tenías que fiarte de él —me responde.

Río el recordar las palabras que me dijo en su momento. Daniel consigue que una catástrofe se convierta en una anécdota, aunque tan solo sea durante unos segundos.

—¿Cómo crees que reaccionará el Consejo? ¿El rey obligará a que intervenga el ejército?

—No creo que les atormente la amenaza de guerra de un goblin. El Consejo cuenta con el respaldo de todo Heros. Los goblins no tienen nada que hacer —me explica—. Aunque he de reconocer que no les hará gracia que haya otro autoproclamándose rey.

—No sabemos la cantidad de goblins que habitan en el resto de las provincias.

—Menos que en Ciudad Libre, eso es una colmena.

—Ahora se ve que tienen una abeja reina que los guía.

—Y su objetivo eres tú —reconoce Daniel.

Discrepo.

—¿Tú crees? Göh Bel ya me tenía, solo quiere vengarse de los elfos. Priorizó eso por encima de todo.

—Los goblins querían levantarse contra los elfos y tomar lo que era suyo. Ciudad Libre ya la tienen. Si Göh Bel ha declarado la guerra a todos los territorios élficos es porque no parará hasta encontrarte.

—Le dije que lo mataría si volvíamos a cruzarnos.

Daniel sonríe.

—Tal vez sea el destino que te deparan los dioses.

Un silencio se instaura entre nosotros. No es incómodo, tampoco pesado. Tan solo nos permite reflexionar acerca de la conversación.

—¿Vives muy lejos de aquí? —me pregunta, devolviéndome a la realidad.

—Un poco —reconozco—. Conseguimos una casa en uno de los barrios de las afueras, pegada a la muralla.

—¿Y qué te ha traído al centro de la ciudad?

—El destino que me deparan los dioses, supongo. —Ambos reímos—. Voy a buscar a mi padre, trabaja cerca de aquí, en una herrería. Quiero que me fabrique un arma para la guerra.

Daniel abre la boca, un intento de hacerse el sorprendido.

—Nunca pensé que cambiarías la pluma por una espada.

—Yo tampoco, pero así nos ha tratado la vida.

—Si necesitas algo, puedes buscarme en la plaza de la Edad Dorada. Por las noches se anima bastante y suelo frecuentar la zona.

No me sorprende en absoluto que Daniel Forberg haya tenido la capacidad de asentarse tan bien en una ciudad como esta.

—Te buscaré. Tal vez necesite conocer el ocio nocturno para escapar de tanto ajetreo.

—Dales recuerdos a tus padres. Espero que estén mejor que la última vez que los vi.

—Y tú a los tuyos.

Nos despedimos con un abrazo que sabe más a reencuentro que a despedida. Tener cerca a Daniel supone recobrar una parte de mí, un pedazo de mi anterior vida que me recuerda que el mundo no ha cambiado tanto. A las personas importantes conviene mantenerlas al lado; con los verdaderos amigos es imprescindible.

El resto de los comercios me saludan vistosos, animándome a entrar a cotillear entre los lujos que albergan. Descubro un anticuario que guarda desde textos primigenios de la creación de Heros hasta máquinas de escribir que pertenecieron a escritores de la primera edad. Me tengo que obligar a abandonar esa calle para no perder más el tiempo.

Al girar la esquina, una mezcla de olores exóticos me da la bienvenida a un sinfín de restaurantes de comida tradicional de la región de Heros. Allí, variedades venidas desde todas las provincias se muestran ante los viandantes, animándolos a degustar la carta. Me cuesta no detenerme a probar todos y cada uno de los platos, pero la impaciencia por encontrar a mi padre para hablar con él sobre la inminente guerra y el arma que necesito me apremia.

Esquivo a un par de vendedores ambulantes que ofrecen especias y otras sustancias por las que prefiero no preguntar, un frutero que insiste en regalarme una fruta *divina* que rechazo con gentileza y un artista callejero que se ofrece a componerme una canción a cambio de un par de monedas.

La herrería me recibe por fin con los brazos abiertos. A diferencia de las de Ciudad Libre, donde eran forjas completamente deshumanizadas con condiciones pésimas, el ambiente de trabajo es agradable. Hay una recepción adornada con armas, desde espadas a hachas, pasando por escudos y lanzas; todo lo que uno puede desear se encuentra allí. Al fondo se ve a los herreros trabajando con tanto esmero como el que yo le dedico a mis escritos. Hay orden, control y buenas pagas. Al fin y al cabo, de la herrería sale un bien indispensable para la guerra contra los goblins.

No me recibe nadie, pero tampoco me extraña. No tiene pinta de ser el lugar más frecuentado de la ciudad antigua. Tengo que acercarme hasta el mostrador y asomarme para asegurarme de que no existe un ser diminuto al otro lado. Lo último que querría para el día de hoy es faltarle el respeto a un enano. Toco el timbre sobre el mostrador un par de veces. El sonido del acero golpeando el suelo en la distancia me inquieta. Desde la sala del fondo se acerca una mujer sudorosa que tiene un brazo más grande que todo mi cuerpo.

—Bienvenida, mi nombre es Tharazael Firkenberg. Disculpa las molestias, ha aumentado la demanda de pedidos con el anuncio de guerra. ¿En qué puedo ayudarte?

De su oreja puntiaguda cuelgan varios aros de plata. Puedo contar al menos una docena. Los tatuajes que se inician en el cuello, a la altura de la mandíbula, se pierden entre la tela de su ropa y vuelven a salir por el brazo. Me pregunto si llevará alguna parte sin tatuar. Nunca antes he tenido un encuentro con una elfa de cabello corto, aunque, tras comprobar lo bien que sienta el peinado a Tharazael, me planteo si debiera probar un cambio de estilo cuando llegue el calor.

—Estoy buscando a mi padre, trabaja aquí.

—Tu padre es…

—Ziralyon Spuckberg.

Tuerce la boca, indica conflicto. Dirige la mirada al interior donde todos trabajan concentrados.

—¿Ziralyon? —llama poco convencida.

Un hombre se le acerca para decirle algo al oído. Tharazael asiente varias veces. Mi pie proyecta mi nerviosismo:

pataleo varias veces, incapaz de detener mi taconeo contra la baldosa.

—Se ha marchado a casa un poco antes.

—¿Le ha pasado algo?

—Supongo que lo mismo que a todos: las noticias de guerra cambian el devenir de las personas.

—¿Qué quieres decir?

Tharazael me mira con pena, identifica en mí una inocencia que pesa demasiado en mitad de un conflicto como el que se avecina.

—Deberías ir a casa a pasar tiempo con él.

Me mantengo en el sitio, con los brazos en jarra a la espera de una respuesta.

—Cuando se desata una guerra así, las tropas de Heros no son suficientes.

Los ojos se me dilatan al comprender la gravedad del asunto; el mundo vuelve a temblar bajo mis pies y niego, incapaz de hacerme a la idea de que mi padre pueda tomar una decisión así.

—Muchas gracias, Tharazael. Ya nos veremos otro día.

—Deséale suerte de mi parte —dice antes de que abandone el local.

Corro a casa en cuanto salgo de la herrería. No me importa la gente que entorpece mi camino ni las veces que tropiezo. Solo pienso en que tengo que llegar allí cuanto antes, en que no puedo permitir que mi padre se marche de casa. Perdí a mi hermano en una batalla contra los goblins, me niego a seguir lamentando muertes.

Si Göh Bel ha declarado la guerra a todos los territorios élficos es porque no parará hasta encontrarte, las palabras de

Daniel resuenan en mi cabeza, se repiten como un eco que me atormenta. Si tiene razón, si tan solo hay una pizca de verdad en esa afirmación, yo sería la responsable de un enfrentamiento a mayor escala. No puedo permitir que mi padre sea presa de una guerra que he provocado, de un conflicto que no tendría que extenderse. Si hubiera permanecido al lado de Göh Bel, tal vez no hubiéramos tenido que lamentar tantas bajas.

Al regresar a casa, encuentro a mi padre recogiendo sus enseres. Con cuidado, coloca ropa y provisiones dentro de un viejo saco desgastado. Se gira al percibir mi presencia, sus ojos muestran pena, tanta que se hace palpable. No digo nada, él tampoco. Nos acercamos y nos fundimos en un abrazo. Lloro sobre su pecho, le empapo la camisa. El pensamiento fugaz de la muerte de mi padre en un campo de batalla acude a mí y, entonces, le aprieto más fuerte. Esto, en realidad, es un intento desesperado por que no se vaya. *Mantente a mi lado*, no se lo digo, pero lo deseo con mi alma, mi interior lo chilla a voces.

—¿Te vas a... marchar? —le pregunto con un fino hilo de voz. Las lágrimas ahogan mis dudas.

—Lo siento mucho —responde—. Debo vengar a tu hermano.

Nunca nos hemos llevado especialmente bien, aunque a raíz de la muerte de Ziramyo empezó a prestarme más atención. No le recrimino nada, entiendo que a veces resulta difícil lidiar conmigo. No soy una hija normal, nunca he puesto las cosas fáciles en casa. Podría haberme limitado a jugar como el resto de las niñas de mi edad. Sin embargo, mis pretensiones siempre estuvieron más lejos; en el arte, en un mundo que estrangula a cualquiera que lo pisa. Así de irónica es mi vida desde hace años, por supuesto que no iba a cambiar con el tiempo.

—¿Cuándo?

—Esta noche acamparemos fuera de la muralla. Cuando amanezca, partiremos al bosque. Recuperaremos Ciudad Libre. Lo haremos por Ziramyo.

No, no lo harán. Ciudad Libre es una trinchera; el bosque, un laberinto. Los goblins los tendrán justo donde quieren: una trampa para ratones de la que no podrán escapar.

* * *

Las horas pasan. Me enloquece pensar que el tiempo se acaba. A través de la ventana, contemplo cómo el sol se funde con las montañas. Un manto de estrellas reina en el cielo. Si nuestro destino es una prueba de los dioses, creo que se pasan con nosotros.

—Debo marcharme ya —anuncia mi padre desde la entrada. Lleva un saco cargado al hombro y la armadura que usaba Ziramyo.

Mi madre y yo nos acercamos para despedirlo. A ninguna nos agrada que se marche así de casa. Ya lloramos una muerte, no queremos que vuelva a repetirse.

—Regresa, por favor —le suplica mi madre antes de desplomarse sobre sus brazos.

Sé que mi padre intenta aguantar la compostura, pero veo las lágrimas resbalando por sus mejillas.

—Volveré a vuestro lado, os lo prometo.

Me uno al abrazo familiar. Tal vez, lo único bueno que nos haya traído la guerra sea el fuerte vínculo que hemos desarrollado. Nunca hemos estado tan unidos como ahora; tampoco tan separados como en unos minutos.

Cuando emprende su marcha, no vuelve a mirar atrás. Intenta hacerlo fácil para nosotras, aunque él se esté rompiendo por dentro. Mi madre y yo, abrazadas en la puerta, vemos cómo parte hacia un futuro inseguro. Ojalá no sea el último recuerdo que guardamos de él.

Suspiro y me froto la cara para apartar las lágrimas que manchan mi piel. Deseo gritar al viento, intimidar a los lobos con mi aullido a la luna. Necesito liberar lo que hay en mí. ¿Dónde huir cuando todo se acaba?

—Voy a dar un paseo —digo.

—Es tarde, Zirandell.

—Creo que esta ciudad es mucho más segura de noche que de día —le aseguro—. Además, tengo que ver a un viejo amigo.

Me alejo de casa, no sin antes escuchar un «¡vuelve pronto!» de mi madre.

El Pilar del Sol se parece a una obra de teatro: cuando se abre el telón y las luces se apagan, los personajes que recorren el escenario brillan. Los habitantes de la capital no tienen miedo a la noche. Todo lo contrario, la esperan ansiosos. En cada esquina, un grupo tiene un motivo que celebrar. Las luces de los comercios dan tanta luminosidad a las calles como el propio sol, la algarabía se construye en torno a los bares. Me sorprende porque la mayoría de los locales que durante el día venden productos, por la noche se transforman para satisfacer el ocio nocturno.

El camino que me separa de la plaza de la Edad Dorada se me hace corto. Al traspasar los arcos de medio punto, decorados con runas y motivos que simbolizan la historia de nuestra región, llego al lugar más bello que hayan contemplado mis ojos. Rodeada por arcadas, hay una senda de soportales que acogen bares llenos de música y vida. En el centro, una fuente coronada por una escultura con cinco dioses simboliza la unión de las provincias de Heros. Un jardín lo rodea con flores rosas, azules y violetas que brillan en la propia noche como farolillos. Y, en mitad de aquel conjunto artístico, Daniel, sentado en un banco de piedra, pierde su mirada en la profundidad del agua, como si esta pudiera darle la respuesta que espera.

Me siento a su lado, no le sorprende, casi parece que me espera. Juguetea con los anillos que engalanan sus dedos: una flor, una flecha, una rosa, una calavera.

—Mi padre se marcha a la guerra —le confieso.

Hace tiempo que aprendí que con él puedo abrirme sin miedo. Daniel asiente, ahoga una mueca de tristeza. Siempre ha sido reservado con sus emociones, pero nunca lo he visto así.

—¿Ha pasado algo?

No sé si mi mirada se pierde primero en el iris púrpura o en el dorado. A diferencia de otros días, sus ojos están apagados.

—Yo también me marcho a Ciudad Libre. —Asiente como si tratara de convencerse a sí mismo—. Toda ayuda será poca.

—No, tú también, no —sollozo—. ¿Por qué? ¿Por qué te vas? A ti nunca te ha gustado la guerra.

—Y así es, la odio con todo mi ser. Por eso mismo voy: necesitamos acabar con ella cuanto antes.

De pronto, algo se me clava en el pecho. Me siento sola, muy sola, incapaz de creer que todas las personas que quiero se terminen yendo de mi vida de una forma u otra. ¿Por qué todo cambia tan rápido? ¿Tan difícil es que alguien decida quedarse a mi lado? Desconozco a Göh Bel, desconozco a Daniel, ¡me desconozco a mí misma! Justo cuando creo que me recupero, mi mundo vuelve a derrumbarse.

Daniel coloca su mano sobre la mía y la aprieta; es un tacto dulce que me reconforta. El pulso le tiembla, está tan asustado como yo. Él nunca ha blandido un arma, tendrá que enfrentarse a sus mayores miedos, y lo hará porque es la única forma de acabar con esto de una vez por todas.

—Vamos a disfrutar de esta noche, por si acaso fuera la última. —Sonríe, dejando a la vista sus colmillos—. Aquí hay tabernas, bebidas y música. Déjame que te muestre cómo son las noches en el Pilar del Sol.

La noche ha sido tan divertida que casi consigue que olvide las penas que atenazan mi pecho. Despedirme de Daniel ha sido doloroso, también bonito. Una mezcla de pena y amor que a ninguno de los dos ha reconfortado. Solo espero que vuelva.

No sé si se debe a la chispa de las bebidas que Daniel me ha hecho probar o a la pesadumbre que cargo, pero una corriente de malas ideas cruza mi cabeza al entrar por la puerta de casa. Mi madre duerme. Yo reniego de la idea de tumbarme en la cama y despertarme al día siguiente como si nada hubiera pasado.

Agarro un saco y meto en él mudas, la carta del último dueño de Göh Bel y la daga que siempre guardo en una de mis botas. Sobre la mesa, dejo una nota para mi madre, una despedida amarga que sé que no le gustará leer cuando despierte.

Salgo de casa y me deslizo en la oscuridad por la ciudad hasta llegar a la puerta que separa la capital del bosque. Los soldados de Heros viven en una burbuja en la que nada malo puede sucederles, así que no montan guardia. Cualquiera puede entrar o salir a su antojo. Atravieso la puerta, lo único que me separa de unirme al resto de la expedición que marcha a la guerra.

A los pies de la muralla hay un campamento que reúne a la mitad de la población de la capital. Las tiendas de campaña abarcan el claro y parte del bosque. Los carros se distribuyen por zonas, cuento al menos una treintena. Empiezo a pensar que los goblins no tienen tantas posibilidades de vencernos. En el centro del campamento, una hoguera de la que solo quedan las brasas me indica que todos duermen.

Me arrastro, sigilosa, hasta uno de los carros de alimentación. Allí puedo esconderme. Me cuelo en el interior y respiro tranquila. Es cuestión de tiempo que amanezca, que el ejército parta al bosque y que yo pueda reencontrarme con Göh Bel. Él me quiere a mí. Yo lucharé contra él, pararé esta guerra. Conseguiré que nadie tenga que lamentar más muertes por mi culpa.

Entonces, escucho un crujido en el exterior. Me asomo con cuidado.

—¿Tú también lo has visto? —dice un guardia; la luz del farol que pende de sus manos ilumina la tela que recubre al carro.

—Parecía una niña —comenta el que lo acompaña.

—¿Una niña? ¿Aquí? Sería un animal.

—¿Un jabalí?

—Sería la mejor de las noticias, seguro que con eso podemos darnos una buena comida mañana.

—Mira, parece que las huellas acaban en el carro de la comida.

Me maldigo, maldigo mil veces mi suerte y ser tan imprudente como para creerme un reptil imperceptible a la vista. Si los guardias de Heros encuentran a una niña entrometida en el campamento, me mandarán a casa de nuevo. No podré nunca escapar, no volveré a ver a Göh Bel. Fallaré como he hecho tantas veces.

Me niego.

En un movimiento rápido, alcanzo la daga que guardo en mi bolsa y me armo con ella. Solo será un tajo, apenas dolerá.

Los soldados apartan la tela y la luz del farol me ciega. Me tapo las manos con el brazo con el que sujeto la daga.

—Pero ¿qué tenemos aquí? —dice sorprendido el primero.

—¡Es un niño!

En la mano que oculto tras mi espalda, los mechones de pelo que me acabo de cortar ocultan la verdad de quién soy.

—Chaval, no puedes estar aquí.

Tienen la intención de sacarme. Tan rápido como puedo me deshago de los mechones de pelo. No sé si el tajo ha sido lo suficientemente limpio, apenas sé cuánto lo he cortado, pero juraría que Tharazael se sentiría orgullosa de mi nuevo estilo.

—Tengo la mayoría de edad, señor —digo simulando una voz grave.

Los dos soldados se miran, confusos.

—¿Eres parte del ejército de Heros?

—Me he escapado para poder servir a la guerra. Soy un pobre huérfano que vive en la capital.

Necesito que dejen de preguntar: mis mentiras acabarán por delatarme una vez más.

—¿Y te creías que podías robar la comida durante la noche? —bromea el que lleva el farol—. Venga, ve a dormir y ni se te ocurra volver a acercarte a la despensa. Estos alimentos tienen que durar toda una guerra.

—Sí, señor. Gracias.

Me escabullo como puedo, me pierdo entre las tiendas de campaña, sin saber qué rumbo tomar. Solo cuando creo que los guardias me han quitado el ojo de encima, me doy la posibilidad de parar para tomar aire. Me toco la nuca, he perdido mi precioso pelo platino, pero he ganado un recurso que me será útil en el campo de batalla. Una nueva apariencia para hacer frente a Göh Bel, una muestra de que he renunciado a mi pasado y soy una nueva persona.

Miro al cielo. Las tres lunas me devuelven su atenta mirada, me bañan con su brillo. Göh Bel, pronto serás el rey de nada.

29
Árboles de luna

He dormido sobre el rocío que impregna los campos, acurrucada entre las hierbas que me sirven de colchón. El cantar de los pájaros me despierta antes que el dichoso estallido de la trompeta, un chirrido errático, capaz de anidar en lo profundo del tímpano. Yo lo considero el despertador de los muertos.

Me incorporo con molestias, la espalda se resiente por las malas posturas que he adoptado durante la noche. Los soldados salen de sus tiendas, unos más animados, otros deseando volver a sus casas cuanto antes. Forman un corro en el punto medio del campamento, junto a la hoguera apagada. Sigo a la marea de hombres como una oveja a su rebaño.

Mientras formamos, a la espera de que un superior nos dé órdenes, busco entre la multitud una cara conocida. De mi padre no hay señales, pero la mata de pelo rojiza de Daniel se distingue perfectamente entre los rasgos élficos del resto. Me abro hueco hasta llegar a él.

Los quejidos cuando atravieso varias filas de formación son notorios, pero prefiero ignorarlos. Tan solo quiero alcanzar a Daniel, recobrar la seguridad de que no me encuentro sola allí.

Le toco el hombro, él se gira. Su rostro viaja de la sorpresa a la incredulidad; también roza la decepción y la ira.

—¿Qué se supone que haces aquí? —susurra, mientras tira de mí para acercarme más a él.

—Tú lo dijiste: Göh Bel me quiere a mí. No es necesario que siga muriendo gente inocente por mi culpa.

—¡Con eso no quería decir que te colases en el ejército de Heros! —intenta gritar bajito, los de alrededor nos miran con curiosidad—. ¿Qué le ha pasado a tu pelo?

—Tuve que cortarlo para hacerme pasar por un chico. ¿Qué tal me queda?

—Ay, Zirandell. Eres un caso perdido. El valor es una virtud, pero alimentado por excesos se convierte en osadía. Eso tan solo te guiará hasta una muerte temprana.

Le coloco una mano sobre un hombro, intento que no parezca un gesto demasiado afectuoso ante los ojos de los demás.

—Tengo los mismos motivos que tú, o incluso más, para enfrentarme a los goblins en esta guerra. Puede que sea una locura, pero nada de lo que sucede tiene sentido. Necesito que Göh Bel pare. Si ir a por él con mis propias manos es la única solución, lo haré.

—Siempre has querido ser la protagonista de una de tus historias, y al final vas a conseguir que te maten —replica él.

El estallido de otra trompeta interrumpe nuestra conversación. Todos posan más firmes que antes, si cabe. Yo los imito lo mejor que puedo, con la espalda recta y las puntas de los dedos juntándose.

Aparece un elfo con una armadura dorada; la capa, las plumas sobre su casco y los dos soldados que le acompañan indican el rango de superioridad. Se quita el yelmo. Entonces, contemplo a una hermosa mujer. Es la guerrera más fiera que haya visto nunca, con una coleta que le cae hasta la cintura y una cicatriz que le cruza la cara. La falta de su brazo derecho la compensa con la extraordinaria fuerza que demuestra el izquierdo.

—Mi nombre es Arrianhel Linzenbarg. Soy la capitana del escuadrón verde. A partir de ahora, estamos en guerra. Vuestras vidas van a cambiar, las de toda la población lo hará. Quiero que os grabéis estas palabras a fuego y os mentalicéis cada vez que queráis desertar: somos la última frontera que separa al enemigo de nuestras familias, la defensa con la que todos cuentan. La esperanza del reino de Heros está puesta sobre nosotros. No lo olvidéis.

Miro a mi alrededor: todos permanecen firmes, escuchando las palabras de la capitana. Ella se pasea de un lado a otro, mirando a los ojos a los que forman en primera fila; la mirada de Arrianhel consigue helar a cualquiera que la desafíe. Tiene coraje y fuerza. Sabe el peso que carga sobre sus hombros, sabe lo que significa dirigir al ejército. Admiro su entereza.

—Nuestro ejército se ha dividido en escuadrones más pequeños. Somos demasiados, no podríamos avanzar por el bosque con discreción; seríamos un blanco fácil. En la tienda central os darán vuestro equipamiento y un pañuelo verde que simboliza a nuestro escuadrón. Llevadlo siempre encima. Os sorprendería lo que nos ayuda a reconocer después a los cadáveres.

Un viento gélido recorre mi espalda. Una bola rellena de miedos me impide tragar el aire con normalidad.

—Avanzaremos por el bosque y accederemos a Ciudad Libre por el sur. Recoged todo lo necesario. Partimos en una hora.

El bosque alberga peligros inimaginables. Las leyendas transmitidas de padres a hijos en Ciudad Libre hablan de monstruos gigantes escondidos en la tierra y aves que sobrevuelan el cielo esperando a dar caza a los pobres insolentes que vaguen por sus dominios; incluso criaturas repletas de magia como brujas y viejos hechiceros. Sin embargo, mientras recorro la fronda del bosque, me doy cuenta de que los monstruos más terroríficos se esconden en las ciudades, a la luz del día; son aquellos que parecen inofensivos y se mezclan entre la población. Y, cuando menos se espera, se convierten en criaturas aborrecibles.

Camino al lado de Daniel, que insiste en no separarse de mí. Por delante de nosotros, la capitana Arrianhel monta a caballo, custodiada por sus dos guardias protectores. Detrás de ellos, una veintena de soldados seguimos el ritmo de la marcha con la vista fijada en la copa de los árboles de luna que nos rodean, por si acaso alguna criatura se atreviera a atacarnos desde las alturas.

Nunca he portado una armadura hasta este momento. Pesa demasiado. He tenido que insistir en quitarle piezas para así poder moverme más liviana. Cada paso que doy me cuesta tanto como escalar una montaña. Por suerte, he podido desechar la espada y llevar una daga como arma. Con un poco de rapidez, confío en no echar de menos el alcance que me otorgaría un sable tradicional.

El silencio instalado en el bosque me permite disfrutar del silbido del viento, una melodía tenue, lenta y tétrica. A veces, su canto helador trae consigo malos presagios: muerte, guerra, deshonras... A estas alturas, pocas sorpresas puede depararnos.

Una flecha corta el aire en dos. El escudo de un soldado evita que alcance a Arrianhel. Su caballo se altera, salta desbocado. Ella intenta calmarlo, al mismo tiempo que nos ordena posicionarnos para la defensa.

—¡En posición! ¡Mantened los ojos abiertos!

Nos cubrimos las espaldas unos a otros. Daniel y yo pegamos los hombros y giramos sobre nosotros mismos; evitamos un punto muerto en el que puedan pillarnos por sorpresa.

Una vez más, el silencio se apodera del ambiente. En esta ocasión, el viento arrastra malas noticias. Un aviso de ataque que se cierra con el sonido de un cuerno goblin. A diferencia de nuestras trompetas, que chillan y molestan, el rugido de los cuernos reverbera como bestias del inframundo. Mi espalda resbala con la de Daniel, ambos temblamos de miedo. Aferro la daga con fuerza, instintivamente me llevo la otra mano al zurrón y extraigo el bumerán.

—Permanezcamos juntos —susurra Daniel, el sudor le empapa la nuca—. ¿De acuerdo?

Asiento, aunque no pueda verme.

Nunca he sentido tanto miedo como en los momentos previos de la batalla. En mi cabeza hay una mudez atronadora que me hace incapaz de prever lo que va a pasar. ¿Qué nos deparará la suerte? ¿Un ejército entero? ¿Una docena de goblins furiosos? ¿Un cazador furtivo? Solo cuando los gritos de guerra de mis compañeros se alzan al aire me percato de que no se trata de una simulación, tampoco de una pesadilla. Los aceros chocan, los escudos se rompen. El metal de las armaduras resuena ante los impactos de los enemigos. Crujidos, huesos rotos. La sangre salpica el cielo, se derrama sobre la hierba. Todo se tiñe de rojo. Los olores se mezclan, se funden en el ambiente. La tierra huele a muerte y la muerte huele a tierra; a almas en pena que piden auxilio.

—¡Vamos, muévete, Ziri! —grita Daniel.

Un goblin carga contra mí con una maza. Daniel intercepta el golpe con su espada, repele al oponente y lo atraviesa antes de que caiga al suelo. La sangre le salpica el rostro, la furia se impregna en sus iris. Reacciono antes de que un segundo goblin lo ataque por la espalda. Con un movimiento que demuestra mi escasa destreza, clavo la daga en la nuca del goblin hasta en tres ocasiones. Cae al suelo. Daniel me mira y asiente, agradecido.

—Vamos a abrirnos hueco.

Avanzamos juntos, decididos y siempre atacando al compás. Daniel suele dar el primer paso, yo le sigo, como si fuera la pareja mala de un baile de salón. Cubro su retaguardia para que no le hieran. Una táctica torpe que delata a dos novatos que nunca han pisado un campo de batalla. Sin embargo, nos permite juntarnos al resto de los nuestros.

Los goblins no cesan su ofensiva. Cada vez llegan más y más, como si fueran una colmena de abejas enfurecidas.

Nuestras tropas resisten, pero se resienten. La capitana Arrianhel pelea con ahínco, ya con los pies en la tierra. Es la mejor bailarina del campo de batalla. La gracilidad con la que esquiva los ataques contrarios para devolver golpes certeros es envidiable.

—Tenemos que salir de aquí —dice Daniel, que detiene una embestida enemiga y la devuelve llevando a su adversario a la muerte—. Son demasiados.

—No podemos marcharnos. ¿Qué pasa con el resto?

—Espero que sobrevivan. —Los ojos se le llenan de pena—. Si nos quedamos, moriremos. No sé cuánto tiempo podremos aguantar sus acometidas.

Una lluvia de flechas cae sobre nuestras cabezas, Daniel nos protege a ambos con su escudo. Algunos virotes vuelan incendiados. Las llamas se extienden al caer sobre los árboles y la hierba. El bosque se convierte en pocos segundos en un infierno recubierto de humo y lenguas ardientes que desean calcinarnos.

Agarro a Daniel y le miro con la certeza del que mira a la muerte a los ojos.

—Vámonos de aquí.

Juntos, nos abrimos paso al otro lado del bosque. Las llamas nos impiden ver hacia dónde avanzamos, mas no nos importa. Los goblins se interponen en nuestro camino, pero muchos se asfixian por el humo o llegan malheridos. Corremos con todas nuestras fuerzas y, cuando queremos darnos cuenta, nos hemos perdido entre la arboleda. Los gritos de desolación ya no se escuchan, los sollozos tampoco. No hay pena ni muerte. Solo el pesar de la conciencia recordándonos que hemos abandonado a nuestro escuadrón.

La noche nos acoge como tantas otras veces. A la luz de una hoguera, bajo el cobijo de un árbol, Daniel y yo damos gracias a los dioses por haber salido con vida del ataque. El viento no trae malas noticias, solo descanso. Canta una nana, invitándonos a dormir.

Daniel, apoyado sobre el tronco de un árbol, todavía lleva la armadura puesta. Yo me he quitado la parte superior para descargar el peso. A un lado, su espada y mi daga esperan por si fuera necesario emplearlas.

—Nos odiarán en la capital por desertores —le digo, mientras como unos frutos que hemos conseguido por el camino.

—No hemos desertado —rectifica—. Nosotros nos dirigimos a Ciudad Libre para acabar con la guerra. Tan solo hemos tomado otro camino.

—Espero que se lo expliques con las mismas palabras a Arrianhel.

—Espero tener la ocasión de explicárselo…

Un silencio se extiende entre ambos. ¿Habrá sobrevivido nuestro escuadrón? Las muertes de mis compañeros me pesan, pero no teníamos otra opción. Si permanecíamos en el epicentro de la batalla, hubiéramos muerto. Y yo tengo que llegar hasta Göh Bel para detener toda esta masacre.

—Y pensar que hace unos meses estábamos disfrutando de nuestras miserables vidas en Ciudad Libre sin saber todo lo que teníamos en ese momento… —comento dolorida por el recuerdo.

—Desde luego, no sabemos disfrutar de los momentos felices. Vivimos pensando que nos ha tocado la peor realidad posible, que no existe ninguna esperanza en el futuro. Cuando llegan las verdaderas catástrofes te das cuenta de que el pasado no era tan malo.

—Al menos seguimos juntos. —Le sonrío.

—Algo bueno debía tener todo esto. Siempre compartimos el mismo caos.

Nunca he sido una fanática de los malos momentos, sin embargo, que alguien como Daniel me considere digna de compartir *su* caos me parece un elogio muy sincero. Tal vez nada vuelva a ser como antes, puede que nosotros mismos no volvamos a casa. La guerra es un camino de solo ida que finaliza en desconcierto.

—¿Cómo crees que reaccionará Göh Bel al verte? —pregunta mientras se frota las manos para entrar en calor.

—No lo sé... No he querido pensar en ello. Ni siquiera sé cómo reaccionaré yo al verle.

Daniel entrecierra los ojos como si quisiera adivinar mis intenciones.

—¿Tienes pensado acabar con él?

—No podría.

—¿Por qué le dijiste que lo harías entonces? Él acabará contigo.

Niego con la cabeza. Tal vez dejé que el odio hablara por mí en un momento en el que era incapaz de controlarme.

—El Göh Bel que un día conocí me dijo que no creía en los conflictos innecesarios, que las cosas pueden resolverse con el diálogo. Quiero confiar en que una parte de él aún permanece ahí.

—¿Y si no es así?

Ambos sabemos la respuesta fácil: Göh Bel le pondrá fin a mi vida del mismo modo que los suyos hicieron con mi hermano, igual que habrán hecho con tantos otros elfos de Ciudad Libre.

—Tengo esto. —Le muestro el sobre que me dio, el mismo que guarda la hoja de trabajo del amo de Göh Bel.

—¿Y qué piensas hacer con eso?

—Demostrarle a Göh Bel que nunca le abandonaron.

—No funcionará.

—Tengo que intentarlo —insisto—. Hemos llegado hasta aquí por mi culpa. Debo hacer lo imposible por detenerlo.

Mi culpa. Siempre mi culpa. Por mucho tiempo que pase, nunca podré borrármelo de la cabeza.

Esa noche sueño con Göh Bel. Él se cuela en mis fantasías de la misma forma que lo hacía por mi ventana. Nos reencontramos en un lago de aguas cristalinas situado a los pies del gran precipicio desde el que contemplábamos el firmamento. Allí parecemos los de antaño. No existe una guerra, tampoco arrastramos muertes a nuestras espaldas. Solo somos él y yo de nuevo, como siempre tuvo que ser.

Entonces me agarra de las manos. Me pide otra oportunidad. Sé que jamás podría perdonarle lo que me hizo. Sin embargo, me permito ser feliz en mis sueños, mentirme y creer que todo puede ser diferente.

Durante esa noche vuelvo a sonreír al lado de Göh Bel.

30
La emboscada

Entre sueños y pesadillas, las ilusiones se desvanecen a la velocidad de una estrella fugaz. Un rayo de luz impacta sobre mi rostro. Me revuelvo en el suelo, incómoda. Echo de menos mi cama mullida.

Todo a mi alrededor se ve borroso. Me sobresalto al darme cuenta de que no estamos solos. Un grupo de goblins tienen apresado a Daniel.

—¡Qué os creéis que…!

Antes de que pueda incorporarme, un goblin me aferra por la espalda y me introduce el pañuelo verde de Daniel en la boca. Me cuesta respirar, peleo con ganas para zafarme, pero su fuerza me resiente.

—Sssshhh, no queremos alertar al resto —me susurra en el oído.

Caigo de cara contra el suelo, me clava la rodilla en la espalda. Busco los ojos de Daniel que, presa del pánico, prefiere no establecer contacto visual conmigo. Dos goblins lo levantan a la fuerza y lo empujan para que camine.

Cuando se han distanciado unos metros, mi captor me insta a seguirlos.

Caminamos por el bosque en dirección a Ciudad Libre. Que nos mantengan con vida no sé si es un motivo de celebración o de pena. Aún tenemos opciones de escapar; también de que nos espere un futuro peor que la muerte. Me percato de que han herido a Daniel, la cojera de su pierna derecha así lo indica. Los goblins tienen que cargar con él para que camine deprisa. La ira me hierve la sangre, me apremia a que les dé su merecido. Si tan solo pudiera con uno de ellos… Si fuera tan fuerte como la capitana Arrianhel…

He conocido los motivos que guían a los goblins lo suficiente como para saber que no nos depara nada bueno al llegar a Ciudad Libre. De una forma u otra, nuestro destino siempre ha estado sellado. Debíamos volver a nuestro hogar, plantarle cara a Göh Bel. Tan solo deseo que lleguemos de una pieza.

La caminata a través de las zonas más oscuras e indeseadas del bosque transcurre entre los cantos tradicionales de los goblins y muy pocas paradas para recolectar frutos silvestres. Por supuesto, Daniel y yo no tenemos ningún derecho a comer. Ni siquiera lo preguntamos.

La noche llega antes de lo previsto. Hemos caminado durante todo el día y apenas nos han dado un respiro. Las piernas me queman por la fatiga acumulada, las tripas rugen como un depredador.

Atravesamos unos árboles sin hojas, tan pelados que parecen esqueletos andantes, de ramas delgadas capaces de arañar a los viajeros. Me pregunto si algunos de ellos guardarán vida. Unas luces aparecen a lo lejos, cálidas.

¿Son los nuestros? Es imposible, pero, tras tantas horas, la esperanza crece en mí.

Se desvanece tan pronto como veo a más goblins. No van a atacar ese campamento, están regresando a él. Atravesamos la última barrera de árboles y una marabunta nos recibe con aullidos de victoria y golpes de tambor. Los goblins se abrazan entre ellos, celebran el regreso de los suyos y la captura de los nuestros. Nos olfatean como si fuéramos el próximo desayuno, sonríen y nos amedrentan para divertirse.

En mitad del caos, reconozco una cara. En la distancia, sentada frente al fuego con el resto de la tribu, las facciones de Mai Di son tan reconocibles como las de un familiar: pelo rapado por un lado de la cabeza, con mechones de colores cayéndole a la espalda; un tatuaje debajo del ojo que representa la muerte; una mirada cargada de odio que nunca se le borraría... Recuerdo a la mejor amiga de Göh Bel. Él me la presentó una de las noches que acudí a Kürow. ¿Ella se acordará de mí después de tanto tiempo?

—Atadlos, es hora de cenar.

A empujones, nos trasladan hasta unos postes alejados de la hoguera. Hay al menos una decena, todos vacíos. Daniel recibe una patada en la pierna herida que lo obliga a caer al suelo. Miro la escena con lástima, incapaz de reaccionar. Lo atan con fuerza con las manos a la espalda, al otro lado del poste. Después voy yo. Quizás no sea tan malo. Al menos, Daniel y yo contamos con un rato a solas de nuevo.

Con el rostro hundido, los mechones de pelo le caen hasta tocar la tierra. Sus brazos parecen las alas de un ángel. A Daniel no le quedan fuerzas para luchar. Le escucho sollozar, lo hace bajito, como el que teme que el resto conozca su dolor.

—Daniel, estás siendo muy fuerte.

Sé que mis palabras no van a sanar las heridas, pero al menos pretendo transmitirle fuerza para continuar. Él niega con la cabeza.

—No lo he sido lo suficiente —se lamenta—. Nos han pillado con la guardia baja mientras dormíamos. Debí haber permanecido despierto… No he podido proteger a nadie. Y ahora…

—No ha sido culpa tuya. —Por primera vez, alza la cabeza. La apoya contra el poste. El pelo, lleno de tierra, le cae a ambos lados de la cara. Las lágrimas emborronan sus mejillas. Tiene ojeras que se le marcan bajo los ojos como surcos en el campo—. Permanecemos juntos, ¿de acuerdo? Saldremos de esta.

—Lo siento por todo, Ziri. No te tendría que haber arrastrado a esto.

—No lo hiciste.

—Fui yo quien te motivó con mis palabras absurdas sobre la guerra, quien te metió la idea de que Göh Bel solo hacía esto por ti.

—Bueno, no decías ninguna mentira —reconozco—. Yo soy dueña de mis acciones, así que deja de lamentarte por ello.

Él asiente casi sin fuerzas para mantener la cabeza erguida.

—Deberías descansar —sugiero—. Ha sido un día largo. Supongo que mañana nos llevarán hasta Ciudad Libre. No queda mucho camino, pero con tu rodilla tan malherida la marcha se hará larga.

Daniel cae en un profundo sueño. Por más que lo intento, yo soy presa de los miedos. Temo que, si vuelvo a dormir, las pesadillas me persigan hasta acabar conmigo. Me mantengo despierta, escuchando los cantos de victoria del ejército goblin, observando el ascenso de las ascuas al cielo, deseando que un escuadrón élfico vea la luz en la distancia y venga a socorrernos.

—Despierta.

La voz ronca me sobresalta. Patea arena sobre mí. Intento protegerme la cara con las manos, pero las ataduras me impiden moverlas. Escupo la tierra que impregna mis labios. Abro los ojos con molestias. Frente a mí, Mai Di me observa, altiva.

—¿Me recuerdas?

—Por mucho que te cortes la melena, tienes un aura demasiado reconocible, muchacha.

Ella se agacha para colocarse a mi altura. Me examina de cerca, tanto que puedo oler su aliento. Respira agitada, con tanto vigor que el pelo se me mueve cada vez que exhala el aire.

—¿Por qué nos hacéis esto?

—Sois el enemigo. En eso consiste una guerra.

—¿Y crees que es necesaria? —La miro a los ojos, deseo que empatice conmigo—. Tanto sufrimiento entre personas que hemos convivido en un mismo espacio. ¿Crees de verdad que todo esto es necesario?

—¿Qué más da lo que yo crea? —responde. Se vuelve a poner en pie y evita el contacto visual conmigo.

—Eres la mejor amiga del rey. Tal vez sí importe tu opinión.

—El *rey* ha cambiado mucho desde que te marchaste. Sus órdenes son claras. Los elfos caerán.

Pataleo, furiosa. Desearía soltarme de mis ataduras, mirar cara a cara a Mai Di y explicarle mis motivos.

—Siempre hay una opción para la paz. Sabes tan bien como yo que sería lo mejor para ambos pueblos.

—Los cambios conllevan sacrificios. —Palabras propias de Göh Bel en boca de otra persona, ¿hasta qué punto les ha convencido de que este es el único camino que pueden seguir?

—¿Por qué Göh Bel hace todo esto? —Temo la respuesta casi tanto como la guerra. Aunque una parte de mí desea que diga «por ti».

Mai Di se gira para volver a mirarme. Parece que un mar de lágrimas lucha por escapar de sus ojos. ¿Cuánto está soportando esta gente?

—No tienes ni idea de lo que es que te abandonen tantas veces.

—Todos tenemos nuestras propias sombras, monstruos que nos atormentan. ¿Acaso crees que mi vida es perfecta?

—Cada uno libra sus guerras; las tuyas se dan en castillos contra príncipes azules, las nuestras en las calles contra monstruos como vosotros. No somos lo mismo, no intentes reducir a cenizas el fuego que lleva generaciones abrasando a nuestro pueblo.

Trago saliva ante la crudeza de sus palabras.

—Yo puedo llenar de luz las sombras que atormentan a Göh Bel —aseguro—. Libérame, por favor. Iré a hablar con él, conseguiré que todo esto termine.

Casi parece que se esfuerza para no dejar escapar una risotada.

—Y luego ¿qué? Los elfos nos castigarán por nuestros actos, volveremos a las profundidades de la tierra y volverán los abusos continuos por parte de los vuestros.

—No, no tiene por qué ser así. Llegaremos a un acuerdo. Goblins y elfos vivirán en armonía.

—Vives en una utopía, niña. En mundos de fantasía que solo se cumplen en los cuentos.

—Pero…

—Demasiado tarde.

Tan pronto como termina de pronunciar esas palabras, un rumor se extiende en el viento. Ambas lo identificamos a la perfección: son voces de guerra. Aullidos de guerreros que rugen, claman por su pueblo. Preparados para la batalla, el temor se refugia en sus gritos. La furia deja ver el miedo, y el miedo a veces provoca temeridades.

—¡Nos atacan! —grita Mai Di en un intento desesperado de frenar una embestida por sorpresa.

El escuadrón rojo del ejército de Heros rodea el campamento. Los soldados arrasan con todo a su paso. Las tiendas arden, los goblins chillan en llamas. Mai Di huye para reunirse con el resto de los suyos en el centro del campamento y hacerse más fuertes. Por primera vez, creo que venceremos una batalla.

En la lejanía, una silueta se dibuja entre las llamas. A diferencia del resto de los elfos, no pelea para abrirse paso hacia el centro, sino para llegar hasta mí. Con la destreza de un espadachín experimentado, contrarresta cada golpe para devolverlo con la fuerza de los titanes. Solo cuando acaba con el último enemigo que lo separa de mí, puedo reconocer el rostro de mi padre detrás el casco de la armadura.

—¡Padre! —La emoción se me escapa entre los dientes.

—Mi querida hija. —No pierde el tiempo y se agacha para desatar el nudo—. Así que es verdad lo que cantaban las malas lenguas, te alistaste en el ejército.

—¿Se habla ahí fuera de mí? Hice lo que pude. No fue fácil.

—Se extendieron habladurías acerca del ingreso de una joven. Desde el primer momento, supe que se trataba de ti. Intuición de padre, supongo. Hice lo imposible por venir a buscarte.

—¿Qué pasó con el escuadrón verde?

Mi padre repele el ataque de un goblin y lo ensarta con la espada. Me tiende la mano para ayudarme a levantarme. Liberamos a Daniel, que apenas puede andar por el estado de la rodilla. Los goblins se nos vuelven a echar encima.

—Lo hablaremos más tarde —dice aferrándose a su arma.

Mientras padre defiende la posición, yo ayudo a Daniel a acomodarse. Él se queja e insiste en ayudarnos, un cabezota sin remedio.

—Levántame, Ziri —me ruega, el rostro se le hunde entre gestos de dolor—. No pienso dejaros solos.

—En tu estado no puedes pelear. Déjanoslo a nosotros.

Se muerde el labio, intuyo que para no insultarme a la cara.

—Está bien. Pero regresa con vida.

—No te librarás de mí tan fácilmente.

Le dedico una sonrisa antes de partir a la última batalla que me separa de Göh Bel. Es, más que una motivación, una necesidad. Mi causa, la de mi familia y la de todo mi pueblo.

Agarro una daga del suelo, jugueteo con ella entre los dedos antes de aferrarla por el mango. Mis pasos se convierten en zancadas antes de sumirme en el núcleo de la batalla. El primer golpe es mortal: al cuello de un goblin que no tiene tiempo de verme llegar. El segundo lo acompaño de una patada para desestabilizar a mi enemigo. La daga no me otorga fuerza, pero me da mayor velocidad que a otros. Antes de que puedan alzar su espada para defenderse, yo ya la he hundido en su carne.

A mi derecha, mi padre pelea con la misma astucia que un zorro viejo. Se aprovecha de los enemigos caídos para cubrirse, utiliza sus cuerpos para lanzarlos contra otros. Cuando me ve en apuros, intercambia conmigo la posición para acabar con los goblins que pretenden atacarme. Parecemos una pareja de baile que danza con la muerte, solo que la hemos convertido en nuestra compañera. Una aliada poderosa, capaz de pisarnos en cualquier momento. Una desventaja con la que hay que jugar, pero a la que no tememos.

Las tropas goblin van cayendo. Los elfos se alzan victoriosos sobre el campamento enemigo. Entonces la veo en la lejanía. Mai Di huye hacia Ciudad Libre.

—Ahora vuelvo; creo que he visto algo.

Corro tras ella como una pantera. Siento que pueda rastrearla a kilómetros de distancia. Es rápida, tanto como yo. Mientras huye se libera de sus armas para desprenderse del peso. Encuentro tirado en el suelo un cuchillo parecido al mío. Lo agarro, lo lanzo sin detenerme a apuntar. El artefacto vuela, esquiva los árboles y se clava en el muslo de Mai Di. Cae al suelo, gimoteando de dolor. Cuando la alcanzo, presiono su pecho con mi rodilla. Le inmovilizo las manos.

—Supongo que la vida siempre concede una revancha —le digo.

Ella no responde, tan solo solloza. En la lejanía, escucho las voces de los elfos que vienen a buscarme.

Tapo la boca de Mai Di, arranco el cuchillo de su pierna. Ella ahoga un grito de espanto.

—Huye, vete de aquí —digo mientras la incorporo como puedo. Ella me mira incrédula—. Somos diferentes. Yo todavía creo en que todo pueda cambiar.

Asiente, se marcha cojeando y se pierde en la inmensidad del bosque. No sé si volveré a verla. Solo espero que la justicia divina tenga en cuenta mis actos. Mi padre alcanza mi posición, otros cuatro elfos lo acompañan.

—No queda ningún goblin en la zona —digo—. Todos han muerto.

Las mentiras, a veces, son tan necesarias como las verdades, sobre todo en tiempos de guerra.

31
Las complicaciones del amor

Apenas puedo pegar ojo durante la noche. El peso que recae sobre mis hombros me impide conciliar el sueño. Cuando mis párpados se cierran, las pesadillas aparecen. Feroces, como animales salvajes, tratan de devorarme. Me mantengo al margen del campamento. Mientras todos duermen, yo observo el cielo nocturno. A veces siento que las estrellas me hablan, me transmiten sus deseos. En ellos, yo salgo victoriosa de cualquier lance. A pesar de los miedos que arrastro, me creo más poderosa que nunca, capaz de todo.

El céfiro sopla, la piel se me eriza bajo su tacto. ¿Cuántas noches más pasaré así antes de que esto termine? En el horizonte, intento distinguir la silueta de Ciudad Libre. Tal vez, si salgo ahora, pueda llegar antes de que el sol caiga. Nadie aceptaría partir tan temprano conmigo, los planes del ejército de Heros distan mucho de mis deseos.

Mi padre me ha confesado que acamparán, al menos, otra noche más antes de sitiar Ciudad Libre. No se sabe nada del resto de escuadrones, tan solo que el verde cayó. La única superviviente fue Arrianhel, que logró escapar gracias al sacrificio de uno de los escuderos y dio la voz de alarma al escuadrón rojo. Ella ha tenido que regresar a la capital en un pésimo estado.

Sin las fuerzas verdes a nuestro lado, los escuadrones que continúan a pie son el rojo, el azul y el amarillo. Según las directrices, entrarán por el norte, el oeste y el este. Nadie tomará el sur. Eso disminuye nuestras probabilidades de éxito. Realizar un ataque sorpresa al distrito de los goblins es todo cuanto necesitamos para vencer. Las tropas enemigas se replegarían para evitar nuestro avance y, entonces, el resto entraría a placer y tomaría la ciudad.

¿Cuántas personas morirán en la batalla? La idea me produce escalofríos. Daniel, tan herido que apenas puede sostenerse sobre sus piernas, jamás regresaría a casa. Mi padre, por diestro que sea en el combate, sacrificaría todo con tal de protegerme. Yo, que tan solo soy una elfa que pretende salvar al mundo de sus propios errores, me encuentro en el ojo del huracán.

—Esta es mi guerra —digo a las estrellas como si pudieran oírme—. Tan solo yo debo hacerle frente.

Me pongo en pie cuando la noche se retira en el horizonte con la claridad del alba en una mezcla de colores que evoca prosperidad. Me apena, pero despedirme del campamento solo supondría llantos y recibir gestos de incomprensión. Mi padre se negaría a que marchara sola. Jamás lo entenderían.

—No pensarás irte así como así.

Las palabras de Daniel me detienen cuando apenas me he distanciado dos pasos. Me giro para contemplar la figura del chico que le ha dado sentido a parte de este camino. Sus ojos transmiten el cansancio que arrastra desde los últimos días. Le han vendado la rodilla; aun así, le han recomendado no forzarla durante las próximas semanas.

—¿Vas a detenerme?

Él niega con la cabeza.

—No se puede detener a alguien que ya ha tomado una decisión.

Sonrío.

—No ha sido fácil —reconozco—. Creo que es lo correcto.

—Es complicado determinar qué es correcto. Tú solo vete. El tiempo dará la razón a quien la tenga. Entiendo que las motivaciones que te empujan son mayores que las de cualquier otro habitante de Heros.

—Detendré esta guerra.

—No lo dudo. Intenta regresar con vida, aún te quedan muchas historias por escribir.

—Tengo un cajón repleto de ellas en casa, otras cuantas entregadas a la editorial que hay junto a la panadería del centro. Si no vuelvo…

—Volverás —sentencia.

Asiento, la fuerza de Daniel me acompaña.

—Lo prometo.

Cabalgo a lomos de un potro que he tomado prestado al escuadrón rojo. Espero que comprendan la gravedad del asunto y que acepten como pago el fin de la guerra. Las horas se suceden sobre su lomo. Pronto el sol se encuentra en lo más alto, mirando cómo avanzo entre árboles esqueléticos y campo yermo, a través de la profundidad del bosque que rodea Ciudad Libre. Al igual que nuestra energía, el astro rey decae. El firmamento se cubre de tonos anaranjados que se aproximan al rosa. Capas de colores que tiñen de armonía visual la estampa de un presente desolador marcado por la guerra y la tragedia.

Frente a mí, se alza imponente la muralla norte de Ciudad Libre. El retorno al hogar nunca se ha sentido tan gris. Un par de guardias goblin vigilan las puertas desde el nivel del suelo, mientras que otros cuatro en las almenas me apuntan con sus arcos.

Me aproximo hasta llegar a ellos. Bajo del potro con seguridad: no puede vencerme el miedo. Acaricio el hocico al animal antes de despedirme de él. No sé si nos volveremos a encontrar. Tan solo espero que la vida le depare un buen futuro.

Los goblins tensan sus arcos: esperan una señal para ensartarme del mismo modo que hicieron con Ziramyo. El sudor me resbala por la frente ante la amenaza, pero sigo avanzando. Los soldados desenfundan sus espadas. Durante unos segundos se desarrolla un duelo de miradas que se cierra con mi ruego:

—Solicito una audiencia con vuestro rey.

Los goblins se miran entre sí, parece que la petición les causa gracia. Uno de los soldados indica a los arqueros que bajen las armas. Ellos obedecen al instante. El jefe se acerca a mí y me apresa por los brazos. Me dejo hacer, una muestra de que mis intenciones distan mucho de atacarlos. Las muñecas me arden cuando el goblin aprieta el nudo que las mantiene sujetas a mi espalda.

Caminamos hacia el interior de Ciudad Libre. Con pasos lentos, tan cortos que a veces pienso que voy a tropezar con mis propios pies, accedemos a las calles de una urbe que me recibe tan cambiada que apenas puedo reconocerla. El distrito de los elfos se cimienta sobre cenizas y muertes. La sangre seca aún recubre las paredes y los suelos de los edificios que se mantienen en pie. Otros, carbonizados por la inclemencia de las llamas, apenas recuerdan que tiempo atrás allí existió vida. Las pintadas recorren las fachadas de los edificios, lemas como «Elfos fuera de aquí» o «Ciudad Libre es Kürow» son los más repetidos.

Al girar en la avenida que conecta nuestro distrito con el sur, el paseo de la vergüenza me recibe. Los goblins se apelotonan a ambos lados de la calle. Desde los tejados, las ventanas y las aceras me lanzan piedras y me abuchean. Nunca he visto tanta gente ocupar una avenida, ni siquiera en una fiesta. Las masas gritan, furiosas. Siento pena, frustración y rabia. Mantengo mis fuerzas y continúo caminando, estoica. Intento aligerar el paso, acortar el tiempo de humillaciones, pero no me lo permiten. El soldado que me apresa se encarga de que mis pies vuelvan a dar pasitos cortos, casi a ras de suelo.

Al llegar a la plaza del Gobernador tengo que esforzarme para no vomitar. En el centro, un muro de picas rodea la escultura. Sobre ellas, las cabezas de soldados elfos, el recuerdo de aquellos que hicieron frente a la sublevación de los goblins. Evito mirarlos a la cara, sobre todo por el miedo a reconocer a alguien. Ahora, cuando más quiero escapar de allí, mi captor se detiene. El tirón de las cuerdas me lacera la piel. Pierdo el equilibrio y caigo de culo contra el suelo. La multitud ríe, disfrutan de mi vergüenza.

Me incorporo en silencio, me esfuerzo por no estallar contra el soldado, por no romper todo mi trabajo hasta el momento. Tengo que mantenerme serena, llegar hasta Göh Bel y poner fin a todo esto. Estoy segura de que, cuando me vea, lo entenderá.

Sin embargo, nunca me cruzo con Göh Bel. Nos introducimos en un callejón oscuro que dudo que lleve hasta el rey. Allí, tras abrir una puerta de metal mohoso, desciendo a un infierno oscuro donde la temperatura se eleva veinte grados más que en el exterior. Mi cuerpo suda, pide agua, aire, una corriente que cese mi sudor, un cubo donde pueda hundir mis pensamientos y refrescarlos antes de secarme. Avanzo, guiada por el goblin, en la oscuridad. Escucho lamentos de terror, llantos desoladores que desgarran las gargantas y me encogen el corazón.

Paramos. El goblin abre una celda y me empuja a su interior. Caigo con la cara en el suelo y me la raspo mal. Me arde la piel, pero no me importa. Giro sobre mí misma para intentar mirarle a los ojos, la oscuridad me lo impide.

—¡Llevadme ante Göh Bel! —exijo, me coloco sobre mis rodillas y llego a trompicones hasta la puerta—. ¡Pedí una audiencia con vuestro rey!

El goblin se va sin importarle mis demandas. Sollozo, me rompo por dentro de nuevo. Apoyo la frente sobre las frías rejas y dejo que las lágrimas escapen de mí, las únicas capaces de obtener libertad. No sé cuánto tiempo paso llorando. Puede que sean minutos, tal vez horas. No me importa, me merezco el desahogo. Cuando uno sabe que está roto, a veces lo único que necesita es permitirse caer sobre sus propios pedazos. Así que me regodeo en ellos, en cada uno de los errores que me han traído hasta aquí.

Tal vez he sido ingenua durante mucho tiempo, no puedo culparme tampoco por ello. Mi inocencia me define tanto como mis actos. Si la hubiera abandonado en el camino, ¿qué hubiera sido de mí? Soy tan diferente a hace unos meses que me cuesta pensar en esa niña que tan solo se preocupaba por colocar libros en estanterías y reunir todos los ahorros posibles para escapar a la capital. Ahí me sentía una desgraciada, la persona con peor suerte del mundo por estar encerrada en una ciudad que cortaba mis alas y no me permitía expresar mi arte. Ahora soy consciente de que existen destinos mucho más crueles, algunos que no ofrecen escapatoria.

—Pobre niña, no llores —dice una voz que proviene de la celda de al lado.

Mi llanto enmudece ante la pena que arrastra esa persona. Intento distinguir a alguien, pero apenas reconozco una mata de pelo y barba al otro lado.

—¿Quién eres? —pregunto.

—¿Qué más da? ¿Acaso me sirve de algo ser? Yo ya no soy nadie, ni tú tampoco. Solo presas de la oscuridad, del designio de los de la superficie. Nos lo han arrebatado todo. Cuando no te queda nada, ¿a quién le importa lo que eres?

Niego con la cabeza.

—Lo que somos no reside en lo que tenemos. Ser consiste en ser, y mientras sigamos siendo, no nos podrán negar nuestra identidad.

El viejo se ríe. Emite una risa con atisbos de locura. ¿Cuánto tiempo lleva aquí, consumido por las sombras?

—Conocí a una chica igual que tú hace un tiempo. Tenía la cabeza llena de dragones y cuentos de hadas, de fantasía que leía en los libros. Siempre me sorprendió que en un mundo tan oscuro pudieran existir personas que albergaran tanta luz. Se llamaba Zirandell Spuckberg.

El corazón me da un vuelco al escuchar mi propio nombre en la boca de un desconocido. Me giro con firmeza, apoyo la cara sobre las rejas, casi a punto de traspasarlas para intentar reconocer quién se encuentra al otro lado.

—¿Conociste a Zirandell? —le pregunto.

—¿Tú también?

Me muerdo el labio antes de responder.

—Podría decirse que sí. Una vieja conocida. Hace mucho que no sé de ella.

—Trabajaba para mí en una vieja librería del Distrito Centro.

La respiración se me corta. El hombre que ha perdido la cabeza al otro lado de la reja es Tyresias Nadberg, el mismo que me dio una oportunidad en El Folletín Mágico. Pensé que, al igual que otros muchos, habría escapado a tiempo de Ciudad Libre. Pero se ve que la guerra le pilló desprevenido. ¿Sería Göh Bel el causante de su arresto? ¿Acaso fue a buscarme a El Folletín Mágico cuando todo estalló?

—Era una buena chica, como te digo. Vivía repleta de ilusiones y ambición; era un alma capaz de arrastrar a cualquiera con tal de conseguir sus propósitos. Ojalá la guerra no interrumpa su crecimiento y pueda alcanzar sus objetivos.

—Estoy convencida de que así será —le digo con el llanto contenido.

Las puertas se abren de nuevo. El chirrido metálico se clava en mis tímpanos y sufro por no poder taparme los oídos con las manos. Los pasos resuenan a lo largo del corredor. Se detienen frente a la celda de Tyresias.

—Llevadlo ante la justicia —dice el goblin.

Intento no mirar cómo dos goblins entran a la celda de Tyresias y lo sacan de allí a la fuerza. Él no se resiste, no tiene ánimo ni esperanza para seguir luchando. Supongo que hace tiempo que aceptó su destino.

—¡El bien triunfará! —grita—. ¡En las historias, el bien siempre triunfa! ¡La luz se alzará sobre vosotros, sucias ratas! ¡Regresaréis a la tierra!

Su voz se pierde en la inmensidad de la oscuridad, se desvanece hasta que apenas queda un hilo del que brotan sus palabras. La siguiente puerta que se abre es la de mi celda. Unos brazos fuertes me levantan y me empujan al exterior.

—¿Qué vais a hacer conmigo? —pregunto, aunque no sé si quiero conocer la respuesta.

—Cumplir tus ruegos.

A empujones, me arrastran por la oscuridad. No volvemos por el mismo camino, sino que me llevan al fondo. Me ayudan a subir unos escalones tan altos que mis rodillas flaquean. Una trampilla sobre nuestras cabezas se abre de par en par; nos reciben los gritos del público. Me lanzan al exterior, caigo sobre mis rodillas, cabeza agachada y orgullo herido.

A mi alrededor, una horda de goblins grita despavorida. Todos alientan, aúllan. Tienen armas en las manos, las levantan al cielo. Me siento en mitad de un campo de batalla, solo falta el coloso. Pero, cuando alzo la cabeza, me doy cuenta de que no falta: siempre ha estado ahí. Sobre un trono regio, adornado con lanzas a su espalda y cadáveres a los lados, Göh Bel se alza por encima de su pueblo. Enfundado en un traje de cuero negro, se asemeja a un dios de la muerte. Blande un mandoble oscuro con picos en el mango. La sangre de cientos de elfos corre por su filo.

Sonríe; un escalofrío recorre mi espalda.

—Bienvenida, Zirandell. —Su voz está cargada de rencor y tristeza. Mastica cada una de las sílabas con detenimiento, se permite saborearlas, consciente de que es el momento que lleva esperando demasiado tiempo—. Te presento mi verdadero mundo de sombras.

32
Cuando no queda otra opción

El reencuentro con Göh Bel sobrepasa a mis peores pesadillas. Desde lo alto de su trono construido con sufrimiento, dolor y odio, me observa como si fuera una rata indefensa. Arrodillada a los pies de una escalera de cemento, desgastada como nuestra relación, me pesa mirar a los ojos a la criatura —porque no puedo denominarla de otro modo— que ha provocado todo el sufrimiento de los míos.

—*Si volvemos a cruzarnos, acabaré contigo del mismo modo que tú acabaste con todo aquello que quería* —dice. Lo hace despacio, como si llevara deseando decirme eso desde hace semanas—. Fueron las palabras que me dedicaste cuando nos vimos por última vez. —Se pone en pie, de una funda de cuero que cuelga de su cintura extrae una daga y me la lanza. El arma se clava en la arena junto a mí. Reconozco la daga: es la misma que me regaló Ziramyo, la misma que perdí en mi habitación antes de marcharnos al Pilar del Sol—. ¿Cumplirás con tu palabra esta vez?

El rencor que guardan sus palabras me hiere en lo más profundo del pecho. A los ojos de Göh Bel, yo soy la culpable de todo lo sucedido. La motivación de su dolor, la causa del conflicto. En sus ojos leo el daño que le he provocado. Parece otro, consumido por la venganza, alimentado por su odio hacia los elfos, potenciado por mis actos. Göh Bel no quiere ganar una guerra para reparar el desagravio contra los goblins, quiere ganarla para demostrarle a todos su lealtad, para que no vuelvan a contradecirlo, para que no vuelvan a abandonarlo…

Quiere ganar la guerra porque sabe que es la única forma de no volver a sentirse solo: contando con el apoyo de un pueblo que no estaría a su lado si no le prometiera cumplir sus sueños.

Me pongo en pie a duras penas. Me duele todo el cuerpo; las rodillas chillan al incorporarme y la cara aún me arde. Tengo hambre, cansancio acumulado y en mi interior hay un tifón de sentimientos que me impide pensar con claridad. Pateo la daga y esta regresa a los pies del trono.

—Te pido una oportunidad, una para que vuelvas a creer en la paz.

Göh Bel suelta una carcajada tan sonora que el resto del público contiene el aliento. Golpea el brazo de su trono en repetidas ocasiones, antes de dejarse caer sobre él.

—No has perdido el sentido del humor. Vuelves después de todo para… ¿suplicar perdón?

—No te pido que me perdones. Tan solo que frenes esta innecesaria guerra. Sé que nunca la has querido… Sabes que no la necesitas para conseguir lo que más anhelas.

—¿Innecesaria? Luchamos por un motivo. —Esta vez, golpea el reposabrazos con violencia, se incorpora hacia delante. El pueblo clama, furioso.

—¡Ya conseguisteis vuestro objetivo! Recuperasteis Ciudad Libre, no dependéis de los elfos. Ya nadie volverá a molestaros. Has demostrado lealtad a tu pueblo y les has dado lo que llevan siglos buscando. Podrías haber usado tu poder para pactar con el Consejo de Elfos, ¡incluso con el propio rey! Pero no. Esto no ha acabado porque esa no es tu motivación, Göh Bel. Te sientes abandonado, otra vez. —Su gesto se contrae en una mezcla de furia, intriga y miedo por no saber cuáles serán mis próximas palabras—. Sé lo que pasó con tu último dueño elfo. Sé que te sentiste abandonado, que nunca volverías a confiar en uno de nosotros por lo que él te hizo. Y cuando por fin abriste tu corazón, volviste a sentirte abandonado por mí.

Él niega con la cabeza. Se levanta de su asiento y camina alrededor del trono. No sé si mis palabras surten efecto con él.

—No tienes ni idea de lo que dices.

—El Göh Bel que yo conocía una vez me dijo que, a veces, los conflictos se resuelven fácilmente hablando.

Göh Bel lanza su arma, frustrado por lo que le digo. Le duele recordar, le duele verse vulnerable ante sus propias palabras.

—No puedes regresar como si nada hubiera pasado. ¿Acaso no lo recuerdas? ¡Los elfos atacaron Kürow! ¡Mataron a nuestra gente y lo quemaron todo! ¡Ellos actuaron primero! Nosotros solo nos defendimos. El daño que nos habéis causado es irreparable.

Doy un paso al frente. Los guardias de Göh Bel sacan sus armas para defenderlo, pero él los ordena que las bajen con un gesto.

—Tu amo no te abandonó, Göh Bel. —Extraigo la carta que he llevado encima todo este tiempo—. Él te entregó la libertad. Quería que fueras libre… Quizás, quería que no corrieras la misma suerte que tus padres.

Los ojos de Göh Bel se abren cuando le muestro el papel que certifica su libertad.

—Mientes…

—Sabes que no lo hago. —Silencio. Durante unos segundos, pienso bien las palabras que debo emplear. Miro a Göh Bel y los ojos se me llenan de lágrimas—. Intentas ser otra persona. Rota, furiosa, vengativa. Tú no eres así, Göh Bel. Hay una oscuridad que te consume, que se apodera de ti y te controla. El mal abunda en tu interior, pero tú no eras así. ¿Acaso no hay nada que te haga creer en el mundo que une a los elfos y los goblins? ¿De verdad? Mírame a los ojos y dime que no existe ni una sola razón para la paz.

Göh Bel me mira, paralizado. Asiente con la cabeza, después niega. Por su cabeza debe de pasar un torbellino de ideas contradictorias quc pelean entre sí por alzarse con el control. Busca aprobación en los ojos de sus compañeros. Los guardias que le rodean no son capaces de devolverle la mirada. Se pasa una mano por el rostro, cansado por la situación. Desde aquí, puedo escuchar cómo el dolor le atormenta.

—Tú —responde—. Tú eras el motivo que mantenía unido estos dos mundos. Tú eras las ganas, la esperanza, el compromiso, el vínculo que me ataba a la realidad y conseguía que creyera en un futuro diferente. Tú eras todo lo que transformaba en amor mi odio hacia los elfos. Y aun así te marchaste sin importarte nada más, igual que hizo él. El día que me rescataste, estaba dispuesto a morir. No me importaba no volver a abrir los ojos ni regresar a mi casa; no tenía nada. Pero apareciste tú, me cuidaste y me salvaste, sin esperar nada a cambio; a pesar del odio que existe entre elfos y globins me cuidaste como si fuera uno de los tuyos. Cuando te fuiste, el dolor que llevaba tanto tiempo enterrado despertó. Otra vez... abandonado.

—No tuve otra opción —respondo en un susurro, mi alma se enciende.

—Yo tampoco...

La réplica me duele como un mal golpe. En su voz noto la pena que arrastra, cómo las luces de su ser luchan contra las sombras. Göh Bel desea ser mejor, pero no puede. Él conoce sus limitaciones, las circunstancias que lo rodean. Es el rey de los goblins, el líder que necesitan en esta revolución. Su mayor enemigo es, a la vez, su mayor amor; aquello que le daña forma parte de sus deseos. Un amor convertido en imposible, una prohibición que exaspera a cualquier corazón.

—Perdónale la vida a los elfos —le ruego—. Visitaremos al Consejo, exigiremos condiciones justas para ambos pueblos. Sabes que puede ser diferente.

—No puedo, Zirandell. —Baja las escaleras que nos separan. Si el gentío no nos rodeara, siento que sería todo muy diferente—. Prometí que no pararía hasta que viera a todos los elfos caer.

Una lágrima recorre mi mejilla.

—También prometimos que nunca nos perderíamos —le recuerdo.

—Lo siento, pero no puedo fallar a mi pueblo.

Ahí estaba otra vez: eligiendo la sangre por delante del amor.

—Entonces, yo tampoco puedo fallar al mío —sentencio.

Suspira. No sé si mis palabras suponen una declaración de guerra, si podré escapar de Ciudad Libre después de ello. Deseo que, por las cenizas del amor que queda entre nosotros, Göh Bel me permita escapar. Lo desafío con la mirada. Él se acerca a mí, sus manos me rodean. Un escalofrío recorre mi cuerpo. Libera mis brazos del agarre de las cuerdas, vuelvo a ser libre.

—Márchate de Kürow. Tendremos una tregua de cinco días. Ve a casa, avisa a tu familia. Huye lejos. Esa es mi última muestra de gentileza contigo. La capital caerá, antes o después. Heros no es un lugar seguro para ningún elfo.

Asiento, con el rostro hinchado y los ojos enrojecidos. El corazón quiere salir de mi pecho, gritarle a Göh Bel todo lo que he callado y me avergüenza decirle.

—Adiós, Göh Bel.

Rehuyo de la última mirada que me dedica, de las lágrimas que aguanta. Me alejo. Los goblins abren paso para que me marche. Esta vez no habrá paseo de la vergüenza, su rey los mataría. Nunca me he sentido tan cerca y lejos de alguien como en este momento. A mi espalda, la persona que ha despertado en mí tantos sentimientos que ahora para mí las estrellas en el cielo brillan opacadas. De frente, un único camino que me conduce a la guerra, al enfrentamiento directo.

Podría girarme, acabar con su vida allí mismo. Condenarlo a morir en mis manos, un trágico final. Yo moriría justo después, los suyos no tendrían piedad conmigo. Pero tal vez así la guerra acabaría. Sin un líder que los guiase, los elfos ganaríamos. ¿O eso solo pasa en las historias?

Miro una última vez atrás. Göh Bel no se ha movido, incluso el gesto permanece inmutable. Me muerdo el labio para no dedicarle unas últimas palabras. Y camino, pero no puedo. Choco con algo, una masa fuerte que me repele. Un goblin se interpone en mi paso. Me agarra antes de que pueda esquivarlo.

—¿Habéis perdido la cabeza? ¡No podemos dejar que esta intrusa se vaya de aquí y ofrecerles a los elfos una tregua! ¡Si queremos ganar la guerra, este es nuestro momento! ¡Tenemos rehenes, mucha más fuerza! ¡Los elfos caerán!

Reconozco la voz del tipo que me apresa, también su rostro, el ojo tapado por un parche. Mi captor es el mismo que asesinó a mi hermano, la despreciable rata capaz de atacar por la espalda. Justo como ahora, la misma historia se repite. El engaño perfecto para tomar la confianza de tu enemigo y luego ensartarlo a traición. La cólera me invade; pataleo para escapar de su agarre.

El goblin saca un cuchillo y lo coloca en mi garganta. El frío del metal me hiere la piel, un fino hilo de sangre resbala por mi cuello. Göh Bel no consigue reaccionar. Con una mano al frente, le pide calma, le ruega que baje el arma y se detenga. Otra vez como en Kürow, es incapaz de enfrentarse a él. Si aquel día hubiera sido capaz, tal vez todo hubiera sido diferente.

—¡Göh Bel, tu amor por esta elfa nubla tu juicio! ¡No podemos dejar que decidas esta vez! —grita el goblin, haciendo aspavientos conmigo entre sus brazos. El cuchillo le tiembla tanto que temo que me lo clave por accidente.

Una flecha cruza el cielo. La veo venir, sentenciando mi final. Sin embargo, la muerte me esquiva. Me roza el pelo y se estrella en la cabeza de mi captor. Su pulso tiembla, el cuchillo se le cae de las manos. Le doy un codazo y cae al suelo. La vida lo abandona entre sufrimiento y ahogo, el mismo que tuvo que sufrir Ziramyo. Supongo que de alguna forma los dioses pagan sus deudas; la mía ha sido saldada.

—¡Zirandell! —dice Göh Bel corriendo. Cuando llega a mí me abraza. Un gesto que me pilla por sorpresa. No sé cómo reaccionar. He anhelado tanto tiempo su tacto que, aunque lo odie, lo rodeo para volver a sentir su piel cerca de mí. Me aferro a él, una forma de rogarle que no se aleje, que se quede por siempre y cumplamos con todo lo que nos prometimos—. Pensé que te perdía.

—Yo también… —mascullo, sin ser consciente de lo que suponen estas palabras.

—Para la próxima, intenta estar más rápido. —Quien habla es Mai Di, que aparece cargada con una ballesta.

—¿Mai Di? —Göh Bel se muestra casi tan sorprendido como yo.

Ella se acerca a nosotros y me coloca la mano en el hombro.

—Zirandell me perdonó la vida —reconoce, por una vez su mirada refleja bondad—. Ella me enseñó que siempre hay opción para la paz. Tal vez deberías pensarlo, Göh Bel. No tenemos por qué seguir con esto. —Mira al goblin que yace a nuestros pies—. En nuestro bando también militan indeseables.

Göh Bel asiente. Compruebo que, de entre todos mis errores del pasado, se albergan acciones como perdonarle la vida a Mai Di. ¿Es esto designio de los dioses? Desde que empezó esta guerra, me han demostrado que tengo motivos para creer en el juego de sus hilos.

Göh Bel me agarra las manos, tiemblo bajo su tacto. Me mira y, por primera vez desde que nos separamos, en su rostro se dibuja una sonrisa sincera.

—Mi último amo elfo me enseñó todo lo que sé del arte, pero también causó un daño irreparable cuando me abandonó. Cuando tú te marchaste, volví a sentir el mismo dolor que había olvidado. Sin embargo, ahora sé que nunca se fue. Me dio la libertad y me alejó de su casa para que no me mataran como a mis padres. Él me salvó. Y tú también lo has hecho, aunque no haya sido capaz de verlo hasta ahora. Al marcharte de mi lado, pasé a ser una sombra de lo que era. El odio me venció. Creí que solo tenía una opción. Quería dejar de fallarle a la gente a la que le había prometido todo. Entonces, me volqué en la guerra. Ahora, cuando te he visto en peligro, he vuelto a sentir miedo. He vuelto a sentir. Sé que es tarde para enmendar todos los errores, pero…

Las lágrimas brotan de sus ojos. Me encargo de secarlas con las manos y de acunar su rostro. Göh Bel ha cargado con demasiados males a sus espaldas, muchos de ellos inmerecidos. Ha arrastrado cada uno de los conflictos de su pueblo, también la culpa del daño ocasionado. Ha vivido entre dos mundos, sabiendo que cada vez que habitaba en uno de ellos, causaba daño al otro.

—No ha sido fácil —le susurro—. No pasa nada.

Él asiente, su rostro se desfigura entre sollozos, pero brilla bajo el resplandor de las lágrimas.

—¿Qué pasará cuando las tropas de Heros lleguen a Ciudad Libre?

—Me gustaría decirte que estarán abiertos al diálogo, pero ambos sabemos perfectamente que no. Puedo intentar salvar a los tuyos... A ti nunca te perdonarán lo que has hecho.

—Lo entiendo. Aceptaré mi destino siempre y cuando ellos estén bien. —Por una vez, está tranquilo. Las sombras lo han abandonado—. En cuanto a ti, sé que nunca podrás perdonarme, yo tampoco lo haría. Tan solo te pido que tomes esta paz como mi perdón, aunque no pueda devolverte todo lo que te he arrebatado. Lo siento, Zirandell. No es justo que tu luz se vea cubierta por mis sombras. Mereces brillar.

Entre conversaciones que deparan un futuro mejor, la noche se funde con el día. A veces los opuestos no distan tanto, tan solo permanecen tan unidos que nunca pueden coincidir del todo. Las sombras y la luz se necesitan tanto como Göh Bel y yo, para brillar y opacarse, para resurgir en los peores momentos. De una forma u otra, siempre dependeremos del otro para existir. Así es como funcionamos.

Antes de marcharnos para siempre de Ciudad Libre, insisto a Göh Bel para visitar la antigua casa de mis padres. No sé si todavía se mantiene intacta por suerte o si acaso Göh Bel se ha encargado de que no le suceda nada. De una forma u otra, sonrío al encontrar el cuerpo de Ziramyo en el interior.

—Esta noche hay eclipse lunar de Valeris —le digo a Göh Bel—. Me gustaría celebrar su funeral.

Él asiente.

Entre llamas y luz de luna, llantos desconsolados y el abrazo de Göh Bel, por fin le dedico a mi hermano el último adiós que merecía. Lo imagino viajando al cielo, formando parte de las estrellas.

Pronto, tan solo quedan las ascuas de un recuerdo que guardaré siempre en el corazón.

33
Dos mundos no tan diferentes

No ha sido sencillo llegar a un acuerdo con Göh Bel, pero lo he conseguido.

—Debes morir para que los elfos perdonen a los tuyos —le aseguré cuando la noche era profunda y tan solo quedábamos los dos en el mirador que tantas veces nos había acogido en Kürow.

—Léeme uno de tus escritos por última vez —me ruega. Accedo, a sabiendas de que no tendremos muchas más ocasiones para repetir este momento. Quizás sea una buena forma de sellar nuestro final: tal y como empezó.

Al amanecer del siguiente día, las tropas de Heros llegan a Ciudad Libre. Temían encontrarse un bastión armado con Göh Bel al frente. Sin embargo, los recibimos un puñado de goblins, una bandera blanca y yo.

—Göh Bel ha caído —les informo. Arrojo un saco a los pies de los líderes que comandan las tropas, entre los que se encuentra Roohmay Boombarg como líder del escuadrón azul—. Ahí tenéis su cabeza como prueba de ello.

Los elfos intercambian miradas, confusos. Al fondo, entre las filas, reconozco el rostro de mi padre y de Daniel. Se aguantan las ganas de romper la formación para lanzarse a mis brazos, pero hay que guardar las apariencias. Roohmay da un paso al frente y saca la cabeza de un goblin de la bolsa. La alza al cielo y aúlla, victorioso. El resto de los soldados lo imitan. Los cuernos suenan, advirtiendo del fin de la guerra.

—Roohmay, debo pediros un favor a los líderes: hablad con el Consejo, perdonadle la vida a los goblins. Ellos solo seguían las órdenes de Göh Bel —informo.

No parece convencido, sin embargo, dedica unos segundos a pensarlo.

—Estos goblins han matado a cientos de elfos…

—Nosotros también hemos matado a miles de goblins, lo hemos hecho por los nuestros y ellos por los suyos. Convéncelos. Todos los líderes de la revolución goblin han caído. Los que quedan son ciudadanos indefensos. No pedirán nada al Consejo, salvo la paz. Lo único que quieren es volver a sus casas en el Distrito Sur.

Con cada palabra que digo, Roohmay parece menos seguro de su decisión. Aun así, veo que se ablanda al presenciar a los goblins que, desde la entrada a Ciudad Libre, miran apenados cómo su futuro depende de nuevo de los elfos. Quizás la guerra nos haya enseñado a todos que los que más pierden nunca son los que mandan y que nunca hay un claro vencedor.

—Lo intentaremos, ¿vale? No te prometo nada.

Las tropas de Heros han acampado a las puertas de la muralla para regresar al amanecer a la capital. Mientras mi padre, Roohmay y el resto de los soldados duermen, nosotros aprovechamos para ponernos al día. Él tiene la pierna vendada y no sé si podrá volver a andar en condiciones. Aun así, se muestra optimista con el desenlace que ha tenido todo.

—Ganaste, Zirandell. Lo hiciste.

—Lo hicimos —le corrijo—. Sinceramente, creo que los goblins lograrán quedarse entre nosotros.

—Yo también lo creo. Pero ¿qué pasa si el Consejo decide castigarlos por sus actos?

Dirijo una mirada a las tres lunas que brillan en el cielo más radiantes que nunca.

—Tendrían que castigar a todos los goblins. No lo harán. Necesitaban a un cabecilla al que ajusticiar para darle una lección a todos, pero ya está muerto. Exhibirán su cabeza en la capital como muestra de su poder y pasarán página.

Ayudándose con un palo, Daniel dibuja en la tierra formas que me recuerdan a las flores marchitas que le gusta oler.

—Ziri... ¿puedo preguntarte una cosa? —Asiento como respuesta. —¿De quién es la cabeza que les has entregado? Ese no era Göh Bel.

Sonrío ante la suspicacia de Daniel. Él era el único que había visto el rostro del goblin. Ni mis padres ni Roohmay ni ningún otro elfo lo habría distinguido de cualquier otro de su especie jamás.

—De un tipo que se merece que lo humillen —digo, recordando el semblante del goblin que mató a mi hermano y estuvo a punto de hacer lo mismo conmigo.

Daniel no me pide más explicaciones. Asume que hemos hecho lo correcto y se regocija por ello.

—¿Todo acabó bien entre vosotros?

—Como te dije, Daniel, *a veces los conflictos se resuelven fácilmente hablando*.

Cuando Daniel ha caído rendido, me incorporo sin hacer ruido y me alejo del campamento. Rodeo la muralla hasta llegar a la puerta del Distrito Sur. Todo permanece en silencio, como si estuviera abandonado. El viento es el único que se atreve a romper la monotonía que reina en el ambiente.

—¿Göh Bel? ¿Estás ahí? —susurro con la esperanza de que solo él me escuche.

Escucho un ruido que proviene de unos arbustos. Me llevo la mano a la empuñadura de la daga, por si acaso. Pasados unos segundos, es el goblin quien aparece.

—¿Cómo ha ido? —pregunta. Aunque ambos deseamos abrazarnos, guardamos las distancias.

—Se lo han tragado todo. No sé qué sucederá con el Consejo, pero creo que podemos ser optimistas con la decisión que tomarán.

Göh Bel sonríe; es una sonrisa apagada. Por una parte, sabe que el bienestar de los suyos está asegurado con su muerte. Pero, por otra, tendrá que desaparecer para siempre de la vida de todos nosotros.

—¿Estarás bien? —Me preocupa que vuelva a sentirse abandonado. Nunca había estado tan solo como ahora. Por eso, me da miedo lo que pueda sucederle si se va.

—No tienes que preocuparte por mí. —Me agarra de las manos. El contacto me estremece, su piel me quema, y siento un impulso de apartar las manos. Sin embargo, me quedo—. Lo siento por todo lo que he ocasionado. He sido un desastre.

—Todos hemos cometido errores. Esta es una oportunidad para empezar de cero.

Un silencio se produce entre ambos. Por mi cabeza pasan los recuerdos de los momentos que he vivido con Göh Bel. Desde el día que nos conocimos hasta el que nos separamos, las noches recorriendo callejones, comprendiendo el universo que nos rodea; compartiendo libros y citas secretas, rehuyendo de las miradas de una ciudad destinada a hacerse pedazos.

—Gracias por enseñarme tu mundo —le digo—. Jamás hubiera podido expandir tanto mis horizontes sin ti.

—Creo que, después de todo, nuestros mundos no son tan diferentes.

Me ilusiona pensar que Göh Bel tiene razón y que, en parte, nosotros lo hemos hecho posible.

—¿Algún día nos volveremos a ver?

No sé si quiero conocer la respuesta. 1Sé que, la que sea, me dolerá como un puñal, mucho más que una herida de guerra. Por eso, me preparo para el golpe.

—Yo nunca he dejado de hacerlo. Aunque nos hayamos separado, te he visto en mis sueños, en cada uno de mis recuerdos; siempre has estado presente.

—Si no volvemos a vernos, escríbeme en tus textos, así te tendré presente. Cuando me extrañes, mira a las estrellas. Nuestra historia quedará escrita en ellas para siempre.

Me despido de Göh Bel con un abrazo y un beso. El primero le ruega que nunca se marche, por lejos que esté; el segundo es un sello del amor que nos profesamos, aunque muchas veces no sea suficiente para que dos personas estén juntas. En nuestra historia pesan demasiados condicionantes. Al menos, de momento, es mejor que todo sea así.

Destinados a perdernos y encontrarnos, a separarnos en callejones oscuros para unirnos bajo los faroles que iluminan las tinieblas, veo a Göh Bel marchar una vez más. Esta vez no lloro, consciente de que esta despedida no significa que nos perdamos.

El viento sopla, trae cambios, buenas noticias, y el orgullo de una paz que se extenderá durante generaciones entre dos pueblos que nunca se llevaron bien.

Epílogo

Tirada sobre un campo miro a las estrellas con el presentimiento de que la vida me depara una gran noche.

Tengo a mi lado el último libro de Amaelyon Yessïnberg, publicado por una gran editorial de la capital, y me está gustando tanto que me da pena incluso acabarlo. Siempre supe que este chico llegaría tan lejos como él quisiera, y me alegra haber sido la primera que confió en él para traer sus escritos al Pilar del Sol.

—Lo lograste, amigo. Cumpliste tu sueño —murmuro, sujetando el libro ante mí. El cielo estrellado es el telón de fondo de una actuación gloriosa.

Pido un deseo al presenciar una estrella fugaz que cruza el firmamento.

Risueña, me burlo de mis propias ocurrencias. De entre todos los deseos posibles, he formulado uno que ni un genio mágico podría cumplir. Sin embargo, las estrellas guardan más magia que ninguna criatura.

Por un momento, siento que algunas de ellas brillan con más fuerza. Sobre el cielo negro, un mapa trazado por los brillos parece indicarme un camino a seguir. Jugueteo con esa idea en mi mente, quizás la use en una historia. Pero ¿qué clase de escritora sería si no siguiera el rastro de las estrellas para documentarme mejor?

Apenada, me pongo en pie sobre la hierba ya adaptada a mi forma. Correteo ladera abajo, alejándome con cada paso del Pilar del Sol. Todo es campo, árboles y oscuridad. Pese a ello, el resplandor del cielo ilumina el camino a seguir.

Pronto, localizo una casa a las afueras. Construida con madera de roble en mitad de la montaña, la chimenea desprende humo. A través de las ventanas se percibe la luz del interior. Está habitada. En el exterior, la leña apilada me hace intuir que el hogar pertenece a algún leñador de la zona; tal vez provea de madera a la capital. Sobre el tejado, un gato blanco y otro negro entrelazan sus cuerpos, fundiéndose en uno solo; miran sentados hacia las lunas.

Movida más por el instinto que por la razón, me decido a llamar a la puerta. Antes de que pueda golpearla con los nudillos, se abre. Al otro lado, Göh Bel sujeta el último de mis libros publicados.

—He seguido las estrellas. Me han traído hasta aquí —confieso.

Él sonríe.

—Bienvenida a mi mundo de sombras. Acabo de terminar este libro, así que espero que traigas una nueva historia con la que deleitarme esta noche.

Agradecimientos

Nunca es fácil terminar una novela, mucho menos cuando esta te marca tanto. Despedirme aquí de estos personajes me supone una profunda pena. He amado cada una de sus interacciones y momentos a lo largo del libro. Entrar en la cabeza de Zirandell ha sido todo un reto, pero también me ha encantado poder ver el mundo desde sus ojos, al menos durante estas páginas.

Tengo la fortuna de decir que a lo largo de todo el proceso de este libro he contado a mi lado con muchas personas maravillosas:

En primer lugar, quería agradecerle todo el amor y apoyo a mi editor, Leo Teti. Gracias por darme fuerzas, ánimos y apostar por mí. No solo eres el mejor editor con el que un autor pueda trabajar, sino que también eres un grandísimo amigo. Gracias por guiarme y acompañarme en este proceso, por todas nuestras charlas sobre el libro y por permanecer a mi lado en todo momento.

A mi madre y mi padre, darles las gracias por ayudarme desde pequeño a perseguir mis sueños, a luchar por lo que quería y por ser tan maravillosos. En especial, a mi madre por haber leído este libro muchos años antes que nadie y confiar en que esta historia merecía ver la luz.

A Iris, muchas gracias por hacer que las locuras se vuelvan reales. Desde pequeños, me has hecho creer que los sueños pueden arrancarse del cielo con las manos.

A mi hermano, por ser siempre la mayor inspiración.

A Isa, Óscar y a Fran, gracias por estar tan cerca de mí en cada proceso de escritura, por arroparme y darme vuestro calor. Tanto en los buenos como en los malos momentos nunca habéis faltado.

Gracias de corazón a Javi, Lu, Paz, Miriam, Patricia, Nana, Lourdes, Yaiza, Laura, Eva, Marta, Aida, Mario... Es una fortuna contar con personas tan maravillosas en un mundo tan complicado.

También a Michel, Helena, Guti, Dani, Fran, Adri y Elena: gracias por estar para sacarme a veces de mi propia cabeza. Sois los mejores amigos que alguien podría pedir.

Gracias a toda mi familia, por su apoyo en cada paso que doy. Aunque estemos lejos, os siento muy presentes.

Por supuesto, gracias a todo el equipo de Urano. Con vosotros me he sentido siempre como en casa. Especialmente a Facu (por tantísimas horas aguantándome en el Fortnite y ser como un hermanito mayor en tantos aspectos). También a Miguel Ángel, Patri, María, Fran, Mercedes, Mariola, Mica y Sheila. Sin vosotros, nada de esto sería posible. Por supuesto, a Javier Miró por los consejos y la ayuda en el proceso de edición.

Por último, gracias a ti lector. Gracias por sostener este libro entre tus manos y leer la historia de Zirandell y Göh Bel. Gracias por permitir que estas ruinas y sombras cobren un poco más de luz. Espero que nos sigamos leyendo durante mucho más tiempo.